登临诗词

张素丽 编著

中国诗词大汇 品读醉美

中国言实出版社

图书在版编目（CIP）数据

品读醉美登临诗词 / 张素丽编著. -- 北京：中国
言实出版社, 2021.11
　　ISBN 978-7-5171-3882-2

　　Ⅰ.①品… Ⅱ.①张… Ⅲ.①古典诗歌—诗歌欣赏—
中国 Ⅳ.①I207.2

中国版本图书馆CIP数据核字(2021)第190008号

品读醉美登临诗词

责任编辑：郭江妮
责任校对：宫媛媛

出版发行　中国言实出版社
　　　　　地　址：北京市朝阳区北苑路180号加利大厦5号楼105室
　　　　　邮　编：100101
　　　　　编辑部：北京市海淀区花园路6号院B座6层
　　　　　邮　编：100088
　　　　　电　话：64924853（总编室）　64924716（发行部）
　　　　　网　址：www.zgyscbs.cn　E-mail：zgyscbs@263.net

经　　销：新华书店
印　　刷：北京市兴怀印刷厂
版　　次：2022年8月第1版　2022年8月第1次印刷
规　　格：850毫米×1168毫米　1/32　7.5印张
字　　数：224千字

定　　价：42.80元
书　　号：ISBN 978-7-5171-3882-2

前言

　　优秀的诗词是我们中华民族传统文化的精粹，也是中华儿女引以为豪的瑰宝。我们伟大的祖国在悠久的历史长河中，造就了一个闻名世界的诗国。从《诗经》《楚辞》到汉乐府民歌，从魏晋诗歌到唐诗、宋词、元曲，无数诗人在祖国灵山秀水的孕育下，写下了一首首脍炙人口的诗篇。

　　看那优美的词句、听那和谐的音韵，或激励人奋发图强，或诉说爱情的悲欢离合，或追忆流金岁月，或赞美清幽的田园生活、山川田野的秀美景色；时而悲壮苍凉，时而清新优美，时而幽默风趣，时而沉郁激愤……内容五彩缤纷，情感细腻真挚。一首首诗词就像夜空中璀璨的星儿不断把光明洒向人间，驱散我们内心的迷惘，照亮我们的前程，这怎能不让我们为之震撼？怎能不让我们为之心动？

诵读经典诗词是中华民族的优良传统，对陶冶情操，开拓视野，继承古代优秀的文化遗产，提高文化修养、审美能力、想象能力和读写能力，都具有相当重要的作用。为此，我们在浩如烟海的中国诗词中精心选录了千余首，并按爱国、励志、怀古、思乡、登临、田园、言情、友谊、童趣等9个主题分为9册，更方便读者有针对性的选读。每册除了将诗词原汁原味地呈献给大家外，还增设了注释、作者名片、译文、赏析等四个板块，旨在让读者更准确、更深入地掌握这些诗词的内涵和特色。

　　本册将为您揭开"登临诗词"的壮丽篇章。登临诗词是中国古代诗词的重要组成部分。所谓登临诗词，是指主人公登临某处（楼、山、亭、台、阁等）而作出的饱含某种或某些情思的诗词。在主题方面，或表现人生哲思、胸襟抱负，或感时伤乱、寄寓身世之悲，或于兴亡之叹中隐喻现实，或在山长水阔之间思乡怀人。不论表达何种情思，都因"登临"而多了一层壮丽的色彩。

　　你一定也曾登上山顶鸟瞰四方，壮怀激烈，感慨万千。那就请您揭开这壮丽的篇章，和诗人们畅叙幽情。

目录

望 岳①

【唐】杜甫

岱宗②夫如何?

齐鲁青未了。

造化钟神秀③,

阴阳割昏晓④。

荡胸生曾⑤云,

决眦入归鸟⑥。

会当凌⑦绝顶,

一览众山小⑧。

注 释

①岳:此指东岳泰山。

②岱宗:泰山亦名岱山,在今山东省泰安市。古代以泰山为五岳之首,诸山所宗,故又称"岱宗"。

③造化:天地,大自然。钟:聚集。神秀:指山色的奇丽。

④阴阳:这里指山北山南。割:划分。这句是说,泰山横天蔽日,山南向阳,天色明亮;山北背阴,天色晦暗。

⑤曾:通"层"。

⑥决眦:形容极目远视的样子。决:裂开。眦:眼眶。入归鸟:目光追随归鸟。

⑦会当:一定要。凌:登上。

⑧小:形容词的意动用法,意思为"以……为小,认为……小"。

作者名片

　　杜甫(712年—770年),字子美,尝自称少陵野老。曾任检校工部员外郎,故世称"杜工部"。是唐代最伟大的现实主义诗人,宋以后被尊为"诗圣",与李白并称"李杜"。其诗大胆揭露当时社会的矛盾,对穷苦人民寄予深切同情,内容深刻。许多优秀作品,显示了唐代由盛转衰的历史过程,因而被称为"诗史"。在艺术上,善于运用各种诗歌形式,尤长于律诗;风格多样,以沉郁为主;语言精练,具有高度的表现力。存诗1400多首,有《杜工部集》。

译 文

东岳泰山，美景如何？走出齐鲁，山色仍然历历在目。
神奇自然，汇聚千种美景。山南山北，分出清晨黄昏。
层层白云，荡涤胸中沟壑；翩翩归鸟，飞入赏景眼圈。
定要登上泰山顶峰，俯瞰群山，豪情满怀。

赏 析

　　这首诗是杜甫青年时代的作品，充满了诗人青年时代的浪漫与激情。全诗没有一个"望"字，却紧紧围绕诗题"望岳"的"望"字着笔，由远望到近望，再到凝望，最后是俯望。诗人描写了泰山雄伟磅礴的气象，抒发了自己勇于攀登、傲视一切的雄心壮志。诗篇洋溢着蓬勃向上的朝气。

　　首句"岱宗夫如何？"写乍一望见泰山时，高兴得不知怎样形容才好的那种揣摩劲儿和惊叹仰慕之情，非常传神。岱是泰山的别名，因居五岳之首，故尊为岱宗。"夫如何"，就是"到底怎么样呢？""夫"字在古文中通常是用于句首的语气助词，这里把它融入诗句中，是个新创，很别致。这个"夫"字，虽无实在意义，却少不得，正所谓"传神写照，正在阿堵中"。可谓匠心独具。

　　接下来的"齐鲁青未了"一句，是经过一番揣摩后得出的答案。它没有从海拔角度单纯形容泰山之高，也不是像谢灵运的《泰山吟》那样用"崔崒刺云天"这类一般化的语言来形容，而是别出心裁地写出自己的体验——古时在齐鲁两大国的国境外还能望见远远横亘在那里的泰山，以距离之远来烘托出泰山之高。泰山之南为鲁，泰山之北为齐，所以这一句描写出的地理特点，在写其他山岳时不能挪用。明代莫如忠的《登东郡望岳楼》中特别提出这句诗，并认为无人能继。

　　"造化钟神秀，阴阳割昏晓"两句，写近望时所见泰山的神奇秀丽和巍峨高大的形象，是上句"青未了"的注脚。一个"钟"字把天地万物一下写活了，整个大自然如此有情致，把神奇和秀美都给了泰山。山前向日的一面为"阳"，山后背日的一面为"阴"（山南水北为阳，山北水南为阴），由于山高，天色的一昏一晓被割于山的阴、阳面，所以说"割昏晓"。这本是十分正常的自然现象，可诗人妙笔生花，用一个"割"字，就写出了泰山巨大的力量。泰山将山南山北的阳光割断，形成不同的景观，突出泰山遮天蔽日的形象。诗人如此用笔使静止的泰山顿时充满了雄浑的力量，而那种"语不惊人死不休"的创作风格，也在此得到显现。

"荡胸生曾云，决眦入归鸟"两句，是写细望时的情景。见山中云气层出不穷，故心胸亦为之荡漾。"决眦"二字尤为传神，生动地体现了诗人在这神奇缥缈的景观面前像着了迷似的，想把这一切看个够，看个明白，因而使劲地睁大眼睛张望，故感到眼眶似乎开裂了。这情景使泰山迷人的景色表现得更为形象鲜明。"归鸟"是投林还巢的鸟，可知时已薄暮，诗人还在望。其中蕴藏着诗人对祖国河山的热爱和赞美之情。

末句的"会当凌绝顶，一览众山小"两句，写诗人从望岳产生了登岳的想法，此联号为绝响，再一次突出了泰山的高峻，写出了它雄视一切的雄姿和气势，也表现出诗人的心胸、气魄。"会当"是唐人口语，意即"一定要"。如果把"会当"解作"应当"，神气便显得索然。众山的小和泰山的高大进行对比，表现出诗人不怕困难、敢于攀登绝顶、俯视一切的雄心和气概。这正是杜甫能够成为一个伟大诗人的关键所在，也是一切有所作为的人们所不可缺少的。这就是这两句诗一直为人们所传诵的原因。正因为泰山的崇高伟大体现在自然和人文这两个方面，所以登上极顶的想法本身，当然也具备了双重的含义。

全诗以诗题中的"望"字统摄全篇，句句写望岳，但通篇并无一个"望"字，而能给人以身临其境之感，可见诗人的谋篇布局和艺术构思是精妙奇绝的。这首诗寄托虽然深远，但通篇只见登览名山之兴会，丝毫不见刻意比兴之痕迹。若论气骨峥嵘，体势雄浑，后来之作难以企及。

登幽州台^①歌

【唐】陈子昂

前不见古人^②，
后不见来者^③。
念天地之悠悠，
独怆然而涕下！

注 释

①幽州：古十二州之一，今北京市。幽州台：即黄金台，又称蓟北楼，故址在今北京市大兴，是燕昭王为招纳天下贤士而建的。
②前：过去。古人：古代那些能够礼贤下士的圣君。
③后：未来。来者：后世那些重视人才的贤明君主。

作者名片

陈子昂（661—702），字伯玉，梓州射洪（今四川省射洪市）人。唐代文学家、诗人，初唐诗文革新人物之一。陈子昂存诗共100多首，其诗风骨峥嵘，寓意深远，苍劲有力。其中最有代表性的有《登幽州台歌》《登泽州城北楼宴》和组诗《感遇诗三十八首》《蓟丘览古赠卢居士藏用七首》等。陈子昂与司马承祯、卢藏用、宋之问、王适、毕构、李白、孟浩然、王维、贺知章并称为"仙宗十友"。

译 文

往前不见古代招贤的圣君，向后不见后世求才的明君。
想到只有那苍茫天地悠悠无限，止不住满怀悲伤热泪纷纷。

赏 析

这首短诗，由于深刻地表现了诗人怀才不遇、寂寞无聊的情绪，语言苍劲奔放，富有感染力，成为历代传诵的名篇。
诗人具有政治见识和政治才能，他直言敢谏，但没有被武则天采纳，屡受打击，心情抑郁悲愤。诗歌写登上幽州蓟北楼远望，悲从中来，并以"山河旧，人物不同"来抒发自己生不逢时的哀叹。语言奔放，富有感染力。

"前不见古人，后不见来者。"这里的古人是指古代那些能够礼贤下士的贤明君主。《蓟丘览古赠卢居士藏用》与《登幽州台歌》是同时之作，其内容可资参证。《蓟丘览古》七首，对战国时代燕昭王礼遇乐毅、郭隗，燕太子丹礼遇田光等历史事迹，表示无限钦慕。但是，像燕昭王那样的贤君既不复可见，后来的贤明之主也来不及见到，自己真是生不逢时。当登台远眺时，只见茫茫宇宙，天长地久，不禁感到孤单寂寞，悲从中来，怆然流泪。本篇以慷慨悲凉的调子，表现了诗人失意的境遇和寂寞苦闷的情怀。这种悲哀常常为旧社会许多怀才不遇的人士所共有，因而获得广泛的共鸣。

本篇在艺术表现上也很出色。上两句俯仰古今，写出时间绵长。第三句登楼眺望，写出空间辽阔。在广阔无垠的背景中，第四句描绘了诗人孤单寂寞、悲哀苦闷的情绪，两相映照，分外动人。念这首诗，我们会深刻地感受到一种苍凉悲壮的气氛，面前仿佛出现了一幅北方原野的苍茫广阔的图景，而在这个图景面前，挺立着一位胸怀大志却因报国无门而感到孤独悲伤的诗人形象，因而深深为之激动。

在用词造语方面，此诗深受《楚辞》——特别是其中《远游》篇的影响。《远游》有云："惟天地之无穷兮，哀人生之长勤。往者余弗及兮，来者吾不闻。"本篇语句即从此化出，然而意境却更苍茫遒劲。

同时，在句式方面，采取了长短参错的楚辞体句法。上两句每句五个字，三个停顿，其式为：

前——不见——古人，后——不见——来者；

后两句每句六个字，四个停顿，其式为：

念——天地——之——悠悠，独——怆然——而——涕下。

前两句音节比较急促，传达了诗人生不逢时、抑郁不平之气；后两句各增加了一个虚字（"之"和"而"），多了一个停顿，音节就比较舒徐流畅，表现了他无可奈何、曼声长叹的情景。全篇前后两联长短不齐，音节抑扬变化，互相配合，增强了艺术感染力。

登金陵凤凰台①

【唐】李白

凤凰台上凤凰游,
凤去台空江②自流。
吴宫③花草埋幽径,
晋代衣冠成古丘。
三山半落青天外,
二水中分白鹭洲④。
总为浮云能蔽日⑤,
长安⑥不见使人愁。

注 释

①凤凰台:在金陵凤凰山上。
②江:长江。
③吴宫:三国时孙吴曾于金陵建都筑宫。
④二水:一作"一水"。指秦淮河流经南京后,西入长江,被横截其间的白鹭洲分为二支。白鹭洲:古代长江中的沙洲,洲上多集白鹭,故名。
⑤浮云蔽日:比喻谗臣当道障蔽贤良。浮云:比喻奸邪小人。
⑥长安:这里用京城指代朝廷和皇帝。

作者名片

李白(701—762),字太白,号青莲居士。是屈原之后最具个性的浪漫主义诗人。有"诗仙"之美誉,与杜甫并称"李杜"。其诗以抒情为主,表现出蔑视权贵的傲岸精神,对人民疾苦表示同情,又善于描绘自然景色,表达对祖国山河的热爱。诗风雄奇豪放,想象丰富,语言流转自然,音律和谐多变,善于从民间文艺和神话传说中吸取营养和素材,构成其特有的瑰玮绚烂的色彩,达到盛唐诗歌艺术的巅峰。

译 文

凤凰台上曾经有凤凰来悠游,凤去台空只有江水依旧东流。
吴宫鲜花芳草埋着荒凉小径,晋代多少王族已成荒冢古丘。

三山云雾中隐现如坐落于青天外，江水被白鹭洲分成两条河流。奸臣当道犹如浮云遮日，望不见长安心中常郁闷怀愁。

赏析

《登金陵凤凰台》是唐代的律诗中脍炙人口的杰作。关于此诗的创作时间，尚有争议。一说作于李白被排挤出京南游金陵时，一说作于李白流放夜郎又遇赦之后，一说李白游黄鹤楼看到崔颢的《黄鹤楼》后，写下此篇欲与之争胜。凤凰台位于南京市秦淮区长干里西北侧凤台山上。相传，南朝时有三只状似孔雀的大鸟——凤凰集于此地，它们相和而鸣，招来群鸟翔集于此，呈现出百鸟朝凤的盛世景象。为庆贺和纪念此美事，人们将此地改名凤凰里，并在山上筑台，名凤凰台。诗的首句即写这个传说，作者连用了三个"凤"字，不但不显啰唆，反而使得音韵和谐，极其优美。次句"凤去台空江自流"，抒发登临之感：如今，凤凰已去，往日的美好不复存在，唯有眼前的江水依然东流。"凤去台空"的沧桑巨变与"江自流"的万古不变，形成鲜明的对照，对比之中寄寓了深沉的历史兴衰之感。

颔联由眼前之景进一步生发，联想到六朝的繁华。三国时期的吴以及后来的东晋，南朝的宋、齐、梁、陈，先后在金陵定都，故金陵有"六朝古都"之称。六朝时期，金陵达到空前的繁荣，成为世界上最大的、人口超过百万的城市。绵长的秦淮河横贯城内，两岸汇聚六朝的经济中心和文化中心以及市民的居住中心，其繁华可见一斑。可是，六朝虽繁荣却也短命，每个王朝的寿命平均算下来大约55年，轮转之速，令人恍惚。如今看来，吴国曾经繁华的宫廷已经荒芜，东晋时代的风流人物也早已作古，六朝的繁华也如凤凰台一样消失在历史的浪涛中。颈联两句由抒情转为写景。诗人并没有一直沉浸在对历史的凭吊之中，而是抽出思绪将目光投向了眼前的河山。"三山半落青天外，二水中分白鹭洲"，指三峰并列，矗立在缥缈的云雾之中，若隐若现，好似落在了青天之外；秦淮河西入长江，被白鹭洲横截，江水一分为二，形成两条河流。这两句气象壮丽，境界阔大，为末联"不见长安"作铺垫。

尾联由景再次转为抒情，表现出对现实的关心、对政治的担忧。"浮云"在古诗词中一般喻指蒙蔽君主的奸邪之人，故"浮云蔽日"

暗示君主亲小人远贤臣，这也是诗人报国无门的原因所在。末句"不见长安"暗点诗题的"登"字，表明诗人登凤凰台并非为怀古而怀古，而是为了眺望长安，如今"长安不见"，如何不使人愁？

黄鹤楼①

【唐】崔颢

昔人②已乘③黄鹤去④，
此地空⑤余黄鹤楼。
黄鹤一去不复返，
白云千载空悠悠⑥。
晴川历历⑦汉阳树，
芳草萋萋鹦鹉洲⑧。
日暮乡关⑨何处是？
烟波江上使人愁。

注 释

① 黄鹤楼：故址在湖北省武汉市武昌区，民国初年被火焚毁，1985年重建。
② 昔人：指传说中的仙人王子安。因其曾驾鹤过黄鹤山（又名蛇山），遂建楼。
③ 乘：驾。
④ 去：离开。
⑤ 空：只。
⑥ 悠悠：飘荡的样子。
⑦ 川：平原。历历：清楚可数。
⑧ 萋萋：形容草木长得茂盛。鹦鹉洲：在湖北省武汉市武昌区西南。
⑨ 乡关：故乡。

作者名片

崔颢（704—754），汴州（今河南开封）人，原籍博陵安平（今河北安平县），出身"博陵崔氏"，唐代著名诗人。崔颢于唐玄宗开元十一年（723）考中进士，官至太仆寺丞，天宝中为司勋员外郎。最为人称道的是他那首《黄鹤楼》，据说李白为之搁笔，曾有"眼前有景道不得，崔颢题诗在上头"的赞叹。《全唐诗》收录其诗四十二首。他秉性耿直，才思敏捷，作品激昂豪放，气势宏伟，著有《崔颢集》。

译文

过去的仙人已经驾着黄鹤飞走了，这里只留下一座空荡荡的黄鹤楼。

黄鹤一去再也没有回来，千百年来只看见悠悠的白云。

阳光照耀下的汉阳树木清晰可见，鹦鹉洲上有一片碧绿的芳草覆盖。

天色已晚，眺望远方，故乡在哪儿呢？眼前只见一片雾霭笼罩江面，给人带来深深的愁绪。

赏析

这首诗前写景，后抒情，一气贯注，浑然天成，即使有一代"诗仙"之称的李白，也不由得佩服得连连赞叹，觉得自己还是暂时止笔为好。为此，李白还遗憾地叹气说："眼前有景道不得，崔颢题诗在上头！"

首联："昔人已乘黄鹤去，此地空余黄鹤楼。"诗的前两联写身在黄鹤楼下仰观寥廓天宇所见所感。当诗人第一眼看到黄鹤楼时，无穷的遐想中最突出的印象是昔人于此升飞的故事。黄鹤楼与仙道相关，成仙得道，是人对自身生命永恒的希冀，然而人生有限自然永恒，这是人类最大的无奈，因而，对人的生命短暂的无可奈何和对大自然生命永存的惊叹和羡慕，已不是一般意义上的对生命的体悟，而是带有十分自觉的人与自然关系的深刻思考了。

颔联："黄鹤一去不复返，白云千载空悠悠。"说它"一去不复返"，就有岁月不再、古人不可见之憾；"白云千载空悠悠"是在说天空的白云千百年来依然在空中飘来荡去，并没有因黄鹤一去不返而有所改变。面对白云，诗人意识到宇宙中时间的永恒和人生的短促。虽然没有发出一连串《天问》式的感慨，但读者已感觉到诗人心潮的起伏，领悟到诗人借助"黄鹤""白云"等意象所传达出的关于宇宙、人生真谛的思考。在诗人的笔下，"白云"也仿佛有了情感，有了灵魂，千百年来朝来夕往，与黄鹤楼相伴。

颈联："晴川历历汉阳树，芳草萋萋鹦鹉洲。"两句笔锋一转，由传说中的仙人、黄鹤及黄鹤楼，转而写到诗人眼前所见。诗人居高临下，如从天上观察人寰一般，超然物外之慨油然而生，这感慨也是从空间和时间两个角度展开。与寥廓的宇宙空间相比，人世间的距离感应该是微不足道的，由写虚幻的传说转为实写眼前的所见景物。晴空里，隔水相望的汉阳城内清晰可见的树木，鹦鹉洲上长势茂盛的芳草，构成一幅空明、悠远的画面，为引发诗人的乡愁设置了铺垫。

尾联："日暮乡关何处是，烟波江上使人愁。"时已黄昏，何处是我的家乡？烟波缥缈的大江令人生起无限的乡愁！这是写诗人所感，感叹人生，感叹乡愁。至此，诗人的真正意图才显现出来，吊古是为了伤今，抒发人生之失意，抒发思乡之情怀。

全篇起、承、转、合自然流畅，没有一丝斧凿痕迹。诗的前四句是叙仙人乘鹤的传说，写的是想象，是传说，好就好在它是因黄鹤楼而触发的，不能移于别处。它自然而成，如脱口而出一般，丝毫没有造作的痕迹。而后四句则是写实，写景比较突出，但都是信手拈来的眼前景，作者并非着意刻画，写眼前所见、所感，抒发个人情怀。将神话与眼前事物巧妙地融为一体，目睹景物，吊古伤今，尽抒胸臆，富含情韵，飘逸清新，一气贯通。

此诗艺术上出神入化，取得极大成功，它被人们推崇为题黄鹤楼的绝唱是可以理解的。

登鹳雀楼①

【唐】王之涣

白日依②山尽③，
黄河入海流。
欲④穷千里目，
更上一层楼。

注 释

①鹳雀楼：在今山西永济，楼高三层，前对中条山，下临黄河。
②依：依傍。
③尽：消失。
④欲：希望、想要。

作者名片

王之涣（688—742），字季凌，祖籍晋阳（今山西太原），其高祖迁至绛（今山西新绛）。讲究义气，豪放不羁，常击剑悲歌。其诗多被当时乐工制曲歌唱，以善于描写边塞风光著称。用词十分朴实，造境极为深远。传世之作仅六首。

译文

太阳依傍山峦渐渐下落，黄河向着大海滔滔东流。
如果要想遍览千里风景，那就请再登上一层高楼。

赏析

这首诗写诗人在登高望远中表现出来的不凡的胸襟抱负，反映了盛唐时期人们积极向上的进取精神。

诗的前两句写所见。"白日依山尽"写远景，写的是登楼望见的景色；"黄河入海流"写近景，把水写得景象壮观，气势磅礴。这里，诗人运用极其朴素、极其浅显的语言，既高度形象又高度概括地把进入广大视野的万里河山，收入短短十个字中；而后人在千载之下读到这十个字时，也如临其地，如见其景，感到胸襟为之一开。

首句写遥望一轮落日向着楼前一望无际、连绵起伏的群山西沉，在视野的尽头冉冉而没。这是天空景、远方景、西望景。次句写黄河奔腾咆哮、滚滚南来，又在远处折而东去，流归大海。作者由地面望到天边，由近望到远，由西望到东。这两句诗合起来，就把上下、远近、东西的景物，全都纳入诗笔之下，使画面显得特别宽广，特别辽远。

就次句诗而言，诗人身在鹳雀楼上，不可能望见黄河入海，句中写的是诗人目送黄河远去天边而产生的意中景，是把当前景与意中景融为一体的写法。这样写，更增加了画面的广度和深度。而称太阳为"白日"，这是写实的笔调。落日衔山，云遮雾障，那本已减弱的太阳的光辉，此时显得更加暗淡，所以诗人直接观察到"白日"的奇景。至于"黄河"，当然也是实写。它宛若一条金色的飘带，飞舞于层峦叠嶂之间。

后两句写所想。"欲穷千里目"，写诗人无止境地探求的愿望，还想看得更远，看到目力所能达到的地方，唯一的办法就是要站得更高些，"更上一层楼"。从这后半首诗，可推知前半首写的可能是在第二层楼（非最高层）所见到的，而诗人还想进一步穷目力所及看尽远方景物，登上了楼的顶层。在收尾处用一"楼"字，也起了点题作用，说明这是一首登楼诗。

诗句看来只是平铺直叙地写出了这一登楼的过程，但其含意深远，耐人寻味。"千里""一层"，都是虚数，是诗人想象中纵横两方面的空间。"欲穷""更上"包含了多少希望、多少憧憬。这两句诗发表议论，既别有一翻新意、出人意表，又与前两句写景诗承接得十分自然、十分紧密，从而把诗篇推引入更高的境界，向读者展示了更大的视野。也正因为如此，这两句包含朴素哲理的议论，成为了千古传诵的名句，也使得这首诗成为一首千古绝唱。

登岳阳楼①

【唐】杜甫

昔闻洞庭水②，
今上岳阳楼。
吴楚东南坼③，
乾坤日夜浮④。
亲朋无一字⑤，
老病有孤舟⑥。

注释

① 岳阳楼：即岳阳城西门楼。
② 洞庭水：即洞庭湖。
③ 吴楚：吴楚两地在我国东南。坼（chè）：分裂。
④ 乾坤：指日月。浮：日月星辰和大地昼夜都飘浮在洞庭湖上。
⑤ 无一字：音讯全无。字：这里指书信。
⑥ 老病：杜甫时年五十七岁，身患肺病，风痹，右耳已聋。有孤舟：唯有孤舟一叶，飘零无定。
⑦ 戎马：指战争。关山北：北方边境。

　　戎马关山北⑦，
　　凭轩⑧涕泗流⑨。

⑧凭轩：靠着窗户或廊上的栏杆。
⑨涕泗（sì）流：眼泪禁不住地流淌。

译文

　　从前只听说洞庭湖茫茫大水，如今有幸登上湖边的岳阳楼。
　　大湖浩瀚像把吴楚东南隔开，天地像在湖面日夜荡漾漂浮。
　　没有得到亲朋故旧一字音信，年老体弱之身只剩一叶孤舟。
　　关山以北战争烽火仍未止息，凭栏遥望胸怀家国泪水横流。

赏析

　　此诗是杜甫诗中的五律名篇，前人称为盛唐五律第一。从总体上看，江山的壮阔，在诗中互为表里。虽然悲伤，却不消沉；虽然沉郁，却不压抑。反映了作者关心民生疾苦的风格。

　　首联虚实交错，今昔对照，从而扩大了时空领域。写早闻洞庭盛名，然而到暮年才实现目睹名湖的愿望，表面看有初登岳阳楼之喜悦，其实意在抒发早年抱负至今未能实现之情。用"昔闻"为"今上"蓄势，归根结底是为描写洞庭湖酝酿气氛。

　　颔联写洞庭湖的浩瀚无边。洞庭湖坼吴楚、浮日夜，波浪掀天，浩茫无际。这是写洞庭湖的佳句，被王士禛赞为"雄跨今古"。写景如此壮阔，令人玩索不尽。

　　颈联写政治生活坎坷，漂泊天涯，怀才不遇。"亲朋无一字"，得不到精神和物质方面的任何援助；"老病有孤舟"，从大历三年正月自夔州携带妻儿、乘舟出峡以来，既"老"且"病"，漂流湖湘，以舟为家，前途茫茫，何处安身，面对洞庭湖的汪洋浩渺，更加重了身世的孤危感。自叙如此落寞，于诗境极阔极狭的突变与对照中寓无限情意。

　　尾联写眼望国家动荡不安，自己报国无门的哀伤。上下句之间留有空白，引人联想。开端"昔闻洞庭水"的"昔"，当然可以涵盖诗人在长安一带活动的十多年时间，而在空间上正可与"关山北"拍合。"凭轩"与"今上"首尾呼应。

首联叙事，颔联描写，颈联抒情，尾联总结。通篇是"登岳阳楼"诗，却不局限于写"岳阳楼"与"洞庭水"。诗人摒弃对眼前景物的精微刻画，从大处着笔，吐纳天地，心系国家安危，写得悲壮苍凉，催人泪下。时间上抚今追昔，空间上包吴楚、越关山。其身世之悲，国家之忧，浩浩茫茫，与洞庭水势融合无间，形成沉雄悲壮、博大深远的意境。

登飞来峰①

【宋】王安石

飞来山上千寻塔②，
闻说③鸡鸣见日升。
不畏浮云④遮望眼⑤，
自缘⑥身在最高层。

注　释

①飞来峰：杭州西湖灵隐寺前灵鹫峰。
②千寻塔：很高很高的塔。寻，古时长度单位，八尺为寻。
③闻说：听说。
④浮云：在山间浮动的云雾。
⑤望眼：视线。
⑥缘：因为。

作者名片

王安石（1021—1086），字介甫，号半山，抚州临川人。北宋著名思想家、政治家、文学家、改革家。被封为舒国公，后又改封荆国公。在文学上，王安石具有突出成就。其散文简洁峻切、短小精悍，论点鲜明，逻辑严密，有很强的说服力，充分发挥了古文的实际功用，名列"唐宋八大家"；其诗"学杜得其瘦硬"，擅长于说理与修辞，晚年诗风含蓄深沉、深婉不迫，以丰神远韵的风格在北宋诗坛自成一家，世称"王荆公体"。

译 文

听说在飞来峰极高的塔上，鸡鸣时分就可以看到旭日初升。

不怕浮云会遮住我的视线，只因为如今我身在最高层。

赏 析

作者王安石写这首诗的时候只有30岁，正当而立之年，有很大的抱负，从诗句当中我们就可以看出。诗的第一句："飞来山上千寻塔"。"飞来峰"其实就是"飞来山"，就在今杭州灵隐寺的边上。"千寻塔"并不是它的名字，而是指塔很高。寻是丈量单位，一寻大约有8尺，千寻那得有8000尺高。所以头两句的意思是诗人来到杭州，登上了飞来峰，站在了制高点上，能听到雄鸡的鸣叫，能看到东方日出，纵目远望，仿佛整个天下都在视野当中。

不过，这前两句只是打了一个基础，主要是为了给后两句埋下一个伏笔。后两句作者说："不畏浮云遮望眼，自缘身在最高层"。其实古代诗歌中的"浮云"多指小人，多指生活的阻碍，但作者却不畏惧，表现出了远大的志向和自信的气魄。

我们都知道王安石是北宋的宰相，可以说是一人之下万人之上，但是写这首诗的时候他并没有身处高层，只是一个小小的七品芝麻官，可见当时的王安石雄心勃勃。当时的他身处基层，工作能力很强，可以独当一面，统揽全局，给他日后谋大事打下了坚实的基础，这段工作经历也为他日后变法做了一个铺垫。

虽然这首诗很简单，虽然写这首诗的时候王安石还很年轻，但成大事者往往都要早立志，立大志，透过诗我们就可以预见王安石未来一定会有所作为。

观沧海

【汉】曹操

东临①碣石②，

以观沧海③。

水何澹澹④，

山岛竦峙⑤。

树木丛生，

百草丰茂。

秋风萧瑟⑥，

洪波⑦涌起。

日月⑧之行，

若⑨出其中。

星汉⑩灿烂，

若出其里。

幸甚至⑪哉，

歌以咏志。

注 释

①临：登上，有游览的意思。

②碣（jié）石：山名。指河北昌黎碣石山。公元207年秋天，曹操征乌桓得胜回师时经过此地。

③沧：通"苍"，青绿色。海：渤海。

④何：多么。澹澹（dàn dàn）：水波摇动的样子。

⑤竦峙（sǒng zhì）：耸立。竦，通"耸"，高。

⑥萧瑟：树木被秋风吹的声音。

⑦洪波：汹涌澎湃的波浪

⑧日月：太阳和月亮。

⑨若：如同，好像是。

⑩星汉：银河，天河。

⑪幸：庆幸。甚，极点。至：非常。

作者名片

曹操（155—220），字孟德，谯（今安徽亳县）县人，建安时代杰出的政治家、军事家和文学家。建安元年（196）迎献帝都许（今河南许昌东），挟天

子以令诸侯，先后削平吕布等割据势力。官渡之战大破军阀袁绍后，逐渐统一了中国北部。建安十三年（208年），进位为丞相，率军南下，被孙权和刘备的联军击败于赤壁。后封魏王。子曹丕称帝，追尊为武帝。事迹见《三国志》卷一本纪。有集三十卷，已散佚。明人辑有《魏武帝集》，今又有《曹操集》。

译文

向东进发登上碣石山，得以观赏大海的奇景。

海水波涛激荡，海中山岛罗列，高耸挺立。

周围是葱茏的树木，丰茂的花草。

萧瑟的风声传来了，草木动摇，海上掀起巨浪，在翻卷，在呼啸，似要将宇宙吞没。

日月升降起落，好像出自大海的胸中。

银河里的灿烂群星，也像从大海的怀抱中涌现出来的。

啊，庆幸得很，美好无比，让我们尽情歌唱，畅抒心中的情怀。

赏析

这首诗是曹操北征乌桓胜利班师，途中登临碣石山时所作。诗人借大海雄伟壮丽的景象，表达了自己渴望建功立业，统一中原的雄心伟志和宽广的胸襟。

"东临碣石，以观沧海"这两句话点明"观沧海"的位置：诗人登上碣石山顶，居高临海，视野寥廓，大海的壮阔景象尽收眼底。以下十句描写，概由此拓展而来。"观"字起到统领全篇的作用，体现了这首诗意境开阔，气势雄浑的特点。

"水何澹澹，山岛竦峙。树木丛生，百草丰茂。秋风萧瑟，洪波涌起"是实写眼前的景观，神奇而又壮观。"水何澹澹，山岛竦峙"是望海初得的大致印象，有点像绘画的轮廓。在这水波"澹澹"的海上，最先映入眼帘的是那突兀耸立的山岛，它们点缀在平阔的海面上，使大海显得神奇壮观。这两句写出了大海远景的一般轮廓，下面再层层深入地描写。"树木丛生，百草丰茂"具体写竦峙的山岛：虽然已到秋风萧瑟，草木摇落的季节，但岛上树木繁茂，百草丰美，给人诗意盎然之感。"秋风萧瑟，洪波涌起"则是对水波的进一层描写：定神细看，在萧瑟秋风中的海面汹涌起伏。作者面对萧瑟秋风，敞开"老骥伏枥，志在千里"的"壮志"胸怀。虽是秋天的典型环境，却无半点萧瑟凄凉的悲秋意绪。作者面对萧瑟秋风，极写大海的辽阔壮美：在秋风萧瑟中，大海汹涌澎湃，浩渺接天；山岛高耸挺拔，草木繁茂，没有丝毫凋衰感伤的情调。这种新的境界，新的格调，正反映了他"老骥伏枥，志在千里"的"烈士"胸襟。

"日月之行，若出其中；星汉灿烂，若出其里"则是虚写，作者运用想象，写出了自己的壮志豪情，将大海的气势和威力凸显在读者面前，在丰富的联想中表现出博大的胸怀、开阔的胸襟、宏大的抱负，暗含要像大海容纳万物一样把天下纳入自己掌中的胸襟。"幸甚至哉，歌以咏志"，这是合乐时的套语，与诗的内容无关，也说明这是乐府唱过的。

这首诗全篇写景，其中并无直抒胸臆的感慨之词，但是诵读全诗，仍能令人感到它所深深寄托的诗人的情怀。通过诗人对波涛汹涌、吞吐日月的大海的生动描绘，读者仿佛看到了曹操奋发进取，立志统一国家的伟大抱负和壮阔胸襟，触摸到了作为一个诗人、政治家、军事家的曹操，在一种典型环境中思想感情的流动。写景部分准确生动地描绘出海洋的形象，单纯而又饱满，丰富而不琐细，好像一幅粗线条的炭笔画一样。尤其可贵的是，这首诗不仅仅反映了海洋的形象，同时也赋予它性格。句句写景，又句句抒情。既表现了大海，也表现了诗人自己。诗人不满足于对海洋做形似的模拟，而是通过形象，力求表现海洋那种孕大含深、动荡不安的性格。海，本来是没有生命的，然而在诗人笔下却具有了性格。这样才更真实、更深刻地反映了大海的面貌。

这首诗不但写景，而且借景抒情，把眼前的海上景色和自己的雄心壮志很巧妙地融合在一起。这首诗的高潮放在诗的末尾，它的感情非常奔放，思想却很含蓄。不但做到了情景交融，而且做到了情理结合、寓情于景。因为它含蓄，所以更有启发性，更能激发我们的想象力，更耐人寻味。过去人们称赞曹操的诗深沉饱满、雄健有力，"如幽燕老将，气韵沉雄"，从这里可以得到印证。全诗的基调是苍凉慷慨的，这也是建安风骨的代表作。全诗语言质朴，想象丰富，气势磅礴，苍凉悲壮。

汉寿①城春望

【唐】刘禹锡

汉寿城边野草春，
荒祠古墓对荆榛②。
田中牧竖③烧刍狗④，
陌⑤上行人看石麟⑥。
华表半空经霹雳，
碑文才见⑦满埃尘。
不知何日东瀛变⑧，
此地还成要路津⑨。

注 释

①汉寿：县名，在今湖南常德东南。
②荆榛：荆棘。
③牧竖：牧童。
④刍狗：古代用茅草扎成的狗作祭品，祭后就被抛弃。
⑤陌：田间小路。
⑥石麟：石头雕刻的麒麟，这里泛指古代王公贵族墓前的石刻。
⑦才见：依稀可见。
⑧东瀛变：指沧海桑田的变化。东瀛：东海。
⑨要路津：交通要道。

作者名片

刘禹锡（772—842），字梦得，彭城（今江苏徐州）人，唐代中期诗人、哲学家。政治上主张革新，是王叔文派政治革新活动的中心人物之一。后被贬为朗州司马、连州刺史，晚年任太子宾客。他的一些诗歌反映了进步的思想，其学习民歌写成的《竹枝词》等诗具有新鲜活泼、健康开朗的显著特色，情调上独具一格。语言简朴生动、

情致缠绵。刘禹锡生前与白居易齐名，世称"刘白"。白居易则称他为"诗豪"，推崇备至。他的诗歌，传诵之作极多。诗现存800余首。

译文

春天来了，汉寿城边野草丛生，那荒祠和古墓前面长满荆榛。

田里的牧童在烧丢弃的刍狗，路上的行人在观看墓前的石麟。

经过雷电轰击，华表已经半毁。由于积满灰尘，碑文仅可辨认。

不知什么时候又发生沧海桑田的变化呢，到那时，这里又会成为南北交通的要津。

赏析

此诗虽题为春望，但所望却是满目荒凉衰败的景象，这样的景色正寄托着诗人遭贬谪后的凄凉之感，乃是以景写情之篇。

这首诗虽然极力地描绘了汉寿城遗址荒凉、破败的景象，但是格调毫不低沉。在兴和废的转化之中，充分地表现了诗人发展变化的朴素辩证的观点，使全诗充满了积极的进取精神。这首诗打破了一般律诗起、承、转、合的框框，首、颔、颈三联浑然一体，极力铺陈汉寿城遗址的荒芜、破败的景象，构成了全诗的整体层次。

"汉寿城边野草春"点明了"春望"的地点，含蓄而又凝练地表现汉寿城已是一片废墟了。"野草春"三字让人产生联想，如果汉寿不是一片芜城，还像当年那样人烟辐辏，无比繁华，春日迟迟，一派生机的话，诗人怎么会用城边野草刚刚发芽来描绘它的春色呢。首联对句勾勒出来的景物颇多，有荒祠、有古墓、有射棘、有榛莽，唯独没有人烟。正因为如此，诗人用"对"字组合起来的柯、墓、荆、榛之类愈多，便使人愈感荒凉。

"田中牧竖烧刍狗，陌上行人看石麟"句虽有"牧童"和"行人"出现，但也没有增添任何生气。牧竖烧刍狗，说明坟墓无人祭扫，田地荒芜，可牧牛羊。行人看石麟于陌上，是因为荆榛莽莽，别无可以观赏的景物，唯有古墓前的石兽群尚可注目而已。

"华表半空经霹雳，碑文才见满埃尘"句清楚地告诉人们汉寿城今非昔比，当年繁华的交通要道，如今已破败不堪了。当年指示路途的华表，如今已经被雷电轰击得半残；纵横的断碑，通体蒙尘，碑文依稀可辨。昔日繁华，今朝破败，尽在残缺华表，断裂石碑中显露出来。诗人不惜耗费大量笔墨大写特写这样的破败和荒凉，完全是为尾联的富有哲理性的议论作准备的。

"不知何日东瀛变，此地还成要路津"则谈出了一个深刻的哲理，即兴和废是互相依存，互相转化的。诗人认为：兴和废不是永恒的，不变的；而是有兴就有废，有废就有兴，兴可以变成废，废亦可以变成兴的。这正如老子所说的"祸兮福所倚，福兮祸所伏"一样，是具有朴素辩证法观点的。

相见欢·无言独上西楼

【五代】李煜

无言独上西楼，月如钩。寂寞梧桐深院锁清秋①。
剪②不断，理还乱，是离愁③，别是一般滋味④在心头。

注 释

①锁清秋：深深地被秋色所笼罩。清秋：一作"深秋"。
②剪：一作"翦"。
③离愁：指去国之愁。
④别是一般滋味：另有一种意味。别是：一作"别有"。

作者名片

李煜（937—978），南唐元宗（即南唐中主）李璟第六子，初名从嘉，字重光，号钟隐、莲峰居士，生于金陵（今江苏南京），南唐最后一位国君。李煜精书法、工绘画、通音律，诗文均有一定造诣，尤以词的成就最高。李煜的词，继承了晚唐以来温庭筠、韦庄等花间派词人的传统，又受李璟、冯延巳等的影响，语言明快、形象生动、用情真挚，风格鲜明，其亡国后词作更是题材广阔，含意深沉。有千古杰作《虞美人·春花秋月何时了》《乌夜啼·昨夜风兼雨》等词传世，被称为"千古词帝"。

译文

默默无言，孤孤单单，独自一人缓缓登上空空的西楼，抬头望天，只有一弯如钩的冷月相伴。低头望去，只见梧桐树寂寞地孤立院中，幽深的庭院被笼罩在清冷凄凉的秋色之中。那剪也剪不断，理也理不清，让人心乱如麻的，正是亡国之苦。那悠悠愁思缠绕在心头，却又是另一种无可名状的痛苦。

赏析

这首词是作者被囚于宋国时所作，词中的缭乱离愁不过是他宫廷生活结束后的一个插曲。由于当时已经归降宋朝，这里所表现的是他离乡去国的锥心怆痛。这首词感情真实，深沉自然，突破了花间词专以绮丽腻滑笔调写"妇人语"的风格，是宋初婉约词派的开山之作。

"无言独上西楼"将人物引入画面。"无言"二字活画出词人的愁苦神态，"独上"二字勾勒出作者孤身登楼的身影。神态与动作的描写，揭示了词人内心深处隐寓的很多不能倾诉的孤寂与凄婉。

"月如钩，寂寞梧桐深院锁清秋"，寥寥12个字，形象地描绘出了词人登楼所见之景。仰视天空，缺月如钩。"如钩"不仅写出月形，表明时令，而且意味深长：那如钩的残月经历了无数次的阴晴圆缺，见证了人世间无数的悲欢离合，如今又勾起了词人的离愁别恨。俯视庭院，茂密的梧桐叶已被无情的秋风扫荡殆尽，只剩下光秃秃的树干和几片残叶在秋风中瑟缩，词人不禁"寂寞"情生。然而，"寂寞"的不只是梧桐，即使是凄惨秋色，也要被"锁"于这高墙深院之中。而"锁"住的也不只是这满院秋色，落魄的人，孤寂的心，思乡的情，亡国的恨，都被这高墙深院禁锢起来，此景此情，用一个愁字是说不完的。

缺月、梧桐、深院、清秋，这一切无不渲染出一种凄凉的境界，反映出词人内心的孤寂之情，同时也为下片的抒情做好铺垫。作为一个亡国之君，一个苟延残喘的囚徒，他在下片中用极其婉转而又无奈的笔调，表达了心中复杂而又不可言喻的愁苦与悲伤。

秋日赴阙题潼关驿楼

【唐】许浑

红叶晚萧萧，
长亭①酒一瓢。
残云归太华②，
疏雨过中条③。
树色随山迥④，
河声入海遥。
帝乡⑤明日到，
犹自梦渔樵。

注 释

①长亭：常用作饯别处，后泛指路旁亭舍。
②太华：华山。
③中条：山名，在山西永济县。
④迥：远。
⑤帝乡：指都城。

作者名片

许浑（约791—约858），字用晦（一作仲晦），唐代诗人，润州丹阳（今江苏丹阳）人。晚唐最具影响力的诗人之一，专攻律体，题材以怀古、田园诗为佳，艺术则以偶对整密、诗律纯熟为特色。诗中多描写水、雨之景，后人拟之与诗圣杜甫齐名，并以"许浑千首诗，杜甫一生愁"评价之。成年后移家京口（今江苏镇江）丁卯涧，以丁卯名其诗集，后人因称"许丁卯"。许诗误入杜牧集者甚多。代表作为《咸阳城东楼》。

译文

秋天傍晚，枫树随风飒飒作响，夜宿潼关驿楼上自有瓢酒飘香。

几朵残云聚集在高耸的华山，稀疏的秋雨洒落到中条山上。

遥看树色随着潼关山势延伸，黄河奔流入海涛声回旋激荡。

明天就可到达繁华京城长安，我仍自在逍遥做着渔樵梦想！

赏析

开头两句，诗人先勾勒出一幅秋日行旅图，把读者引入一个秋浓似酒、旅况萧瑟的境界。"红叶晚萧萧"，用写景透露人物一缕缕悲凉的意绪；"长亭酒一瓢"，用叙事传出客子旅途况味，用笔干净利落。此诗另一版本题作"行次潼关，逢魏扶东归"，这个材料，可以帮助读者了解诗人何以在长亭送别、借瓢酒消愁。

然而诗人没有久久沉湎在离愁别苦之中。中间四句笔势陡转，大笔勾画四周景色，雄浑苍茫，全是潼关的典型风物。骋目远望，南面是主峰高耸的西岳华山；北面，隔着黄河，又可见连绵苍莽的中条山。残云归岫，意味着天将放晴；疏雨乍过，给人一种清新之感。从写景看，诗人拿"残云"再加"归"字来点染华山，又拿"疏雨"再加"过"字来烘托中条山，这样，太华和中条就不是死景，而是活景，因为其中有动势——在浩茫无际的沉静中显出了一抹飞动的意趣。

诗人把目光略收回来，就又看见苍苍树色，随关城一路远去。关外便是黄河，它从北面奔涌而来，在潼关外头猛地一转，径向三门峡冲去，翻滚的河水咆哮着流入渤海。"河声"后续一"遥"字，传出诗人站在高处远望倾听的神情。诗人眼见树色苍苍，耳听河声汹汹，把场面描写得绘声绘色，使读者有耳闻目睹的真实感觉。这里，诗人连用四句景句，安排得如巨鳌的四足，缺一不可，丝毫没有臃肿杂乱、使人生厌之感。其中三、四两句，又出现在他的另一首作品《秋霁潼关驿亭》诗的颔联，完全相同，是诗人偏爱的得意之笔。

"帝乡明日到，犹自梦渔樵"。本来，离长安不过一天的路程，作为入京的旅客，总该想着到长安后便要如何如何，满头满脑盘绕"帝乡"去打转子了。可是诗人却出人意料地说："我仍然梦着故乡的渔樵生活呢！"含蓄地表白了他并非专为追求名利而来。这样结束，委婉得体，悠游不迫，有力地显出了诗人的身份。

登楼寄王卿①

【唐】韦应物

踏阁攀林恨不同，
楚云沧海②思无穷。
数家砧杵③秋山下，
一郡荆榛寒雨中。

注 释

① 楼：指滁州北楼。王卿：诗人的朋友。
② 楚云沧海：指诗人在楚地，而王卿在海滨。
③ 砧（zhēn）杵（chǔ）：捣衣所用的工具。这里指砧杵声，指代秋声。

作者名片

韦应物（737—792），汉族，长安（今陕西西安）人。因出任过苏州刺史，世称"韦苏州"。今传有两卷本《韦苏州诗集》、十卷本《韦苏州集》。

散文仅存一篇。诗风恬淡高远，以善于写景和描写隐逸生活著称。

译 文

登上楼阁观景，攀上丛林览胜，只恨当年和我一起携手登楼，相约上山的王卿已经远去多时，景同而人已无。面对着苍茫天空，滔滔大海，引起我的无限情思。

秋风吹拂的山下，传来断断续续的砧杵声。极目远眺，荆榛树丛莽莽一片，一望无际，几乎塞满了全郡的每一处。

赏 析

这是一首怀念友人之作。韦应物与王卿之间有着很深的情谊。读这首小诗，我们眼前仿佛浮现出诗人韦应物的形象，见到他正在拾级登楼，对景吟唱。从前他和王卿相聚时，经常一起游览：他们曾携手登楼（"踏阁"），纵目远眺；并肩上山（"攀林"），寻幽探胜。而如今呢，王卿已经远去楚地，只有诗人自己还滞留在海边的州郡。这会儿，当诗人孤独地登楼远望时，一种强烈的怀念故人之情不觉油然而生，脱口唱出了一、二两句："踏阁攀林恨不同，楚云沧海思无穷。"

这开头两句虽然开门见山，将离愁别恨和盘托出，但在用笔上，却又有委婉曲折之妙。一、二两句采用的都是节奏比较和缓的"二二三"的句式："踏阁——攀林——恨不同，楚云——沧海——思无穷。"在这里，意义单位与音韵单位是完全一致的，每句七个字，一波而三折，节奏上较之三、四句的"四三"句式"数家砧杵——秋山下，一郡荆榛——寒雨中"，显然有缓急的不同。句中的自对，也使这两句的节奏变得徐缓。"踏阁"与"攀林"，"楚云"与"沧海"，分别在句中形成自对。朗读或默诵时，在对偶成分之间自然要有略长的停顿，使整个七字句进一步显得从容不迫。所以，尽管诗人的感情是强烈的，但在表现上却又不是一泻无余的，它流荡在舒徐的节律之中，给人以离恨绵绵、愁思茫茫的感觉。

　　三、四句承一、二句而来，是"恨不同"与"思无穷"的形象展示。在前两句中，诗人用充满感情的声音歌唱；到这后两句，写法顿变，用似乎冷漠的笔调随意点染了一幅烟雨茫茫的图画。粗粗看去，不免感到突兀费解；细细想来，又觉得唯有这样写，才能情真景切、恰到好处地表现出登楼怀友这一主题。

　　第三句中的"砧杵"，是捣制寒衣用的垫石和棒槌。这里指捣衣时砧杵相击发出的声音。秋风里传来"数家"零零落落的砧杵声，表现了"断续寒砧断续风"（李煜《捣练子》）的意境。"秋山下"，点明节令并交代"数家砧杵"的地点，"秋山"的景色也是萧索的。全句主要写听觉，同时也是诗人见到的颇为冷清的秋景的一角。

　　最后一句着重写极目远望所见的景象。"荆榛"，泛指高矮不等的杂树。"一郡"，形容荆榛莽莽苍苍，一望无涯，几乎塞满了全郡。而"寒雨中"三字，又给"一郡荆榛"平添了一道雨丝织成的垂帘，使整个画面越发显得迷离恍惚。这一句主要诉诸视觉，在画外还同时响着不断滴落的雨声。

登池州九峰楼①寄张祜

【唐】杜牧

百感中②来不自由，
角声孤起夕阳楼。
碧山终日思无尽，
芳草何年恨即③休。
睫在眼前长不④见，
道非身外更何求。

注　释

①九峰楼：在今安徽贵池东南的九华门上。一作"九华楼"。
②百感：指内心种种复杂的情感。中：一作"衷"，指内心。
③芳草：象征贤者。即：一作"始"。
④"睫在"句：用比喻批评白居易评价不公，发现不了近在眼前的人才。长：一作"犹"。

谁人得似张公子⑤，

千首诗轻⑥万户侯。

⑤得似：能像，能比得上。张公
子：指张祜。

⑥轻：作动词，轻视、蔑视的意思。

作者名片

　　杜牧（803—约852），字牧之，号樊川居士，京兆万年（今陕西西安）人。杜牧是唐代杰出的诗人、散文家。历任国史馆修撰，膳部、比部、司勋员外郎，黄州、池州、睦州刺史等职。因晚年居长安南樊川别墅，故后世称"杜樊川"，著有《樊川文集》。杜牧的诗歌以七言绝句著称，内容以咏史抒怀为主，其诗英发俊爽，多切经世之物，在晚唐成就颇高。杜牧人称"小杜"，以别于"大杜"杜甫，与李商隐并称"小李杜"。

译　文

　　多少感慨从内心涌上不能自已，画角孤鸣，夕阳照在楼头。

　　对着碧山整日思念无尽，到哪年愁恨可与芳草一同罢休？

　　睫毛就在眼前却总是看不见，大道不在身外还去何处求？

　　有谁能够比得上你张公子，以上千首诗篇蔑视那万户侯。

赏　析

　　长庆年间（821—824），白居易为杭州刺史，张祜请他贡举自己去长安应进士试。白居易出题面试，把张祜置于徐凝之下，使颇有盛名的张祜大为难堪。杜牧事后得知，也很愤慨。此诗系有感于白居易之非难张祜而发。诗人把自己对白居易的不满与对张祜的同情、慰勉和敬重，非常巧妙而有力地表现了出来。

　　这首诗纯乎写情，旁及景物，也无非为了映托感情。第一句用逆挽之笔，发泄了满腔感喟。众多的感慨一齐涌上心头，已经难于控制了。"角声"句势遒而意奇，为勾起偌多感叹的"诱因"。这一联以先果后因的倒装句式，造成突兀的艺术效果。"孤起"二字，警醒峻拔，高出时流甚远。一样的斜阳画角，用它一点染，气格便觉异样，似有一种旷漠、凄咽的情绪从行间汩汩流出。角声本无所谓孤独，是岑寂的心境给它抹上了这种感情色彩。行旧地，独凭栏杆，自然要联想到昔日同游的欢乐，相形之下，更显得独游的凄黯了。

三、四句承上而来，抒发别情。对面的青山——前番是把臂同游的处所；夹道的芳草——伴随着友人远去天涯。翠峰依旧，徒添知己之思；芳草连天，益增离别之恨。离思是无形的，把它寄寓在路远山长的景物中，便显得丰满、具体，情深意长了。诗人正是利用这种具有多层意蕴的词语暗示读者，引发出丰富的联想来，思致活泼，宛转关情。

五、六两句思笔俱换，由绅绎心中的怀想，转为安慰对方。目不见睫，喻人之无识，这是对白居易的微词。"道非身外"，称颂张祜诗艺之高，有道在身，不必向别处追求。这是故作理趣语，来慰藉自伤沦落的诗友。自此，诗的境界为之一换，格调也迥然不同，可见作者笔姿的灵活多变。

七、八句就此更作发挥。"谁人得似"即无人可比之意，推崇之高，无以复加。末句"千首诗轻万户侯"补足"谁人得似"句意，大开大合，结构严谨。在杜牧看来，张祜把诗歌看得比高官厚禄更重，没有谁及得上他的清高豁达。

此诗为抒情佳作，气格清高俊爽，兴寄深远，情韵悠长，恰似倒卷帘栊，一种如虹意气照彻全篇，化尽涕泪，并成酣畅。这种旋折回荡的艺术腕力，是很惊人的。它将对朋友的思念、同情、慰勉、敬重等意思，一一恰到好处地表现出来，含蓄婉转而又激情荡漾。

登 高

【唐】杜甫

风急天高猿啸哀，

注 释

①渚：水中的小洲。
②回：回旋。

渚①清沙白鸟飞回②。

无边落木萧萧下③，

不尽长江滚滚来。

万里悲秋常作客④，

百年⑤多病独登台。

艰难苦恨繁霜鬓，

潦倒⑥新停⑦浊酒杯。

③落木：指秋天飘落的树叶。萧萧：风吹落叶的声音。

④万里：指远离故乡。常作客：长期漂泊他乡。

⑤百年：犹言一生。

⑥潦倒：犹言困顿，衰颓。

⑦新停：这时杜甫正因病戒酒。

译文

风急天高猿猴啼叫显得十分悲哀，水清沙白的河洲上有鸟儿在盘旋。

无边无际的树木萧萧地飘下落叶，望不到头的长江水滚滚奔腾而来。

悲对秋景感慨万里漂泊常年为客，一生当中疾病缠身今日独上高台。

历尽了艰难苦恨白发长满了双鬓，衰颓满心偏又暂停了浇愁的酒杯。

赏析

杜甫的《登高》总体上给人一种萧瑟荒凉之感，情景交融之中，融情于景，将个人身世之悲、抑郁不得志之苦融于悲凉的秋景之中，极尽沉郁顿挫之能事，使人读来，感伤之情喷涌而出，如火山爆发而一发不可收拾。

如一般诗篇，《登高》首联写景，开门见山，渲染悲凉气氛。诗中如是写道："风急天高猿啸哀，渚清沙白鸟飞回，"这两句都是动静结合，寓静于动中构造了一幅以冷色调着墨的绝妙的水墨画。"风急天高猿啸哀"，一个"急"字，一个"哀"字非常有代入感，使人立马进入作者所营造的令人忧伤的情境里不可自拔。接着，苦闷情绪溢满于胸，无处排遣，诗人将其浓缩寄托于鸟的处境下，说"渚清沙白鸟飞回"，构造的是一幅冷淡惨白的画面。"渚"是"清"的，"沙"是"白"的，"鸟"是"飞回"的，"鸟"在一片萧瑟肃杀的荒无人烟的"渚沙"之中飞舞盘旋，可见其多么孤独，令人不禁想起"绕树三匝，何枝可依"的凄凉感，悲哀之情油然而生。而从整幅画的构造视角来说，这是一幅描画天地之一处的视野较窄的微观水墨画。

颔联集中表现了夔州秋天的典型特征。诗人仰望茫无边际、萧萧而下的木叶，俯视奔流不息、滚滚而来的江水，在写景的同时，便深沉地抒发了自己的情怀。"无边""不尽"，使"萧萧""滚滚"更加形象化，不仅使人联想到落木窸窣之声，长江汹涌之状，也无形中传达出韶光易逝，壮志难酬的感怆。透过沉郁悲凉的对句，显示出神入化之笔力，确有"建瓴走坂""百川东注"的磅礴气势。前人把它誉为"古今独步"的"句中化境"，是有道理的。

最后，颈联和尾联的视角回归微观，回到诗人个人身上。颈联如是说道：万里悲秋常作客，百年多病独登台。"悲秋"已让人黯然神伤，"万里悲秋"更是让人凄怆不已。一个"常"字更是道出"万里悲秋"时常与我相伴，悲哀感之强烈浓重，令人心神寂寥，无可排遣。若从字面义来理解，"万里悲秋"时常来做客，诗人不应是孤独的，而是有人陪伴的，所以与下一句"独登台"产生矛盾。实则不然，且看诗人用字便知。从一般用法来说，"作"连接抽象的事物，如作难、作废、作别，而"做"连接的都是能在实际生活中感知到的具体事物，如做作业、做工、做衣服。"客"本是实际能感知到的具体事物，一般指"人"，诗人在这里用了"作"，不用"做"，令人疑惑，细细想来，是诗人用词巧妙之处。"万里悲秋"是抽象的事物，寄托诗人感伤情绪之景物是会令人心生孤独悲伤之感的景色，不是实际生活中具体的事物，故不用"做"，而用"作"。达到的效果是加深悲秋之感，使之更强烈浓重，只有"万里悲秋"与我相伴，我只能"独登台"，独在异乡的孤独惆怅感与深秋景色之荒凉凄冷水乳交融，达到出神入化的境界，寄托诗人悲秋伤己的伤感情怀。

诗人由秋及人，有感而发，写自己年老多病，拖着残躯独自登上高台，那种异乡怀人的情感喷薄而出，心中苦闷跃然纸上。尾联"艰难苦恨繁霜鬓，潦倒新停浊酒杯"，连用四个字"艰""难""苦""恨"，组合在一起，极尽笔墨突出诗人内心的痛苦和郁闷程度之深，愁肠百结，愁绪万千，以致于白了头发，伤了身体，失了流年，壮志未酬身先老，悲秋之情，愁苦之绪，绵延不绝，令人哀悸。

诗前一半写景，后一半抒情，在写法上各有错综之妙。首联着重刻画眼前具体景物，好比画家的工笔，形、声、色、态，一一得到表现。次联着重渲染整个秋天的气氛，好比画家的写意，只宜传神会意，让读者用想象补充。三联表现感情，从纵（时间）、横（空间）两方面着笔，由异乡漂泊写到多病残生。四联又从白发日多，护病断饮，归结到时世艰难是潦倒不堪的根源。这样，杜甫忧国伤时的情操，便跃然纸上。

题宣州①开元寺水阁

【唐】杜牧

六朝②文物草连空，
天淡云闲今古同。
鸟去鸟来山色里，
人歌人哭③水声中。
深秋帘幕千家雨，
落日楼台一笛风。

注 释

①宣州：唐代州名，在今安徽省宣城县一带。
②六朝：指吴、东晋、宋、齐、梁、陈六个朝代。文物：指礼乐典章。
③人歌人哭：意思是祭祀时可以在室内奏乐，居丧时可以在这里痛哭，也可以在这里宴请国宾及会聚宗族。诗中借指宛溪两岸的人世世代代居住在这里。

惆怅无因见范蠡，

参差烟树五湖④东。

④五湖：指太湖及其相属的涓湖、洮湖、射湖、贵湖等四个小湖的合称，因而它可以用作太湖的别称。

译文

六朝文物只剩荒草连天空，天高云淡千般景象古今同。

百鸟飞来飞去闪现苍山间，人们世代住在水乡山寨中。

帘幕外千家承受连绵秋雨，日落西山悠扬笛声入寒风。

内心里怅惘无缘见到范蠡，只好掠过树木凝望五湖东。

赏析

诗首联对比写景，渲染气氛："六朝"，指吴、东晋、宋、齐、梁、陈这六个建都南京的朝代；"空"，即是天，也隐含"无"的意味。六朝的繁华已成陈迹，放眼望去，只见草色连空，那天淡云闲的景象，倒是自古至今，未发生什么变化。若此句只写"草连空"的景象而无"六朝文物"，则显空洞；以"六朝文物"开头后接"草连空"景象为证，语气强硬，更有兴衰之感。接着，诗人以"天淡云闲"的悠然、永恒对比"六朝文物"的兴衰仓促、短暂。古今联想、对比，人世变易的感慨油然而生，为全诗渲染出一种浓重的沧桑意味。

颔联紧承上句，写景用典："人歌人哭"，语出《礼记·檀弓下》中"晋献文子成室，晋大夫发焉。张老曰：'美哉轮焉！美哉奂焉！歌于斯，哭于斯，聚国族于斯。'"意思是，群居的人们生老蕃息于此。这两句似乎是写眼前景象，写"今"，但同时又和"古"相沟通：飞鸟在山色里出没，固然是向来如此；而人歌人哭，也并非某一片刻的景象。这些都不是诗人一时所见，而是平时积下的印象，在登览时被触发了。写鸟写人，鸟飞不出山色、人逃不出水声，山水如一个巨大的牢笼把鸟、人锁住了，而现在这晚唐恐怕是另一个"六朝"，走不出一只无形的手。写得深刻、看得透彻！一"色"一"声"，写出了朦胧之美。

而"人歌人哭水声中"融眼前景象、典故、言外意于一炉，以一歌一哭写人的一生，虽用典却不隔，写尽了历史的轮回、时代的更替，堪称"神来之笔"！

颈联继续写景，融合特殊景象：深秋时节的密雨，像给上千户人家挂上了层层的雨帘；落日时分，夕阳掩映着的楼台，在晚风中送出悠扬的笛声。两种景象：一阴一晴；一朦胧，一明丽。在现实中是难以同时出现的。但当诗人面对着开元寺水阁下这片天地时，这种虽非同时，然而却是属于同一地方获得的印象，汇集复合起来了，从而融合成一个对宣城、对宛溪的综合而长久性的印象。深秋、落日、雨和笛风，从句外看来何等纤丽，骨子里却是凄凉的：在这片天地里，在时间的长河里，"六朝文物"不见、风景依旧的感慨，自然就愈来愈强烈了；客观世界是持久的，歌哭相送的一代代人的人生却是有限的，这使"夕阳无限好，只是近黄昏"的晚唐诗人，在自觉不自觉间透出了一种无可奈何的历史沉重感，精神是无奈的寂寞、痛苦的苍凉。痛苦到了极点了，只好转而说景了。此联为传诵千古的名句，一写所见之景物，一写所闻之声音；而"千"与"一"对，以多与少相映成趣；"雨"与"风"对，以自然现象构成秋天情韵。

尾联抒怀，融情于景："无因"，没有机缘；"范蠡"，春秋时越国大夫，曾助越王勾践灭吴复国，功成身退，泛游五湖；"参差"，长短、高低不齐的样子；"烟树"，云烟笼罩的树木；"五湖"，太湖及其相属的四个小湖。诗人心头浮动着对范蠡的怀念，无由相会，只见五湖方向一片参差烟树而已。"见范蠡"，即诗人实现自己抱负的愿望；"惆怅无因"，表明诗人既感到失望悲观又不愿轻易放弃；"参差烟树"，写得既真切又朦胧，"参差"是真切的，"烟树"是朦胧的。整句诗像沉浸在烟里雾里，亦真亦幻。诗人仿佛已经感觉到了晚唐王朝的风雨飘摇、朝不保夕，但又希望自己能像范蠡那样"挽狂澜于既倒，扶大厦之将倾"，这是何等苍凉又让人深深感动的抱负啊！

登柳州①城楼寄漳②汀③封④连⑤四州

【唐】柳宗元

城上高楼接⑥大荒，
海天愁思⑦正茫茫。
惊风乱飐⑧芙蓉⑨水，
密雨斜侵薜荔⑩墙。
岭树重遮千里目⑪，
江⑫流曲似九回肠⑬。
共来⑭百越⑮文身地，
犹自音书滞一乡。

注 释

①柳州：今属广西。
②漳：漳州。今属福建。
③汀：汀州。今属福建。
④封：封州。今属广东。
⑤连：今属广东。
⑥接：连接。一说目接、看到。
⑦海天愁思：如海如天的愁思。
⑧乱飐（zhǎn）：吹动。
⑨芙蓉：指荷花。
⑩薜荔：一种蔓生植物，也称木莲。
⑪千里目：这里指远眺的视线。
⑫江：指柳江。
⑬九回肠：愁肠九转，形容愁绪缠结难解。
⑭共来：指和韩泰、韩华、陈谏、刘禹锡四人同时被贬远方。
⑮百越：即百粤，泛指五岭以南的少数民族。

作者名片

柳宗元（773—819），字子厚，唐代河东（今山西省永济市）人，代宗大历八年（773年）出生于京城长安，宪宗元和十四年（819年）客死于柳州。著名文学家、思想家，享年不到50岁。因为他是河东人，终于柳州刺史任上，所以人称柳河东或柳柳州。

译文

登上柳州高楼，向远处望去，只见平地连接着无际的荒原，海天一般的茫茫哀怨愁苦油然生起。

突然狂风大作，吹起了水中的荷花；顿时暴雨来临，击打着墙上的薜荔。

层叠的远山连绵起伏，遮住长远的目光；清澈的柳江九转千回，令我内心更加繁乱。

我和同伴一起来到岭南荒蛮之地，仍然无法相互联系，着实使人伤悲。

赏析

这首抒情诗，赋中有比，象中含兴，情景交融，凄楚动人。

全诗先从"登柳州城楼"写起。首句"城上高楼"，于"楼"前着一"高"字，立身愈高，所见愈远。作者长途跋涉，好不容易才到柳州，却急不可耐地登上高处，为的是要遥望战友们的贬所，抒发难于明言的积愫。"接大荒"之"接"字，是说城上高楼与大荒相接，乃楼上人眼中所见。于是感物起兴，"海天愁思正茫茫"一句，即由此喷涌而出，展现于诗人眼前的是辽阔而荒凉的空间，望到极处，海天相连。而自己的茫茫"愁思"，也就充溢于辽阔无边的空间了。这么辽阔的境界和这么深广的情意，作者却似乎毫不费力地写入了这第一联，摄诗题之魂，并为以下的逐层抒写展开了宏大的画卷。

第二联"惊风乱飐芙蓉水，密雨斜侵薜荔墙"，写的是近处所见。惟其是近景，见得真切，故写得细致。就描绘风急雨骤的景象而言，这是"赋"笔，而赋中又兼有比兴。屈原《离骚》有云："制芰荷以为衣兮，集芙蓉以为裳。不吾知其亦已兮，苟余情其信芳。"又云："擥木根以结茝兮，贯薜荔之落蕊；矫菌桂以纫蕙兮，索胡绳之纚纚。謇吾法夫前修兮，非世俗之所服。"在这里，芙蓉与薜荔，正象征着人格的美好与芳洁。登城楼而望近处，从所见者中特意拈出芙蓉与薜荔，显然是它们在暴风雨中的情状使诗人心灵颤悸。风而曰惊，雨而曰密，飐而曰乱，侵而曰斜，足见客观事物又投射了诗人的感受。芙蓉出水，何碍于风，而惊风仍要乱飐；薜荔覆墙，雨本难侵，而密雨偏要斜侵。这不禁使诗人产生联想，愁思弥漫。在这里，景中之情，境中之意，赋中之比兴，有如水中着盐，不见痕迹。

第三联写远景。由近景过渡到远景的契机乃是近景所触发的联想：自己此时是处于这样的情境之中，好友们的处境又是如何呢？于是心驰远方，目光也随之移向漳、汀、封、连四州。"岭树""江流"两句，同写遥望，却一仰一俯，视野各异。仰观则重岭密林、遮断千里之目；俯察则江流曲折，有似九回之肠。景中寓情，愁思无限。从字面上看，以"江流曲似九回肠"对"岭树重遮千里目"，铢两悉称，属于"工对"的范围。而从意义上看，上实下虚，前因后果，以骈偶之辞运单行之气，又具有"流水对"的优点。

尾联从前联生发而来，除表现关怀好友处境却望而不见的惆怅之外，还有更深一层的意思：望而不见，自然想到互访或互通音讯；而望陆路则山岭重叠，望水路则江流纡曲，不要说互访不易，即便互通音讯，也十分困难。这就很自然地要归结到"音书滞一乡"。然而就这样结束，文情较浅，文气较直。作者的高明之处，在于他先用"共来百粤文身地"一垫，再用"犹自"一转，才归结到"音书滞一乡"，便收到了沉郁顿挫的艺术效果。而"共来"一句，既与首句中的"大荒"照应，又统摄题中的"柳州"与"漳、汀、封、连四州"。一同被贬谪于大荒之地，已经够痛心了，还彼此隔离，连音书都无法送到。余韵袅袅，余味无穷，而题中的"寄"字之神，也于此传出。可见诗人用笔之妙。

咸阳①城东楼

【唐】许浑

一上高城万里愁，
蒹葭杨柳似汀洲②。

注释

① 咸阳：秦都城，唐代咸阳城与新都长安隔河相望。今属陕西。
② 蒹葭：芦苇一类的水草。汀洲：水边平坦的沙洲。

溪云③初起日沉阁，

山雨欲来风满楼。

鸟下绿芜④秦苑夕，

蝉鸣黄叶汉宫秋。

行人莫问当年⑤事，

故国东来渭水流⑥。

③"溪云"句：此句下作者自注："南近磻溪，西对慈福寺阁。"
④芜：乱草丛生的地方。
⑤当年：一作"前朝"。
⑥故国东来渭水流：一作"渭水寒声昼夜流"，"声"一作"光"。

译文

登上高楼，万里乡愁油然而生，眼中水草杨柳就像江南汀洲。

溪云突起，红日落在寺阁之外，山雨未到狂风已吹满咸阳楼。

黄昏杂草丛生，园中的鸟儿照飞，深秋枯叶满枝的树上有蝉啾啾在叫。

来往的过客不要问从前的事，只有渭水一如既往地向东流。

赏析

此诗首联扣题，抒情写景。"蒹葭"，暗用《诗经·国风·秦风·蒹葭》的诗意，表思念心绪。诗人登上咸阳高高的城楼，向南望去，远处烟笼蒹葭，雾罩杨柳，很像长江中的汀洲。诗人游宦长安，远离家乡，一旦登临，思乡之情涌上心头。蒹葭杨柳，居然略类江南。万里之愁，正以乡思为始："一上"表明触发诗人情感时间之短瞬，"万里"则极言愁思空间之迢遥广大，一个"愁"字，奠定了全诗的基调。笔触低沉，景致凄迷，触景生情，苍凉伤感的情怀落笔即出，意远而势雄。

颔联写晚眺远景，寓意深远。诗人傍晚登上城楼，只见磻溪罩云，暮色苍茫，一轮红日渐薄远山，夕阳与慈福寺阁姿影相叠，仿佛靠近寺阁而落。就在这夕照图初展丽景之际，蓦然凉风突起，咸阳西楼顿时沐浴在凄风之中，一场山雨眼看就要到了。这是对自然景物的临摹，也是对唐王朝日薄西山，危机四伏的没落局势的形象化勾画，它淋漓尽致而又形象入神地传出了诗人"万里愁"的真实原因。云起日沉，雨来风满，动感分明；"风为雨头"，含蕴深刻。此联常用来比喻重大事件发生前的紧张气氛，是千古传咏的名句。

颈联写晚眺近景，虚实结合：山雨将到，鸟雀仓皇逃入杂草丛中，秋蝉躲在黄叶高林中悲鸣，这些是诗人眼前的实景。但早已荡然无存的"秦苑""汉宫"又给人无尽的联想——禁苑深宫，而今杂草丛生，黄叶满林；唯有鸟雀和虫鸣，不识兴亡，依然如故。历史的演进，王朝的更替，世事的变化沧桑，把诗人的愁怨从"万里"推向"千古"，以实景叠合虚景，吊古之情油然而生。

尾联作结，融情于景。诗人最后感慨道：羁旅过客还是不要索问当年秦汉兴亡之事吧！我这次来故国咸阳，连遗址都寻不着，只有渭水还像昔日一样长流不止。"莫问"二字，并非劝诚之辞，实乃令人思索之语，它让读者从悲凉颓败的自然景物中钩沉历史的教训；一个"流"字，则暗示出颓势难救的痛惜之情。渭水无语东流的景象中，凝结着诗人相思的忧愁和感古伤今的悲凉，委婉含蓄，令人伤感。

蝶恋花①·槛②菊愁烟兰泣露

【宋】晏殊

槛菊愁烟兰泣露，罗幕③轻寒，燕子双飞去。明月不谙④离恨⑤苦，斜光到晓穿朱户⑥。

昨夜西风凋⑦碧树⑧，独上高楼，望尽天涯路。欲寄彩笺⑨兼⑩尺素⑪，山长水阔知何处？

注 释

①蝶恋花：又名"凤栖梧""鹊踏枝"等。唐教坊曲，后用为词牌。《乐章集》

《张子野词》并入"小石调"，《清真集》入"商调"。赵令畤有《商调蝶恋花》，联章作《鼓子词》，咏《会真记》事。双调，六十字，上下片各四仄韵。

②槛（jiàn）：古建筑常于轩斋四面房基之上，围以木栏，上承屋角，下临阶砌，谓之槛。至于楼台水榭，亦多是槛栏修建之所。

③罗幕：丝罗的帷幕，富贵人家所用。

④不谙（ān）：不了解，没有经验。谙：熟悉，精通。

⑤离恨：一作"离别"。

⑥朱户：犹言朱门，指大户人家。

⑦凋：衰落。

⑧碧树：绿树。

⑨彩笺：彩色的信笺。

⑩兼：一作"无"。

⑪尺素：书信的代称。古人写信用素绢，通常长约一尺，故称尺素。

作者名片

晏殊（991—1055），字同叔，抚州临川（今属江西）人。北宋政治家、文学家。十四岁以神童入试，赐同进士出身，命为秘书省正字，官至右谏议大夫、集贤殿学士、同平章事兼枢密使、礼部刑部尚书、观文殿大学士知永兴军、兵部尚书。晏殊以词著于文坛，尤擅小令，风格含蓄婉丽，与其第七子晏几道被称为"大晏"和"小晏"，又与欧阳修并称"晏欧"；亦工诗善文，原有集，已散佚。有《珠玉词》《晏元献遗文》《类要》残本存世。

译文

清晨栏杆外的菊花笼罩着一层愁惨的烟雾，兰草上沾满露珠，像是在悲啼。罗幕之间透露着缕缕轻寒，一双燕子飞去。明月不明白离别之苦，斜斜的银辉直到破晓还穿入朱户。

昨天夜里西风惨烈，凋零了绿树。我独自登上高楼，望尽那消失在天涯的道路。想给我的心上人寄一封信。但是高山连绵、碧水无尽，又不知道我的心上人在何处。

赏 析

在婉约派词人众多的伤离怀远之作中，这是一首颇负盛名的词。它不仅具有情致深婉的特点，而且具有一般婉约词少见的寥廓高远的特色。它不离婉约词，却又在某些方面超越了婉约词。

起句"槛菊愁烟兰泣露"，写秋晓庭圃中的景物。菊花笼罩着一层轻烟薄雾，看上去似乎脉脉含愁；兰花上沾有露珠，看起来又像默默饮泣。兰和菊本就含有某种象喻色彩（象喻品格的幽洁），这里用"愁烟""泣露"将它们人格化，将主观感情移于客观景物，透露女主人公自己的哀愁。"愁""泣"二字，刻画痕迹较显，与大晏词珠圆玉润的语言风格有所不同，但于借外物抒写心情、渲染气氛、塑造主人公形象方面自有其作用。

次句"罗幕轻寒，燕子双飞去"，这两种现象之间本不一定存在联系，但在充满哀愁、对节候特别敏感的主人公眼中，那燕子似乎是不耐罗幕轻寒而飞去。这里与其说是燕子的感觉，不如说是写帘幕中人的感觉——不只是在生理上感到初秋的轻寒，而且在心理上也荡漾着因孤子凄清而引起的寒意。燕的双飞，更反托出人的孤独。这两句只写客观物象，不着有明显感情色彩的词语，表示的感情非常委婉含蓄。

"明月不谙离恨苦，斜光到晓穿朱户。"上片后两句是说，明月不明白离别的痛苦，斜斜的银辉直到破晓还穿入朱户。

从今晨回溯昨夜，明点"离恨"，情感也从隐微转为强烈。明月本是无知的自然物，它不了解离恨之苦，而只顾光照住户，原很自然；既如此，似乎不应怨恨它。但却偏要怨。这种仿佛是无理的埋怨，却正有力地表现了女主人公在离恨的煎熬中对月彻夜无眠的情景。

"昨夜西风凋碧树，独上高楼，望尽天涯路。"过片承上"到晓"，折回写今晨登高望远。"独上"应上"离恨"，反照"双飞"，而"望尽天涯"正从一夜无眠生出，脉理细密。"西风凋碧树"，不仅是登楼即所见，而且包含有昨夜通宵不寐卧听西风落叶的回忆。碧树因一夜西风而尽凋，足见西风之劲厉肃杀，"凋"字正传出这一自然界的显著变化给予主人公的强烈感受。景既萧索，人又孤独，几乎言尽的情况下，作者又出人意料地展现出一片无限广远寥廓的境界："独上高楼，望尽天涯路。"这里固然有凭高望远的苍茫之感，也有不见所思的空虚怅惘，但这所向空阔、毫无窒碍的境界却又给主人公一种精神上的满足，使其由忧伤愁闷转向对广远境界的骋望，这从"望尽"一词中可以体味出来。这三句尽管包含望而不见的伤离意绪，但感情是悲壮的，没有纤柔颓靡的气息；语言也洗净铅华，纯用白描。这三句是此词中流传千古的佳句。

高楼骋望，不见所思，因而想到音书寄远："欲寄彩笺兼尺素，山长水阔知何处！"彩笺，这里指题诗的诗笺；尺素，指书信。两句一纵一收，将主人公音书寄远的强烈愿望与音书无寄的可悲现实对照起来写，更加突出了"满目山河空念远"的悲慨，词也就在这渺茫无着落的怅惘中结束。"山长水阔"和"望尽天涯"相应，再一次展示了令人神往的境界，而"知何处"的慨叹则增加了摇曳不尽的情致。

这首词上下片之间，在境界、风格上是有区别的。上片取景较狭，风格偏于柔婉；下片境界开阔，风格近于悲壮。但上片深婉中见含蓄，下片于广远中有蕴涵。王国维借用词中"昨夜"三句来描述古今成大事业、做大学问的第一种境界，虽与词作原意了不相涉，却和这三句意象特别虚涵，便于借题发挥分不开。

九日①齐安②登高

【唐】杜牧

江涵秋影雁初飞，
与客携壶上翠微③。
尘世难逢开口笑，
菊花须插满头归。
但将酩酊④酬佳节，

不用登临⑤恨落晖。

古往今来只如此，

牛山⑥何必独沾衣。

⑤登临：登山临水或登高临下，泛指游览山水。
⑥牛山：山名。在今山东省淄博市。春秋时齐景公泣牛山，即其地。

译文

江水倒映秋影，大雁刚刚南飞，约朋友携酒壶登山。

尘世烦扰平生，难逢开口一笑，菊花盛开之时要满头插上菊花而归。

只应纵情痛饮酬答重阳佳节，不必怀忧登临叹恨落日余晖。

人生短暂，古往今来终归如此，何必学齐景公对着牛山流泪。

赏析

首联用白描的手法写雁过江南飞时，与客提壶上青山的一幅美景。仅用七字，把江南的秋色描写得淋漓尽致。诗人用"涵"来形容江水仿佛把秋景包容在自己的怀抱里，"江涵秋影"四字精妙地传达出江水之清，"秋影"包容甚广，不独指雁影。"与客携壶"是置酒会友，兼之有山有水，是人生乐事，"翠微"来代替秋山，都流露出对于眼前景物的愉悦感受。

颔联为唐诗名句，夹叙夹议，写出了诗人矛盾的心情。"难逢""须插"的言外之意是应把握当前及时行乐，不要无益地痛惜流光，表现了一种通达的生活态度。"菊花"是扣合重阳节的习俗。

颈联与颔联手法相同，都采用了夹叙夹议的手法，表达了诗人想用酩酊大醉来酬答这良辰佳节，无须在节日登临时为夕阳西下、为人生迟暮而感慨、怨恨，同时也表达了及时行乐之意。"酩酊"也扣合了重阳节的习俗。颔联和颈联都用了对比，一是尘世不乐与佳节尽情快乐的对比，一是大醉无忧与怨恨忧愁的对比。两联也多次提到重阳。节日的一个重要功能，就是使人们暂时摆脱日常生活的束缚、抛开日常生活的烦恼，让自己的心情放松片刻。杜牧在这里所表现的正是趁着重阳节抛开世事、尽情放纵快乐的思想。

尾联承上"登临恨落晖"意，诗人用齐景公牛山泣涕之事进一步安慰自己。诗人由眼前所登池州的齐山，联想到齐景公的牛山坠泪，认为像"登临恨落晖"所感受到的那种人生无常，是古往今来尽皆如此的。既然并非今世才有此恨，就不必像齐景公那样独自伤感流泪。以齐景公的反例作结，表现了这种旷怀中包含的一种苦涩。

此诗通过记叙重阳登山远眺一事，表达了诗人人生多忧、生死无常的悲哀。以看破一切的旷达乃至颓废，表现了封建知识分子人生观中落后、消极的一面。

南乡子·集句

【宋】苏轼

怅望送春杯①。渐老逢春能几回。花满楚城愁远别，伤怀。何况清丝急管催。

吟断望乡台。万里归心独上来。景物登临闲始见，徘徊。一寸相思一寸灰②。

注 释

①怅望送春杯：渲染对酒伤春的情话。
②一寸相思一寸灰：结尾之笔取自李商隐的《无题》二首之二。

作者名片

苏轼（1037—1101），字子瞻，又字和仲，号东坡居士，宋代重要的文学家、内丹家，宋代文学最高成就的代表。汉族，北宋眉州眉山（今属四川省眉山市）人。嘉祐（宋仁宗年号，1056—1063）进士。其诗题材广阔，清新豪健，善用夸张比喻，独具风格，与黄庭坚

并称"苏黄"。词开豪放一派，与辛弃疾同是豪放派代表，并称"苏辛"。又工书画。有《东坡七集》《东坡易传》《东坡乐府》等。

译文

我惆怅地望着手中这杯送春酒。身体逐渐变老又有几回能再逢见春。楚城繁花似锦心里却因远别而发愁，非常伤心，更何况还有酒宴上清丝急管奏出的别离之音。

在望乡台断断续续地吟诵。纵使与故土远隔万里，却仍然归心似箭。登台远眺，因为轻闲才得以饱览这春景，可我内心却很忧伤。相思之情，恰如寒灰。

赏析

选取前人成句合为一篇叫集句，诗中所集皆唐人诗句。此诗当作于贬谪黄州时期。

"怅望送春杯。渐老逢春能几回。"花繁叶盛的春日虽好，然而它终会远去，惆怅地望着手中这杯送春酒，心里涌起的伤春之情比酒更浓郁，千回百转，才下眉头，却上心头。由春日的归去不由联想到自己年华的流逝。"渐老"，谓逐渐衰老，语调悲哀沧桑。"逢春"，忽一喜，词情上扬。"能几回"，情绪再次跌落，由扬而抑，更显悲怆，人已衰老，有生之年还能看到几个春天。一句之中一咏三叹，笔法缠绵而苍老，正是苏轼贬谪黄州时的哀伤心情的写照。

"花满楚城愁远别，伤怀。何况清丝急管催。"作者所处之时节恰是盛春，繁花似锦，故曰"花满"。楚城，正是作者贬谪之地——黄州。词人流离飘零于此，远离故乡和亲人，怎能不满怀愁绪深如海。在万红飘香的季节里，词人不仅没有感受到春的蓬勃和喜悦，反而备觉凄凉难耐，完全是基于受打击、遭放逐的现实原因。此深层次的意蕴悄然表露，使其伤春之情意味更加深远。"伤怀"二字极有分量，淋漓尽致地概括了词人伤春意愁离别的种种凄苦之情。且这二字为作者自述，它将所集唐人诗句熔铸为一体，表现出古为今用的绝妙之处。伤别之人本已悲哀不堪，哪里还禁得住送行酒宴上清丝急管奏出的别离之音。"何况"两字，尽显不胜悲伤之态。词人在上片结尾处用此句，其沉痛心情不言而喻。

"吟断望乡台。万里归心独上来。"下片词人着重抒写自己思念故土之情。词人即使四处飘零宦游，也始终不曾忘却西蜀——他的家乡，更何况愈往南走离故土愈遥远。登高饮酒之际，岂能不倍加思念家乡。一个"断"字形象地描绘了其望乡情切的心态。词人纵使与故土远隔万里，却仍然归心似箭，同宴的伙伴们谁能领会这份情怀。"独"字突出了词人孤身漂流在外的孤独、寂寞之感。

"景物登临闲始见，徘徊。一寸相思一寸灰。"原诗两句之中三次用到了"闲"字，苏轼取其诗意，化为己用，意蕴颇深。只因此时了无官职，一身轻闲，悠然从容中登台眺望，才能将这春日的美景尽收眼底。苏轼表面上叙述了自己无官一身轻的悠闲自在，实际深深流露了遭受贬逐，无法作为，一事不成的巨大痛苦。正因为如此，词人才会在此地久久徘徊，不愿离去，那无论如何都挥之不去的烦忧在他心头盘旋，时时折磨着他。结句为全词点睛之笔。功业不可建，故土无法还。两种相思，一种愁绪，纠结在一起，令词人辗转反侧，心如寒灰。

此词落墨于酒筵，中间写望乡，结穴于一寸相思一寸灰的反思，呈现出一个从向外观照而返听收视、反观内心的心灵活动过程。由外向转而内向，是此词特色之一。而此词则证明，东坡词横放杰出风格之外，更有内敛绵邈之一体。若进一步知人论世，则当时东坡之思想志向，实已从更多地向外用力，转变为更多地向内用力。

玉楼春·东风又作无情计

【宋】晏几道

东风又作无情计，艳粉娇红①吹满地。碧楼帘影不遮愁，还似去年今日意。

谁知错管春残事，到处登临曾费泪。此时金盏②直须③深，看尽落花能几醉！

注 释

①艳粉娇红：指娇艳的花。
②金盏：酒杯的美称。
③直须：只管，尽管。

作者名片

晏几道（1038—1110），北宋著名词人。字叔原，号小山，抚州临川文港沙河（今属江西省南昌市进贤县）人。晏殊第七子。历任颍昌府许田镇监、乾宁军通判、开封府判官等。性孤傲，中年家境中落。与其父晏殊合称"二晏"。词风似父而造诣过之。工于言情，其小令语言清丽，感情深挚，尤负盛名。表达情感直率。多写爱情生活，是婉约派的重要作家。有《小山词》留世。

译 文

东风又施行着无情的心计，娇艳的红花被它吹落了一地。青楼上珠帘透入落花残影，遮不住零星愁，犹如去年今日又惹我起伤春意。

谁知误管了暮春残红，到处登山临水耗费我多少伤春泪。端起金杯，此刻只管痛饮，直到把落花看尽。人生在世，青春短暂，有多少欢乐，还能有几次陶醉！

赏析

起首一句气势不凡，笔力沉重，着一"又"字，言东风无情，实则烘衬出内心的愁怨之深，此意直贯全篇。第二句的"艳粉娇红吹满地"，正面描写落花，"粉"是"艳"，"红"是"娇"，不仅描绘了花的色彩，而且写出了花的艳丽娇媚如人。着力写花的美，也就更能反衬出"吹满地"的景象之惨，满目繁华，转瞬即逝，使人触目惊心。"吹"字暗接"东风"，进一步写东风的无情。上片歇拍两句，上句词意深厚。楼台高远，帘影层深，可落花残影依旧透过窗帘隐约浮现在眼前。"不遮愁"三字十分生动、传神。

景既不能遮断，愁自然油然而生。下句语浅而情深，红稀绿暗的春残景色"还似"去年一样，"还似"二字，回应首句"又"字，申说花飞花谢的景象、春残春去的愁情，不是今年才有，而是年年如此，情意倍加深厚，语气愈益沉痛。

过片表面上自责，实际上写花落春去，人力无法挽回，惜春怜花，只能是徒然多事而已。当初不能通晓此理，每逢登临游春都为花落泪，现在看来纯属浪费感情。表面上看似怨悔，实是感伤。结拍两句，化用崔敏童的诗句"能向花前几回醉，十千沽酒莫辞频"（《宴城东庄》），转写今日，表面上自解自慰，说伤春惜花费泪无益，不如痛饮美酒，恣赏落花，语极旷达，实际上却极为沉痛，较之惋惜更深一层。群花飞谢，还没有委埋泥土、坠随流水之前，"吹满地"的"艳粉娇红"还可供人怜惜，然而这种景象转瞬间即将消逝无踪，又能够看到几次？"直须深"的连连呼唤中，蕴藏着无计留春、悲情难抑的痛苦，但这种感情却故以问语相诘，就显得十分婉转。此二句明朗显豁，摇曳顿挫，有一唱三叹之妙。

宣州①谢朓楼饯别②校书③叔云④

【唐】李白

弃我去者，

昨日之日不可留；

乱我心者，

今日之日多烦忧。

长风⑤万里送秋雁，

对此⑥可以酣⑦高楼。

蓬莱文章⑧建安骨，

中间小谢⑨又清发。

俱怀⑩逸兴壮思飞，

欲上青天览⑪明月。

抽刀断水水更流，

举杯销⑫愁愁更愁。

人生在世不称⑬意，

明朝散发⑮弄扁舟⑯。

注 释

①宣州：今安徽宣城一带。谢朓（tiǎo）楼：又名北楼、谢公楼。

②饯别：以酒食送行。

③书：官名，即秘书省校书郎，掌管朝廷的图书整理工作。

④叔云：李白的叔叔李云。

⑤长风：远风，大风。

⑥此：指上句的长风秋雁的景色。

⑦酣（hān）：畅饮。高楼：指谢朓楼。

⑧蓬莱文章：借指李云的文章。

⑨小谢：指谢朓，字玄晖，南朝齐诗人。清发（fā）：指清新秀发的诗风。发：诗文俊逸。

⑩俱怀：两人都怀有。逸兴（xìng）：飘逸豪放的兴致，多指山水游兴，超迈的意兴。

⑪览：通"揽"，指摘取。一本作"揽"。

⑫销：一本作"消"。更：一本作"复"。

⑬称（chèn）意：称心如意。

⑭明朝（zhāo）：明天。

⑮散发（fà）：去冠披发，指隐居不仕。这里是形容狂放不羁。

⑯弄扁（piān）舟：乘小舟归隐江湖。扁舟：小舟，小船。散发弄扁舟：一作"举棹还沧洲"。

译 文

弃我而去的昨天，早已不可挽留。

乱我心绪的今天，使人无限烦忧。

万里长风，送走行行秋雁。面对美景，正可酣饮于高楼。

先生的文章颇具建安风骨，而我的诗风，也像谢朓那样清新秀丽。

我们都满怀豪情逸兴，飞跃的神思像要腾空而上直抵高高的青天，去摘取那皎洁的明月。

拔刀断水水却更加汹涌奔流，举杯消愁愁情却更加浓烈。

人生在世不能称心如意，不如披头散发，登上长江中的一叶扁舟。

赏 析

这首诗先写虚度光阴、报国无门的痛苦，而后赞美主客双方的才华与抱负，最后以挥洒出世的幽愤作结。全诗感情色彩浓烈，情绪如狂涛漫卷，笔势如天马行空。

诗中抒发年华虚度、壮志难酬的苦闷，盛赞汉代文章、建安风骨及谢朓诗歌的豪情逸兴，最后流露出消极处世的情绪。

诗的开头显得很突兀，因为李白当时很苦闷，所以一见到可以倾诉衷肠的族叔李云(李华)，就把满腹牢骚宣泄出来。李白于天宝初供奉翰林，但在政治上不受重视，又受权贵谗毁，时间不长便弃官而去，过着飘荡四方的游荡生活。十年来的人间辛酸，作客他乡的抑郁和感伤，积聚在心头，今天终于可以一吐为快了。

"长风"两句借景抒情，在秋高气爽之日，目接风送秋雁之境，精神为之一振，烦恼为之一扫，感到心与境合的舒畅，豪情油然而生，意欲酣饮一场。

"蓬莱"两句承高楼饯别分写主客双方。以"建安骨"赞美李云的文章风格刚健。"中间"是指南朝；"小谢"是指谢朓，因为他在谢灵运（大谢）之后，所以称小谢。这里李白自比为小谢，流露出对自己才能的自信。"俱怀逸兴壮思飞，欲上青天览明月"一句抒发了作者远大的抱负。"览"字富有表现力，用了夸张的手法，抒发了作者的远大抱负。

"抽刀"一句用来比喻内心的苦闷无法排解，显得奇特而富有创造性。"举杯"一句道出了他不能解脱，只能愁上加愁的不得志的苦闷心情，同时也抒发了离别的悲伤。

最后两句是诗人对现实不满的激愤之词。李白长期处于不称意的苦闷之中，不得不寻求另一种超脱，即"散发弄扁舟"。逃避现实虽不是他的本意，但当时的历史条件和他不愿同流合污的清高放纵的性格，都使他不可能找到更好的出路。这首诗运用了起伏跌宕的笔法，一开始直抒胸中忧愁，表达对现实的强烈不满。既而又转向万里长空，精神一振，谈古论今，以小谢自比，表露出自己"欲上青天览明月"的远大抱负。接着诗人又从美丽的理想境界回到了苦闷的现实当中，只得无奈地选择逃避现实。全诗大起大落，一波三折，通篇在悲愤之中又贯穿着一种慷慨豪迈的激情，显出诗人雄壮豪放的气概。

与诸子登岘山①

【唐】孟浩然

人事有代谢②，
往来③成古今。
江山留胜迹，
我辈复登临④。
水落鱼梁⑤浅，
天寒梦泽⑥深。
羊公碑⑦字⑧在，
读罢泪沾襟。

注 释

①诸子：指诗人的几个朋友。岘山：一名岘首山，在今湖北襄阳城以南。
②代谢：交替变化。
③往来：旧的去，新的来。
④复登临：就羊祜曾登岘山而言。登临：登山观看。
⑤鱼梁：沙洲名，在襄阳鹿门山的沔水中。
⑥梦泽：云梦泽，古大泽，即今江汉平原。
⑦羊公碑：后人为纪念西晋名将羊祜而建。
⑧字：一作"尚"。

作者名片

孟浩然（689—740），名浩，字浩然，号孟山人，襄州襄阳（今湖北襄阳）人，唐代著名的山水田园派诗人，世称"孟襄阳"。因他未曾入仕，又称之为"孟山人"。孟诗绝大部分为五言短篇，多写山水田园和隐居的逸兴以及羁旅行役的心情。其中虽不无愤世嫉俗之词，但更多的属于诗人的自我表现。孟浩然的诗在艺术上有独特的造诣，后人把孟浩然与盛唐另一山水诗人王维并称为"王孟"，有《孟浩然集》三卷传世。

译文

人间的事情都有更替变化，来来往往的时日形成古今。
江山各处保留的名胜古迹，而今我们又可以登攀亲临。
鱼梁洲因水落而露出江面，云梦泽因天寒而迷蒙幽深。
羊祜碑如今依然巍峨矗立，读罢碑文泪水沾湿了衣襟。

赏析

该诗是一首吊古伤今的诗。所谓吊古，是凭吊岘首山的羊公碑。据《晋书·羊祜传》载，羊祜镇荆襄时，常到此山置酒言咏。有一次，他对同游者喟然叹曰："自有宇宙，便有此山，由来贤达胜士，登此远望如我与卿者多矣，皆湮灭无闻，使人悲伤！"羊祜生前有政绩，死后，襄阳百姓于岘山建碑立庙，"岁时飨祭焉。望其碑者，莫不流涕"。作者登上岘首山，见到羊公碑，自然会想到羊祜。由吊古而伤今，不由感叹起自己的身世来。

"人事有代谢，往来成古今"，是一个平凡的真理。大至朝代更替，小至一家兴衰，以及人们的生老病死、悲欢离合，人事总是在不停止地变化着，没有谁没有感觉到。寒来暑往，春去秋来，时光也在不停止地流逝着，这也没有谁没有感觉到。首联两句凭空落笔，似不着题，却引出了作者的浩瀚心事，饱含着深深的沧桑之感。

颔联两句紧承首联。"江山留胜迹"是承"古"字，"我辈复登临"是承"今"字。作者的伤感情绪，便是来自今日的登临。此处所说的"胜迹"，是指山上的羊公碑和山下的鱼梁洲等。

颈联两句写登山所见。"浅"指水，由于"水落"，鱼梁洲更多地呈露出水面，故称"浅"；"深"指梦泽，辽阔的云梦泽，一望无际，令人感到深远。登山远望，水落石出，草木凋零，一片萧条景象。作者抓住了当时当地所特有的景物，提炼出来，既能表现出时序为严冬，又烘托了作者心情的伤感。

尾联两句将"岘山"扣实。"羊公碑尚在"，一个"尚"字，十分有力，它包含了复杂的内容。羊祜镇守襄阳，是在晋初，而孟浩然写这首诗却在盛唐，中隔四百余年，朝代的更替，人事的变迁，是非常巨大的。然而羊公碑却还屹立在岘首山上，令人敬仰。与此同时，又包含了作者伤感的情绪。四百多年前的羊祜，为国（指晋）效力，也为人民做了一些好事，是以名垂千古，与山俱传；想到自己仍为"布衣"，无所作为，死后难免湮没无闻，这和"尚在"的羊公碑，两相对比，令人伤感，因之，就不免"读罢泪沾襟"了。

该诗前两联具有一定的哲理性，后两联既描绘了景物，富有形象，又饱含了作者的激情，使得它成为诗人之诗而不是哲人之诗。同时，语言通俗易懂，感情真挚动人，以平淡深远见长。清沈德潜评孟浩然诗词："从静悟中得之，故语淡而味终不薄。"这首诗的确有这种情趣。

江阴①浮远堂

【宋】戴复古

横冈②下瞰③大江流，
浮远堂前万里愁。

注 释

①江阴：今属江苏。
②横冈：指浮远堂所在的君山。
③瞰：向下看，俯视。
④淮南：指今江苏省、安徽省长江以北，淮河以南之地。

最苦无山遮望眼，

淮南④极目⑤尽神州⑥。

⑤极目：穷尽眼力。
⑥神州：指全国。

作者名片

戴复古（1167—约1248），字式之，常居南塘石屏山，故自号石屏、石屏樵隐，天台黄岩（今属浙江台州）人，南宋著名江湖诗派诗人。

曾从陆游学诗，作品受晚唐诗风影响，兼具江西诗派风格。部分作品抒发爱国思想，反映人民疾苦，具有现实意义。晚年总结诗歌创作经验，以诗体写成《论诗十绝》。一生不仕，浪游江湖，后归家隐居，卒年八十余。著有《石屏诗集》《石屏词》《石屏新语》。

译文

我登上横冈，俯视着大江东流；我站在浮远堂前，纵目万里，满怀着无尽忧愁。

最使我痛苦的是眼前没有一座山来遮断我的视线；淮南大地，一望无边，都是中原神州。

赏析

江阴位于长江之滨。诗中大江，即指长江。起句暗点江阴，次句明写浮远堂。"万里愁"是诗人登浮远堂的感喟。"愁"本是无形之物；"万里"是虚指的数词，是一种夸张的说法。在这里诗人借助江、山来烘托表现这种深愁，于是使原来抽象的情感，显得十分形象、真切，直贯诗末。上联写江，是近瞰。诗人将"大江流"与"万里愁"并提，既是望江水生愁，以江水寄愁，也是借江水喻愁。长江万里，愁亦万里；江流不尽，愁也无尽；无"大江流"，何言"万里愁"？下联点山，是远望。诗人借山寄愁，一反常人之法，以山遮断视线为愁，以不见所思为恨；却以无山遮掩为愁，以满目凄凉为恨，这就不能不望了。只因无山遮隔，才致使中原沦丧之地尽收眼底，触目辛酸，令人生悲。由于"无山"，故能"极目"，因"极目"而视通万里，由此而生"万里愁"。

虞美人①·春花秋月何时了

【五代】李煜

春花秋月何时了②？往事知多少。小楼昨夜又东风，故国不堪回首月明中。

雕栏玉砌③应犹④在，只是朱颜改⑤。问君能⑥有几多愁？恰似一江春水向东流。

注 释

①虞美人：此调原为唐教坊曲，初咏项羽宠姬虞美人死后地下开出一朵鲜花，因以为名。又名《一江春水》《玉壶水》《巫山十二峰》等。双调，五十六字，上下片各四句，皆为两仄韵转两平韵。
②了：了结，完结。
③砌：台阶。雕栏玉砌：指远在金陵的南唐故宫。
④应犹：一作"依然"。
⑤朱颜改：指所怀念的人已衰老。
⑥君：作者自称。能：或作"都""那""还""却"。

译 文

春花年年开放，秋月年年明亮，这样的美好时光什么时候才能了结呢？在过去的岁月里，有太多令人伤心难过的往事。小楼昨夜又有东风吹来，登楼望月又忍不住回首故国。

旧日金陵城里精雕细刻的栏杆、玉石砌成的台阶应该还都在吧，只不过里面住的人已经换了。要问心中的忧怨有多少，大概就像东流的滔滔春水一样，无穷无尽。

赏 析

《虞美人》是李煜的代表作，也是李后主的绝命词。相传他于自己生日（七月七日）之夜（"七夕"），在寓所命歌妓作乐，唱新作《虞美人》词，声闻于外。宋太宗闻之大怒，命人赐药酒，将他毒死。这首词通过今昔交错对比，表现了一个亡国之君的无穷的哀怨。

"春花秋月何时了，往事知多少！"三春花开，中秋月圆，岁月不断更替，人生多么美好。可我这囚犯的苦难岁月，什么时候才能完结呢？"春花秋月何时了"表明词人身为阶下囚，怕春花秋月勾起往事而伤怀。回首往昔，身为国君，过去许许多多的事到底做得如何呢，怎么会弄到今天这步田地？据史书记载，李煜当国君时，日日纵情声色，不理朝政，枉杀谏臣……透过此诗句，我们不难看出，这位从威赫的国君沦为阶下囚的南唐后主，此时此刻的心中有的不只是悲苦愤慨，多少也有悔恨之意。"小楼昨夜又东风，故国不堪回首月明中。"春风又一次吹拂小楼，春花又将怒放。回想起南唐的王朝、李氏的社稷——自己的故国却早已被灭亡。诗人身居囚屋，听着春风，望着明月，触景生情，愁绪万千，夜不能寐。一个"又"字，表明此情此景已多次出现，这精神上的痛苦真让人难以忍受。"又"点明了"春花秋月"的时序变化，词人降宋又苟活了一年，加重了上两句流露的愁绪，也引出词人对故国往事的回忆。

"雕栏玉砌应犹在，只是朱颜改。"尽管"故国不堪回首"，可又不能不"回首"。这两句就是具体写"回首""故国"的——故都金陵华丽的宫殿大概还在，只是那些丧国的宫女朱颜已改。这里暗含着李后主对国土更姓，山河变色的感慨！"朱颜"一词在这里固然具体指往日宫中的红粉佳人，但同时又是过去一切美好事物、美好生活的象征。以上六句，诗人竭力将美景与悲情，往昔与当今，景物与人事融为一体，尤其是通过自然的永恒和人事的沧桑的强烈对比，把蕴蓄于胸中的悲愁悔恨曲折有致地倾泻出来，凝成最后的千古绝唱——"问君能有几多愁？恰似一江春水向东流。"诗人先用发人深思的设问，点明抽象的本体"愁"，接着用生动的喻体"奔流的江水"作答。用满江的春水来比喻满腹的忧怨，极为贴切形象，不仅显示了愁恨的悠长深远，而且显示了愁恨的汹涌翻腾，充分体现出奔腾中的感情所具有的力度和深度。全词以明净、凝练、优美、清新的语言，并运用比喻、对比、设问等多种修辞手法，高度地概括和淋漓尽致地表达了诗人的真情实感。难怪前人赞誉李煜的词是"血泪之歌""一字一珠"。全词虚设回答，在问答中又紧扣往事，感慨今昔写得自然而一气流注，最后进入语尽意不尽的境界，使词显得阔大雄伟。

踏莎行·郴州旅舍

【宋】秦观

雾失楼台，月迷津渡①。桃源望断无寻处。可堪孤馆闭春寒，杜鹃声里斜阳暮。

驿寄梅花②，鱼传尺素。砌成此恨无重数。郴③江幸自④绕郴山，为谁流下潇湘去。

注 释

①津渡：渡口。
②驿寄梅花：引用陆凯寄赠范晔的诗："折梅逢驿使，寄与陇头人。江南无所有，聊赠一枝春。"作者以远离故乡的范晔自比。
③郴（chēn）：郴州，今湖南郴县。
④幸自：本身。

作者名片

秦观（1049—1100），字少游，一字太虚，别号邗沟居士，高邮军武宁乡左厢里（今江苏省高邮市三垛镇少游村）人。北宋婉约派词人，被尊为婉约派一代词宗，儒客大家，学者称为淮海居士。作为北

宋文学史上的一位重要作家，秦观一生仕途坎坷。秦观善诗赋策论，与黄庭坚、晁补之、张耒合称"苏门四学士"。

译 文

雾迷蒙，楼台依稀难辨；月色朦胧，渡口也隐匿不见。望尽天涯，理想中的桃花源，无处觅寻。怎能忍受得了独居在孤寂的客馆，春寒料峭，斜阳西下，杜鹃声声哀鸣！

远方的友人的音信，寄来了温暖的关心和嘱咐，却平添了我深深的别恨离愁。郴江啊，你就绕着你的郴山流得了，为什么偏偏要流到潇湘去呢？

赏 析

此词为作者绍圣四年（1097年）贬谪郴州时在旅店所写。词中抒写了作者流徙僻远之地的凄苦失望之情和思念家乡的怅惘之情。词的上片以写景为主，描写了词人谪居郴州登高怅望时的所见和谪居的环境，但景中有情，表现了他苦闷迷惘、孤独寂寞的情怀。下片以抒情为主，写他谪居生活中的无限哀愁，偶尔也情中带景。

"雾失楼台，月迷津渡，桃源望断无寻处"，写夜雾笼罩一切的凄凄迷迷的世界：楼台在茫茫大雾中消失；渡口被朦胧的月色所隐没；那当年陶渊明笔下的桃花源更是云遮雾障，无处可寻了。当然，这是作者意想中的景象，因为紧接着的两句是"可堪孤馆闭春寒，杜鹃声里斜阳暮"。词人闭居孤馆，只有在想象中才能看得到"津渡"。而从时间上来看，上句写的是雾蒙蒙的月夜，下句时间又倒退到残阳如血的黄昏时刻。由此可见，这两句是实写诗人不堪客馆寂寞，而头三句则是虚构之景了。这里词人运用因情造景的手法，景为情而设，意味深长。"楼台"，令人联想到的是一种巍峨美好的形象，而如今被漫天的雾吞噬了；"津渡"，可以使人产生指引道路、走出困境的联想，而如今在朦胧夜色中迷失不见了；"桃源"，令人联想到陶渊明《桃花源记》中的一片乐土，而如今在人间再也找不到了。开头三句，分别下了"失""迷""无"三个否定词，接连写出三种曾经存在过或在人们的想象中存在过的事物的消失，表现了一个屡遭贬谪的失意者的怅惘之情和对前途的渺茫之感。

而"可堪孤馆闭春寒，杜鹃声里斜阳暮。"两句则开始正面实写词人羁旅郴州客馆不胜其悲的现实生活。一个"馆"字，已暗示羁旅之愁。说"孤馆"则进一步点明客舍的寂寞和客子的孤单。而这座"孤馆"又紧紧封闭于春寒之中，置身其间的词人其心情之凄苦就可想而知了。此时此刻，又传来杜鹃的阵阵悲鸣；那惨淡的夕阳正徐徐西下，这景象益发逗引起词人无穷的愁绪。杜鹃鸣声，是古典诗词中常用的表游子归思的意象。以少游一个羁旅之身，所居住的是寂寞孤馆，所感受的是料峭春寒，所听到的是杜鹃啼血，所见到的是日暮斜阳，此情此境，只能以"可堪"道之。

过片"驿寄梅花，鱼传尺素，砌成此恨无重数。"连用两则友人投寄书信的典故，极写思乡怀旧之情。因此，书信和馈赠越多，离恨也积得越多，无数"梅花"和"尺素"，仿佛堆砌成了"无重数"的恨。词人这种感受是很深切的，而这种感受又很难表现，故词人创新手法，只说"砌成此恨无重数"。有这一"砌"字，那一封封书信，一束束梅花，便仿佛成了一块块砖石，层层垒起，以至于达到"无重数"的极限。这种写法，不仅把抽象的微妙的感情形象化，而且也可使人想象词人心中的积恨也如砖石垒成，沉重坚实而又无法消解。

在如此深重难排的苦恨中，迸发出最后两句："郴江幸自绕郴山，为谁流下潇湘去？"从表面上看，这两句似乎是即景抒情，写词人纵目郴江，抒发远望怀乡之思。郴江，发源于湖南省郴县黄岭山，即词中所写的"郴山"。郴江出山后，向北流入耒水，又北经耒阳县，至衡阳而东流入潇水湘江。但实际上，一经词人点化，那山山水水都仿佛活了，具有了人的思想感情。这两句由于分别加入了"幸自"和"为谁"两个字，无情的山水似乎也能听懂人语，词人在痴痴地问询郴江：你本来生活在自己的故土上，和郴山欢聚在一起，究竟为了谁而离乡背井，"流下潇湘去"呢？

实际上是词人面对着郴江自怨自艾，慨叹自己好端端一个读书人，本想出来为朝廷做一番事业，到如今竟被卷入一场政治斗争的漩涡中了。词人笔下的郴江之水，已经注入了作者对自己离乡远谪的深长怨恨，富有象征性，故而这结尾两句的意蕴就更深长丰富了。

此词表达了失意者的凄苦和哀怨的心情，流露了对现实政治一定程度的不满。在写作上，词人善用对句写景抒情。上片开头"雾失楼台，月迷津渡"，雾霭与月色对举，造成一种朦胧的意境，笼罩全词；下片开头亦用对句，"驿寄梅花，鱼传尺素"，虽然表现的都是朋友的信息和寄赠这一内容，却能造成书信往来频频不断的气势，与"砌成此恨无重数"相照应。

总之，此词以新颖细腻、委婉含蓄的手法描写了作者在特定环境中的特定心绪，抒发了内心不能直言的深曲幽微的贬徙之悲，寄托了深沉哀婉的身世之感，使用写实、象征的手法营造凄迷幽怨、含蓄深厚的词境，充分体现了作者这位北宋婉约派大家卓越的艺术才能。

安定①城楼

【唐】李商隐

迢递②高城百尺楼，
绿杨枝外尽汀洲③。
贾生④年少虚垂泪，
王粲⑤春来更远游。
永忆⑥江湖⑦归白发，
欲回天地入扁舟。

注释

①安定：郡名，即泾州（今甘肃省泾川县北），唐代泾原节度使的治所。
②迢递：形容楼高而且连绵绵延。
③汀洲：汀指水边之地，洲指水中之洲渚。
④贾生：指西汉人贾谊。
⑤王粲：东汉末年人，建安七子之一。
⑥永忆：时常向往。
⑦江湖归白发：年老时归隐。

不知腐鼠成滋味，

猜意鹓⑧雏竟未休。

⑧鹓（yuān）：古代中国传说中类似凤凰的鸟。

作者名片

李商隐（约813—858），字义山，号玉谿生，怀州河内（今河南沁阳市）人。晚唐著名诗人，和杜牧合称"小李杜"。李商隐是晚唐乃至整个唐代为数不多的刻意追求诗美的诗人。擅长诗歌写作，骈文文学价值颇高。其诗构思新奇，风格秾丽，尤其是一些爱情诗和无题诗写得缠绵悱恻，优美动人，广为传诵。

译文

高大城墙上有百尺高的城楼，在绿杨林子外是水中的沙洲。

年少有为的贾谊徒然地流泪，春日登楼的王粲再度去远游。

常向往老年自在地归隐江湖，想要在扭转乾坤后逍遥泛舟。

不知道腐臭的死鼠成了美味，竟仍然没完没了地猜忌鹓雏。

赏析

《安定城楼》是李商隐咏怀诗的代表作，气韵流动，俊逸高迈，历来受到推崇。全诗将忧念国事、抒写抱负、感慨时世、抨击腐朽融为一炉，虽是传统登临题材，却一反写景抒慨的陈规，仅在首联以登楼远眺发端，以下通篇纯粹抒怀。其中情绪多端，有慷慨，有失意，有激愤，有惆怅，有迷惘，有孤苦。这种繁复的感情、凝练的语言，使得这首咏怀诗意蕴深厚。

李商隐向来以善用典故著称。这首诗用典很多，也很成功。由于贾谊、王粲的身世遭遇与诗人有相似之处，以其比拟自己的忧时羁旅之感，便使一位奋发有为又遭受压抑的少年志士形象跃然纸上。同时，作者的隐曲心事，本不可能用片言只字表达出来，而借助庄子的寓言，不但足以表明他无意于名利，又反映他睥睨一切的精神状态，还巧妙地反击了敌人对自己的恶意中伤。

度大庾岭①

【唐】宋之问

度岭方辞国②，
停轺③一望家。
魂随南翥④鸟，
泪尽北枝花⑤。
山雨初含霁⑥，
江云欲变霞。
但令归有日，
不敢恨长沙⑦。

注 释

①岭：指大庾岭，五岭之一，在今江西大余县和广东南雄县交界处，因岭上多梅花，也称梅岭。
②辞国：离开京城。国：国都，指长安。
③轺（yáo）：只用一马驾辕的轻便马车。
④翥（zhù）：鸟向上飞举。
⑤北枝花：大庾岭北的梅花。
⑥霁：雨（或雪）止天晴。
⑦长沙：用西汉贾谊的故事。谊年少多才，文帝欲擢拔为公卿。因老臣谗害，谊被授长沙王太傅（汉代长沙国，今湖南长沙市一带）。

作者名片

宋之问（约656—712），字延清，名少连，汉族，汾州（今山西汾阳市）人，初唐时期的诗人，与沈佺期并称"沈宋"。唐高宗上元二年（675），进士及第，当时掌握实权的是武则天，富有才学的宋之问深得赏识，被召入文学馆，不久出授洛州参军。永隆元年（681），与杨炯一起进入崇文馆任学士。与陈子昂、卢藏用、司马承祯、王适、毕构、李白、孟浩然、王维、贺知章并称为仙宗十友。

译文

我离开京城刚刚度过大庾岭，便停下车子，再次回首遥望我的家乡。

我的魂魄追随着从南方向北奋飞的鸟儿，望着那向北而开的花枝，泪流不止。

山间连绵阴雨刚刚有了一点停止的意思，江上的云彩亦微有化作云霞的趋势。

只要有重回长安的机会，我是不敢像贾谊那样因为被贬而感到遗憾的。

赏析

这首诗有其独特的写作背景。宋之问是个人品为众人所诟的宫廷诗人。在武周时，因谄媚迎合武则天的宠臣张易之，已为唐皇室众人所憎恶。中宗复位后，即把他贬为泷州（今广东罗定县）参军。这首《度大庾岭》诗，是他前往贬所途经大庾岭时所作，真实生动地叙述了他被贬南行过大庾岭时凄楚悲凉的情景。

先看首联。首联"度岭方辞国"，就扣题直叙，说明诗人已经来到"华夷"分界的大庾岭高峰梅岭之巅，将要走出中原，辞别熟悉的首都城郭了。对"度岭"时回头遥望帝都（"辞国"）的过程的描写，仿佛使人触摸到诗人是时的惆怅心情。对句"停轺一望家"，意思与出句相似，是说他停下了长途跋涉的驿车，在梅岭上驻足远望家乡。至此，一个遭贬谪的宦游人失魂落魄的形象，就展现在我们面前了。

颔联"魂随南翥鸟，泪尽北枝花"，紧承首联中的"望"字而来，写诗人登梅岭眺望南北时的情怀：看见鸟雀南飞，他的魂灵也仿佛随着鸟雀向南飞去；看见梅花在梅岭北麓盛开，他就不禁流泪，向这北边的花朵告别。"南翥鸟"，就是向正南被放飞的家养雀鸟

（"鷺鸟"，鷺，上者下羽，者，是"家"之意；"羽"是翅膀之意。合起来，"鷺鸟"之意，就是放生的家鸟），诗人也许是把自己被流放也看作"鷺鸟"南飞了。而开满北麓的梅花，诗人把它看成是"北枝"，所以要洒泪告别。此景此情，将诗人魂断庾岭的情态表现得淋漓尽致。

颈联"山雨初含霁，江云欲变霞"，上句写山雨欲停未停，天空已放出些许晴光；下句描绘江中云影即将变作彩霞的刹那间的景象。诗人描写景色的渐变，衬托自己心情的变化。"初含""欲变"等字眼，赋予雨和云以灵性。说山雨"初含霁（jì）"，可见山雨已开始转为蒙蒙细雨，这就让山的空明得以显现；而说江云"欲变霞"，则把江里云朵倒影的颜色变幻写了出来，这也使得水的澄澈同时得以生动地表现了。

在这样美好的山水景色中，诗人的心潮逐渐趋于平静，开始振作起来，面对现实考虑自己的出路，于是就有了尾联两句："但令归有日，不敢恨长沙"。这两句是眼前美景引发的感慨，表示他只希望有回去的那天，就心满意足，对自己受贬迁不敢有所怨恨了。这是用了西汉贾谊遭权臣们排挤被贬为长沙王太傅的典故。据《史记·屈原贾生列传》记载，贾谊到长沙后不适应湿热的气候，"自以为寿不得长"而心生"恨"意。而这里尾联中"不敢恨长沙"的意思就是说，自己不敢像贾谊那样，对流放南方有什么怨恨了。

这首诗感情真挚，情景交融，章法严谨，对仗工整，音韵和谐，看来已是一首成熟的五言律诗了。

登襄阳城

【唐】杜审言

旅客三秋①至，

层城四望开。

①三秋：指九月，即秋天的第三个月。王勃《滕王阁序》："时维九月，序属三秋。"

楚山②横地出，

汉水③接天回。

冠盖非新里，

章华⑤即旧台。

习池⑥风景异，

归路满尘埃。

②楚山：在襄阳西南，即马鞍山，一名望楚山。

③汉水：长江支流。襄阳城正当汉水之曲，故云"接天回"。

⑤章华：台名，春秋时期楚灵王所筑。

⑥习池：汉侍中习郁曾在岘山南做养鱼池，池中栽满荷花，池边长堤种竹和长椒，是襄阳名胜，后人称为习池。

作者名片

杜审言（约645—708），字必简，汉族，襄州襄阳人，是大诗人杜甫的祖父。唐高宗咸亨年间进士。唐中宗时，因与张易之兄弟交往，被流放峰州（今越南越池东南）。曾任隰城尉、洛阳丞等小官，累官修文馆直学士。少与李峤、崔融、苏味道齐名，并称"文章四友"，是唐代"近体诗"的奠基人之一，作品多朴素自然。其五言律诗，格律谨严。

译文

我客游他乡，不料已到了九月，现在站在这城头上放眼四望，顿觉景象开阔。

楚山横亘，耸出地面；汉水水势浩渺，仿佛与云天相连，转折迂回而去。

冠盖里已名不副实，不再与现在的情形相称了；章华台也只能代称旧日的台榭。

习池的风景已与当年不同了，不再有那种清幽之美，归路所见，满目尘埃。

赏析

　　首联记述诗人在秋高气爽的九月登临襄阳城楼的瞬间感受。他纵目四望，心胸豁然开朗，仿佛这壮美的山川景物扫尽了游子心头的愁云。

　　紧接着颔联具体描绘诗人眼前的山川美景，"楚山横地出，汉水接天回"，楚地山川横亘，绵延不断；汉水浩荡势如接天，这确是站在城楼上所望到的襄阳山水的独特景象。那城郊的万山、千山、岘山等，在城楼上方扫视过去，错落连绵，如同横地而卧。汉水宽广浩渺萦山绕廓，曲折流向东南，仿佛连天迂回。"出"字，"回"字，都是再平常不过的动词，但与"横地""接天"分别组合起来，就产生了奇异的效果，表现出山川的动态美。那高山流水，巍巍然、汤汤乎于天地之间，一气直下，不可撼动，不可遏止。

　　山川的壮观永恒，使诗人展开了想象的翅膀，联想到人生的瞬息即逝，于是颈联转入了怀古抒情："冠盖非新里，章华即旧台。"这里是虚写，冠盖里原在岘山南去宜城的路上，章华台遗址就更远了，不管是在潜江或沙市抑或监利，诗人站在襄阳城楼上都是望不见的，所谓"非新里""即旧台"，都是诗人想象中的景色。"非新"对应"即旧"，并不觉得重复，反显出轻巧，句意流转回环，加强了慨叹的沉重。想当年那修筑章华台的楚灵王，云集冠盖里的汉代达官贵人，如今也不过只留下这古迹罢了。荣华富贵岂能久长！诗人胸中的不平之气，化为了这"身外即浮云"的一声长叹。

　　尾联以写景作结。襄阳是个风物荟萃的地方，而诗人却独独点出"习池风景异"，习池不仅山清水秀，亭台楼宇华丽，而且是晋人山简醉酒的地方，文章家习凿齿的故居。习凿齿为人耿直，著有《汉晋春秋》。诗人没有直接表明自己缅怀前贤，只是写出习池的风景奇异，因此瞻仰游玩的人众多。但又没有直说游人众多，而是通过描写"归路"上尘雾弥漫，衬托出车水马龙的盛况。"归路满尘埃"中的"归"字，用得甚为精当，点明了时间和空间，夕阳西下，游览了一天的人们踏上了归程。

　　这五个字的结句，描绘出一幅清秋黄昏游人倦归图，制造了一个令人迷惘、惆怅的意境。不难想象，远役中的诗人茕茕孑立于楼头面对此景，情何以堪。诗人将怀古之慨隐寓景里，思归之情深蕴境中。

燕昭王①

【唐】陈子昂

南登碣石馆②，
遥望黄金台③。
丘陵尽④乔木，
昭王安在哉？
霸图⑤今已矣⑥，
驱⑦马复⑧归来。

注释

① 燕昭王：战国时期燕国有名的贤明君主，善于纳士，使原来国势衰败的燕国逐渐强大起来，并且打败了当时的强国——齐国。
② 碣（jié）石馆：即碣石宫。
③ 黄金台：位于碣石坂附近。
④ 尽：全。
⑤ 霸图：宏图霸业。
⑥ 已矣：结束了。已：停止，完结。矣，语气词，加强语势。
⑦ 驱：驱使。
⑧ 复：又，还。

译文

从南面登上碣石宫，望向远处的黄金台。
丘陵上已满是乔木，燕昭王到哪里去了？
宏图霸业今已不再，我也只好骑马归营。

赏析

《燕昭王》是一首怀古诗，借古讽今，感情深沉，词句朴质，有较强的感人力量。当时作者身居边地，登临碣石山顶，极目远眺，触景生情，抚今追昔，吊古抒情。这首诗表达了作者怀才不遇，报国无门的痛苦心情，反映了作者积极向上的强烈的进取精神。

"南登碣石馆，遥望黄金台"。诗的开篇两句，首先点出凭吊的地点碣石山顶和凭吊的事物黄金台，由此引发出抒怀之情，集中表现出燕昭王求贤若渴的风度，也写出了诗人对明君的盼望，为后四句作铺垫。诗人写两处古迹，集中地表现了燕昭王求贤若渴礼贤下士的明主风度。从"登"和"望"两个动作中，可知诗人对古人的向往。这里并不是单纯地发思古之幽情，诗人强烈地推崇古人，是因为深深地感到现今世路的坎坷，其中有着深沉的自我感慨。

次二句："丘陵尽乔木，昭王安在哉？"紧承诗意，以深沉的感情，凄凉的笔调，描绘了眼前乔木丛生，苍茫荒凉的景色，由景衬情，寓情于景，发出"昭王安在哉"的慨叹，表达对燕昭王仰慕怀念的深情，抒发了对沧桑世事的感喟。诗人借古以讽今，对古代圣王的怀念，正是反映对现实君王的抨击，是说现实社会中缺少燕昭王这样求贤若渴的圣明君主。表面上全是实景描写，但却寄托着诗人对现实的不满。为什么乐毅事魏，未见奇功，在燕国却做出了惊天动地的业绩？其中的道理很简单，是因为燕昭王知人善任。因此，这两句明谓不见"昭王"，实是诗人以乐毅自比而发的牢骚，也是感慨自己生不逢时，英雄无用武之地。作品虽为武攸宜"轻无将略"而发，但诗中却将其置于不屑一顾的地位，从而更显示了诗人的豪气雄风。

作品最后以吊古伤今作结："霸图今已矣，驱马复归来。"结尾二句以画龙点睛之笔，以婉转哀怨的情调，表面上写昭王之不可见，霸图之不可求，国士的抱负之不得实现，只得挂冠归还，实际是诗人抒发自己报国无门的感叹。诗人作此诗的前一年，契丹攻陷营州，并威胁檀州诸郡，而朝廷派来征战的将领却如此昏庸，这叫人为国运而深深担忧。因而诗人只好感慨"霸图"难再，国事日非了。同时，面对危局，诗人的安邦经世之策又不被纳用，反遭武攸宜的压抑，更使人感到前路茫茫。"已矣"二字，感慨至深。这"驱马归来"，表面是写览古归营，实际上也暗示了归隐之意。神功元年（697年），唐结束了对契丹的战争，此后不久，诗人也就解官归里了。

这篇览古之诗，一无藻饰词语，颇富英豪被抑之气，读来令人喟然生慨。杜甫说："国朝盛文章，子昂始高蹈。"胡应麟的《诗薮》说："唐初承袭梁隋，陈子昂独开古雅之源。"陈子昂的这类诗歌，有"独开古雅"之功，有"始高蹈"的特殊地位。

度荆门^①望楚

【唐】陈子昂

遥遥^②去巫峡^③，
望望^④下章台。
巴国^⑤山川尽，
荆门烟雾^⑥开。
城分苍野外，
树断白云隈^⑦。
今日狂歌客^⑧，
谁知入楚来。

注 释

①荆门：山名。
②遥遥：形容距离远。
③巫峡：长江三峡之一。
④望望：瞻望貌；依恋貌。
⑤巴国：周姬姓国，子爵，封于巴，即今四川巴县。
⑥烟雾：泛指烟、气、云、雾等。
⑦隈（wēi）：山水尽头或弯曲之处。"白云隈"，即天尽头。
⑧狂歌客：春秋时期楚国人陆通，字接舆，是位隐士，平时"躬耕以食"，佯狂避世不仕。

译 文

已经远远地离开了巫峡，一再瞻望着走下章华台。
过尽了巴国的山山水水，荆门在蒙蒙烟雾中敞开。
城邑分布在苍茫田野外，树林苍翠茂密、一望无际。
今天我这狂傲的行客，谁知竟会走进这楚天中来。

赏 析

这首《度荆门望楚》洋溢着年轻的诗人对楚地风光的新鲜感受。

荆门，由于地势险要，历来是兵家必争之地，著名的吴蜀彝陵之战就曾发生在这里，自古有"荆楚西门""荆门十二碚"之称，也是诗人出川、乘流而下的必经之地。这一带，水势湍急，山势险峻。

首联两句，是作者对自己行程的交代。诗首句"遥遥去巫峡"，"遥"远也，"遥遥"，远之又远。从梓州出发，已经远远地离开了巫峡。巫峡居三峡之中，西起四川巫山县大宁河口，东抵湖北巴东县渡口，全长九十里。过官渡口，至秭归，即"楚子熊绎之始国，而屈原之多里也。"因此陈子昂诗中说："望望下章台"。"望望"，一再瞻看。诗人以两组叠字生动地表现他此时的心情，巫峡已相去遥遥，家乡更远隔重山。初离故乡，乍入楚境，急切地要饱览楚国风光，因此望之又望。"下"，写出了长江水势，从李白诗句"千里江陵一日还"就不难理解"下"字的意义和力量。"章台"，《左传·昭公七年》："楚子城章华之台。"楚之章华台在今湖北监利县西北离湖上，也是陈子昂必经之地。"章华台"表明已入楚境。

颔联分承一、二两句。"巴国山川尽"，度过荆门，生活了二十年的故乡巴蜀的奇山秀水就此告别。这句不仅是对地理分界的一种说明，更是概写此行所经过的巴蜀山川，包括雄奇险峻的三峡在内，"尽"字中同样透露出与巴蜀山川告别的依依之情。"荆门烟雾开"，船未到荆门，远望两山对峙，但见烟雾缭绕，看不清前路；船过荆门，则烟消雾散，眼前豁然开朗，展现出一片广阔的新天地。"开"字正传神地表达出"度荆门"后心胸的那份舒展感和兴奋感。而这种豁然开朗的舒展感又和此前舟行三峡七百里时，"两岸连山，略无阙处，重崖叠嶂，隐天蔽日"的险峻逼仄感形成鲜明对照，"开"字的精切不移于此可见。

颈联两句，诗人更具体地状写楚境胜地。"城分苍野外，树断白云隈"两句，对"烟雾开"三字，作具体形象的描绘。城邑分畛域于苍野，可见人烟稠密，城邑不孤；树木断苍郁于白云，足见远树连天，碧野无际。诗人极目纵览，楚天辽阔，气象开阔舒展。

尾联是对"度荆门望楚"全部感受的集中表现："今日狂歌客，谁知入楚来。"古有楚狂接舆，歌而过孔子；今有狂歌入楚之客，歌而过荆门。但"今日狂歌客"却显非昔日对现实不满的楚狂，而是对前途充满了美好憧憬的"狂歌"之"客"。"狂"字是对初次离乡"入楚"，走向人生广阔新天地的诗人欣喜欲"狂"的感情的集中揭示。诗写到这里，感情发展到高潮，诗也在"谁知入楚来"的逸兴飞扬、顾盼自得中结束。一结可谓淋漓尽致，神情飞越，颇有"仰天大笑出门去，我辈岂是蓬蒿人"的味道。用楚狂接舆歌凤典，单取其字面，且将"狂""歌""楚"三字巧妙地分置两句，表达与原典完全不同的感情。

此诗笔法细腻，结构完整，由于采用寓情于景的手法，又有含而不露的特点。由此读者可以比较全面地窥见诗人丰富的个性与多方面的艺术才能。

在军①登城楼

【唐】骆宾王

城上风威②冷，
江中水气③寒。
戎衣⑤何日定，
歌舞⑥入长安⑦。

注 释

①军：指军中。
②风威：军威。冷：望而生畏的意思。
③水气：指杀气。
④寒：不寒而栗。
⑤戎衣：即军装。
⑥歌舞：载歌载舞。
⑦长安：唐的都城。

作者名片

骆宾王（约619—687），字观光，婺州义乌人（今浙江义乌）。唐初诗人，与王勃、杨炯、卢照邻合称"初唐四杰"。又与富嘉谟并称"富骆"。高宗永徽中为道王李元庆府属，历武功、长安主簿。仪凤三年，入为侍御史，因事下狱，次年遇赦。调露二年除临海丞，不得志，辞官。有集。骆宾王于武则天光宅元年，为起兵扬州反武则天的徐敬业作《代李敬业传檄天下文》，敬业败，亡命不知所之，或云被杀，或云为僧。

译文

城上军威使人望而生畏，连江中的水都似乎杀气腾腾。

现在，我身穿军装准备战斗，等到平定了天下时，一定载歌载舞进入京城长安。

赏析

诗歌以对句起兴。在深秋的一个清晨，诗人登上了广陵城楼，纵目远望，浮思遐想。此刻楼高风急，江雾浓重，风雨潇潇。"城上风威冷，江中水气寒"两句晓畅隽永，看似质朴平易不着笔力。诗人借用了《梁书·元帝纪》中"信与江水同流，气与寒风共愤"的典故，恰到好处地抒发了同仇敌忾的豪情与激愤，充分表现临战前的紧张、肃穆、庄严的气氛和将士们的进取、希望和信心。

第三句诗"戎衣何日定"，"何日"意为"总有一天"，以否定式表肯定，彰显必胜之心。这句诗借周武王讨伐殷纣王的故事隐喻李敬业讨伐武则天是以有道伐无道，说明"匡复"是正义的，顺应民心、天意的，因此必定会胜利。

诗的最后一句，"歌舞入长安"，水到渠成轻松自然地作了结尾，表现出诗人必胜的信念及勇往直前，不成功则成仁的彻底反抗精神和大无畏气概。

这首诗工于用典且浑然一体，增强了诗的深度和概括力。这首小诗，属对工整，语言朴实，音韵和谐流畅。

南乡子①·重九②涵辉楼③呈徐君猷④

【宋】苏轼

霜降水痕收⑤，浅碧⑥鳞鳞⑦露远洲。酒力渐消风力软，飕飕。破帽多情却恋头。

佳节若为酬⑧。但把清尊⑨断送秋。万事到头都是梦，休休⑩。明日黄花蝶也愁。

注 释

①南乡子：唐教坊曲名，后用为词牌。原为单调，有二十七字、二十八字、三十字各体，平仄换韵。
②重九：农历九月初九重阳节。
③涵辉楼：在黄冈县西南。
④徐君猷：名大受，当时黄州知州。
⑤水痕收：指水位降低。
⑥浅碧：水浅而绿。
⑦鳞鳞：形容水波如鱼鳞一般。
⑧若为酬：怎样应付过去。
⑨尊：同"樽"，酒杯。
⑩休休：不要，此处意思是不要再提往事。

译 文

深秋霜降时节，水位下降，远处江心的沙洲都露出来了。酒力减退了，才觉察到微风吹过，让人觉得凉飕飕的。破帽对我的头很有感情，不管风怎么吹都不离开。

重阳节如何度过，只借酒消忧，打发时光而已，世间万事都是转眼成空的梦境，因而不要再提往事。重阳节后菊花色香均会大减，连迷恋菊花的蝴蝶，也会感叹发愁了。

赏 析

词的上片写登楼远望之所观所感。首句"霜降水痕收，浅碧鳞鳞露远洲"，描绘登楼远观的景色。江上水浅，是深秋霜降季节现象，以"水痕收"表之。"鳞鳞"指水泛微波，似鱼鳞状。"露远洲"，水位下降，露出江心沙洲，"远"字体现的是登楼遥望所见。两句是此时此地即目之景，勾勒出天高气清、明丽雄阔的秋景。

"酒力渐消风力软，飕飕。破帽多情却恋头"，此三句写酒后感受。"酒力渐消"，皮肤敏感，故觉有"风力"。而风本甚微，故觉其"力软"。风力虽"软"，仍觉有"飕飕"凉意。但风力再软，仍不至于落帽。此三句以"风力"为轴心，围绕它来发挥。晋时孟嘉落帽于龙山，是唐宋诗词常用的典故。苏轼对这一典故加以反用，说破帽对他的头很有感情，不管风怎样吹，抵死不肯离开。"破帽"这里具有象征隐喻意义，指的是世事的纷纷扰扰、官场的钩心斗角。作者说破帽"多情恋头"，不仅不厌恶，反而深表喜悦，这其实是用戏谑的手法，表达自己渴望超脱而又无法真正超脱的无可奈何。

下片就涵辉楼上开宴席，抒发感慨。"佳节若为酬，但把清樽断送秋"两句，化用杜牧《重九齐山登高》诗"但将酩酊酬佳节，不用登临怨落晖"句意。"断送"，此即打发走之意。政治上遭受重大打击，使他对待世事的态度有所变化，由忧惧转为达观，这乃是他黄州时期所领悟到的安心之法。

歇拍三句申说为何要以美酒断送秋。"万事到头都是梦"是化用宋初潘阆"万事到头都是梦，休嗟百计不如人"句意。"明日黄花蝶也愁"反用唐郑谷咏《十日菊》中"节去蜂愁蝶不知，晓庭还绕折残枝"句意，意谓明日之菊，色香均会大减，已非今日之菊，连迷恋菊花的蝴蝶，也会为之叹惋伤悲。此句以蝶愁喻良辰易逝，好花难久，正因为如此，面对盛开之菊，更应开怀畅饮，尽情赏玩。

"万事到头都是梦，休休"，这与苏轼别的词中所发出的"人间如梦""世事一场大梦""未转头时皆梦""古今如梦，何曾梦觉""君臣一梦，古今虚名"等慨叹异曲同工，表现了苏轼后半生的生活态度。在他看来，世间万事，皆是梦境，转眼成空；荣辱得失、富贵贫贱，都是过眼云烟；世事纷纷扰扰，不必耿耿于怀。如果命运不允许自己有为，就饮酒作乐，终老余生；如有机会一展抱负，就努力为之。这种进取与退隐、积极与消极的矛盾心理，在词中得到了集中体现。

滕王阁①诗

【唐】王勃

滕王高阁临江②渚③，
佩玉鸣鸾④罢歌舞。
画栋朝飞南浦⑤云，
珠帘暮卷西山⑥雨。
闲云潭影日悠悠⑦，
物换星移⑧几度秋。
阁中帝子⑨今何在？
槛⑩外长江空自流。

注释

①滕王阁：故址在今江西南昌赣江滨，江南三大名楼之一。
②江：指赣江。
③渚：江中小洲。
④佩玉鸣鸾：身上佩戴的玉饰、响铃。
⑤南浦：地名，在南昌市西南。浦：水边或河流入海的地方（多用于地名）。
⑥西山：南昌名胜，又名南昌山、厌原山、洪崖山。
⑦日悠悠：每日无拘无束地游荡。
⑧物换星移：形容时代的变迁、万物的更替。物：四季的景物。
⑨帝子：指滕王李元婴。
⑩槛：栏杆。

作者名片

王勃（约650—676），字子安，绛州龙门（今山西河津）人。王勃与杨炯、卢照邻、骆宾王齐名，世称"初唐四杰"，其中王勃是"初唐四杰"之首。王勃聪敏好学，六岁能文，下笔流畅，被赞为"神童"。九岁时，读秘书监颜师古《汉书注》，作《指瑕》十卷，以纠正其错。十六岁时，进士及第，授朝散郎、沛王（李贤）府文学。上元三年（676年）八月，王勃自交趾探望父亲返回时，渡海溺水，惊悸而死。擅长五律和五绝，著有《王子安集》等。

译文

高高的滕王阁，下临赣江。那些贵人身挂琳琅佩玉，坐着鸾铃鸣响的车马，前来阁上参加歌舞宴会的繁华场面，已经一去不复返了。

早上，画栋飞来了南浦的浮云；黄昏，珠帘卷入了西山的细雨。

云影倒映在大江中，日日悠悠不尽。物换星移，不知度过了多少个春秋。

高阁中的滕王如今在哪里呢？只有那栏杆外的江水空自流淌，日夜不息。

赏析

此诗第一句开门见山，用质朴苍老的笔法，点出了滕王阁的形势。滕王阁下临赣江，可以远望，可以俯视，下文的"南浦""西山""闲云""潭影"和"槛外长江"都从第一句"高阁临江渚"生发出来。滕王阁的形势是如此之好，但如今阁中无人来游赏。想当年建阁的滕王已经死去，坐着鸾铃马车，挂着琳琅玉佩，来到阁上，举行宴会，那种豪华的场面，已经一去不复返了。第一句写空间，第二句写时间；第一句兴致勃勃，第二句意兴阑珊，两两对照。诗人运用"随立随扫"的方法，生发出盛衰无常之意。寥寥两句已把全诗主题包括无余。

三、四两句紧承第二句，大力发挥。阁既无人游赏，阁内画栋珠帘当然冷落可怜，只有南浦的云，西山的雨，暮暮朝朝，与它为伴。这两句不只写出滕王阁的寂寞，还有，画栋飞上了南浦的云写出了滕王阁的居高，珠帘卷入了西山的雨写出了滕王阁的临远，情景交融，寄慨遥深。

至此，诗人的作意已全部包含，但表达方法上，还是比较隐藏而没有点醒写透，所以在前四句用"渚""舞""雨"三个比较沉着的韵脚之后，立即转为"悠""秋""流"三个漫长柔和的韵脚，利用章节和意义上的配合，在时间方面特别强调，加以发挥，与上半首的偏重空间相比，有所变化。"闲云"二字有意无意地与上文的"南浦云"衔接，"潭影"二字故意避开了"江"字，而把"江"深化为"潭"。云在天上，潭在地下，一俯一仰，还是在写空间，但接下来用"日悠悠"三字，就立即把空间转入时间，点出了时日的漫长，不是一天两天，而是经年累月，很自然地生出了对风物更换季节，星座转移方位的感慨，也很自然地想起了建阁的人而今安在。这里一"几"一"何"，连续发问，表达了紧凑的情绪。最后又从时间转入空间，指出物要换，星要移，帝子要死去，而槛外的长江，却是永恒地东流无尽。"槛"字"江"字回应第一句的高阁临江，神完气足。

这首诗一共只有五十六个字，其中属于空间的有阁、江、栋、帘、云、雨、山、浦、潭影；属于时间的有日悠悠、物换、星移、几度秋、今何在，这些词融混在一起，毫无叠床架屋的感觉，主要因为它们都环绕着一个中心——滕王阁，发挥其众星拱月的作用。

江楼①夕望招客

【唐】白居易

海天东望夕茫茫，
山势川形阔复长。
灯火万家城四畔②，
星河③一道水中央。
风吹古木晴天雨④，
月照平沙⑤夏夜霜⑥。
能就⑦江楼消暑⑧否？
比君茅舍较⑨清凉。

①江楼：杭州城东楼，又叫"望潮楼"或"望海楼"，也叫"东楼"。
②四畔：四边。
③星河：银河，也叫天河。
④晴天雨：风吹古木，飒飒作响，像雨声一般，但天空却是晴朗的，所以叫"晴天雨"。
⑤平沙：平地。
⑥夏夜霜：月照平沙，洁白似霜，但却是夏夜，所以叫"夏夜霜"。
⑦就：近，到。
⑧消暑：消除暑气。
⑨较：又作"校"。

中国诗词大汇

作者名片

白居易（772—846），汉族，字乐天，晚年自号香山居士、醉吟先生。祖籍太原，到其曾祖父时迁居下邽，生于河南新郑。唐代伟大的现实主义诗人，唐代三大诗人之一。白居易与元稹共同倡导新乐府运动，世称"元白"，与刘禹锡并称"刘白"。白居易的诗歌题材广泛，形式多样，语言平易通俗，有"诗魔"和"诗王"之称。官至翰林学士、左赞善大夫。公元846年，白居易在洛阳逝世，葬于香山。有《白氏长庆集》传世，代表诗作有《长恨歌》《卖炭翁》《琵琶行》等。

译文

傍晚时分，登楼东望，海天一色，一片苍茫。山的形态，水的姿态，开阔悠长。

四周是万家灯火，一道银河倒影在水中央。

风吹古树发出如晴天之雨的声音。月光照在平整的沙地上，犹如夏夜的清霜。

能否在江楼之上消除暑气，比你的茅舍要清凉一些。

赏析

诗人写出了黄昏时站在楼上所看到的杭州城外的繁华景色。

"海天东望夕茫茫，山势川形阔复长"一句写仲夏之夜，登上江楼，极目远眺，海天暮色"茫茫"一片，写出海上夜色。次句推展画面，山川形势，气象壮阔。

"灯火万家城四畔，星河一道水中央"一联泼墨挥洒。江城万家灯火，四面闪烁，天际银河倒映在江心。同首联所写海天茫茫、山高水阔相互辉映，都是"夕望"之景。

"风吹古木晴天雨，月照平沙夏夜霜"——颈联使用了"晴天雨""夏夜霜"两个形象喻体。前者将风吹古木的萧瑟声同雨声相联系，说明其酷似雨声；后者将皓月临照平沙的银白色同霜色比说明其色如秋霜。以强烈的主观想象把互相矛盾的自然现象通过艺术对接起来，合情合理，使景色透射出一股清凉气息。

"能就江楼销暑否？比君茅舍较清凉。"尾联采用问答形式，语言亲切、诙谐，因口吻而使人物形象跃然纸上。

在夕阳西下的时候，诗人登上江楼，向东望去，总览余杭山川形势，只见海天一色莽莽苍苍，山川分外开阔空旷。而当夜幕降临，城四周燃起了万家灯火，钱塘江中江船密集，待渔火纷纷点燃之时，就仿佛是天上的星河映在了水的中央。森森古木高旷而幽寒，就是在晴天也像下雨一样阴凉潮湿；月亮照在平沙之上，就是在夏天也像是落下了一层白霜那样清寒。

用"晴天雨"来形容夜风，把风吹树叶的飒飒声和雨声联系起来；用"夏夜霜"来形容月光，又把月照白沙的颜色，和霜色结合起来，诗人丰富的想象力于此可见一斑。壮美的山河，凉爽宜人的气候，加上主人的殷勤，客人便欣然而至了。

诗人把江城夏夜的景色描写得分外美丽。不仅有海天一色山川阔大的自然之美，又有万家灯火的繁华气象、水中渔火的人间安宁。而"古木""平沙"二句的描绘，便把一片清朗幽寒写得淋漓尽致，让人顿觉暑意全消，精神为之一爽——这的确是一个消暑的好地方。

诗中所写都是寻常景物：海、天、山川、灯火、星河、风雨、树木、月下的霜……但其妙处就在于在短短一首七律中用这么多事物组合出一幅幅清新优美的画面，就像一幅疏朗悠远的山水画，最后以人的心情作结，使整幅画增加了人情之美。

蝶恋花·伫倚危楼风细细

【宋】柳永

伫倚危楼①风细细，望极②春愁，黯黯③生天际④。草色烟光⑤残照里，无言谁会⑥凭阑⑦意。

拟把⑧疏狂⑨图一醉，对酒当歌，强乐⑩还无味。衣带渐宽⑪终不悔，为伊消得⑫人憔悴。

注 释

①伫倚危楼：长时间依靠在高楼的栏杆上。伫：久立。危楼：高楼。
②望极：极目远望。
③黯黯：迷蒙不明，形容心情沮丧忧愁。
④生天际：从遥远无边的天际升起
⑤烟光：飘忽缭绕的云霭雾气。
⑥会：理解。
⑦阑：同"栏"。
⑧拟把：打算。
⑨疏狂：狂放不羁。
⑩强（qiǎng）乐：勉强欢笑。强，勉强。
⑪衣带渐宽：指人逐渐消瘦。
⑫消得：值得，能忍受得了。

作者名片

柳永（约987—1053），北宋著名词人，婉约派最具代表性的人物之一。崇安（今福建武夷山）人，原名三变，字景庄，后改名永，字耆卿，排行第七，又称柳七。他自称"奉旨填词柳三变"，以毕生精力作词，并以"白衣卿相"自诩。其词多描绘城市风光和

歌妓生活，尤长于抒写羁旅行役之情，创作慢词独多。铺叙刻画，情景交融，语言通俗，音律谐婉，在当时流传极其广泛，人称"凡有井水饮处，皆能歌柳词"。

译 文

我长时间倚靠在高楼的栏杆上，一丝丝微风拂面，极目远眺，沮丧忧愁之情弥漫天际。碧绿的草色，飘忽缭绕的云霭雾气掩映在落日余晖里，我默默无言地靠在栏杆上，谁理解我的心情。

想要尽情放纵喝个一醉方休，当在歌声中举起酒杯时，才感到勉强欢笑反而毫无意味。我日渐消瘦下去却始终不感到懊悔，宁愿为她消瘦得精神萎靡神色憔悴。

赏 析

这是一首怀人之作。词人把漂泊异乡的落魄感受，同怀念意中人的缠绵情思结合在一起写，采用"曲径通幽"的表现方式，抒情写景，感情真挚。

上片首先说登楼引起了"春愁"："伫倚危楼风细细。"全词只此一句叙事，便把主人公的外形像一幅剪纸那样突现出来了。"风细细"，带写一笔景物，为这幅剪影添加了一点背景，使画面立刻活跃起来了。

"伫倚危楼风细细，望极春愁，黯黯生天际。"这首词开头三句是说，我长时间倚靠在高楼的栏杆上，微风拂面，一丝丝地，望不尽春日离愁，沮丧忧愁从遥远无边的天际升起。他首先说登楼引起了"春愁"。全词只有首句是叙事，其余全是抒情，但是只此一句，便把主人公外在的形象像一幅剪纸那样凸显出来了。他一个人久久地伫立在高楼之上，向远处眺望。"风细细"，带写一笔景物，为这幅剪影添加了一点背景，使画面立刻活跃起来了。他伫立楼头，极目天涯，一种黯然销魂的"春愁"油然而生。"春愁"又点明了时令。

"草色烟光残照里，无言谁会凭栏意"写主人公的孤单凄凉之感。前一句用景物描写点明时间，可以知道，他久久地站立楼头眺望，时已黄昏还不忍离去。"草色烟光"写春天景色，极为生动逼真。春草，铺地如茵，登高下望，夕阳的余晖下，闪烁着一层迷蒙的如烟似雾的光色。一种极为凄美的景色，再加上"残照"二字，便又多了一层感伤的色彩，为下一句抒情定下基调。"无言谁会凭栏意"，因为没有人理解他登高远望的心情，所以他默默无言。有"春愁"又无可诉说，这虽然不是"春愁"本身的内容，却加重了"春愁"的愁苦滋味。作者并没有说出他的"春愁"是什么，却又掉转笔墨，埋怨起别人不理解他的心情来了。词人在这里闪烁其词，让读者捉摸不定。

"拟把疏狂图一醉，对酒当歌，强乐还无味。"下片前三句是说，打算把放荡不羁的心情给灌醉，举杯高歌勉强欢笑反而觉得毫无意味。词人的生花妙笔真是神出鬼没。读者越是想知道他的春愁从何而来，他越是不讲，偏偏把笔宕开，写他如何苦中求乐。他已经深深体会到"春愁"的深沉，单靠自身的力量是难以排遣的，所以他要借助于酒，借酒浇愁。词人说得很清楚，目的是图一醉，并不是对饮酒真的有什么乐趣。为了追求这一"醉"，他"疏狂"，不拘形迹，只要醉了就行。不仅要痛饮，还要"对酒当歌"，借放声高歌来抒发他的愁怀。结果如何呢？他失败了。没有真正欢乐的心情，却要强颜欢笑，这"强乐"本身就是一种痛苦的表现，哪里还有兴味可谈呢？欢乐而无味，正说明"春愁"的缠绵执著，是解脱不了的，排遣不去的。

"衣带渐宽终不悔，为伊消得人憔悴。"末两句是说，我日渐消瘦下去却始终不感到懊悔，宁愿为她消瘦得精神萎靡神色憔悴。为什么这种"春愁"如此执著呢？至此，作者才透露出这是一种坚贞不渝的感情。他的满怀愁绪之所以挥之不去，正是因为他不仅不想摆脱这"春愁"的纠缠，甚至还"衣带渐宽终不悔"，心甘情愿地被春愁所折磨，即使形容渐渐憔悴、瘦骨伶仃，也绝不后悔。至此，已经信誓旦旦了。究竟是什么使得抒情的主人公钟情若此呢？直到词的最后一句才一语破的："为伊消得人憔悴"——原来是为了她！

这首词妙在紧扣"春愁"（即"相思"），却又迟迟不肯说破，只是从字里行间向读者透露出一些消息，眼看要写到了，却又煞住，调转笔墨，如此影影绰绰，扑朔迷离，千回百折，直到最后一句，才使真相大白。在词的最后两句相思之情达到高潮的时候，戛然而止，激情回荡，又具有很强的感染力。

长沙驿前南楼感旧

【唐】柳宗元

海鹤①一为别，
存亡②三十秋③。
今来数行泪，
独上驿南楼。

注 释

①海鹤：比喻品德高尚的人。
②存亡：指己存彼亡，自己还活着而德公已经去世。
③三十秋：三十年。贞元元年，柳宗元的父亲柳镇任鄂岳沔都团练判官，宗元随从在这一带活动，得以结识德公。至作此诗时，整整三十年。

译 文

与品德高尚的你相别，如今已有三十个春秋。

今天我独自登临故地，形影孤单，物是人非，禁不住流下了悲伤的泪水。

赏 析

这是一首"感旧"之作。所感怀的对象为三十年前见到的"德公"，德公已如海鹤仙逝。当年一别，转眼三十载了，生死存亡真是无常啊！触发其感怀的媒介则是"长沙驿前南楼"。陈景云《柳集点勘》说："长沙驿在潭州，此诗赴柳时作，年四十三。观诗中'三十秋'语，则驿前之别甫十余龄耳。盖随父在鄂时亦尝渡湘而南。"据诗意，大约三十年前，宗元之父柳镇任鄂岳沔都团练判官，宗元随父曾在长沙驿前南楼与"德公"话别。"海鹤"自然是指德公，但称德公为"海鹤"，却自有其独特的蕴涵。其具体所指，今日虽已不可确知，却可从中领略到一种潇洒、自由、无拘无束、来去自如的意味，并由此给全诗增添一种空灵的诗化的情调。

通首抒情，蔼然仁者之言。无一字不质朴，无一语不出自肺腑。今昔之感，洋溢在字里行间，字字句句扣紧感旧的题旨，一气贯注，自然浑成。"存亡三十秋"，蕴藏着无限的伤感。既有世路的艰险，更有人生的坎坷，既有昔日的情愫，又有今朝的思慕。"数行泪"是哭德公，也是哭自己功业未就，谤责飞腾。着一"独"字，而身世之寂寥，前路之渺茫，概可想见。诗人怀旧伤今，所以有诸多感慨。

其实还有一层无常感他没说出来：仕宦更是无常！一月奉命北归，二月到京，三月又被贬柳州，人生太难预料了！怀旧伤今，诗人禁不住流下数行清泪。这首诗与前《过衡山见新花开却寄弟》诗相较而读，一喜一悲，炎凉相继，颇耐人寻味。

与颜钱塘^①登樟亭^②望潮作

【唐】孟浩然

百里闻雷震，
鸣弦^③暂辍弹。
府中连骑出，
江上待潮观。
照日秋云迥^④，
浮天渤澥^⑤宽。
惊涛来似雪，
一坐凛生寒。

注 释

①颜钱塘：指钱塘县令颜某，不详其名。古人习惯以地名称该地行政长官。钱塘：旧县名，唐时县治在今浙江杭州市钱塘门内。
②樟亭：在钱塘县城外的一个观潮亭子，今已不存。
③鸣弦：据《吕氏春秋·察贤》载，宓子贱治单父，弹鸣琴，身不下堂而单父治。后因用鸣琴、鸣弦称颂地方官简政清刑，无为而治。此处暗用此典称颂颜钱塘的治理功绩。
④迥（jiǒng）：远。
⑤渤澥（xiè）：即渤海。

译 文

江潮如雷，声震百里，隆隆滚过，手中的鸣琴呀，暂且停止了弹拨。

府中的官员一个接一个骑马而出，观看潮水呀，早早地在江边等着。

阳光照射下，秋云仿佛格外高远，海水在天际浮动，显得特别宽阔。

浪涛涌来，卷起了千堆万堆白雪。观潮的人啊，谁不感到寒气凛冽。

赏析

这是一首山水诗。"百里闻雷震，鸣弦暂辍弹"：未见江潮，先闻其声，潮声巨大，犹如雷震，并且震动百里。

首句五个字渲染出江潮的磅礴气势。诗的起句先声夺人，很有力量。

次句，句意是描述县令暂停公务前来观潮，字面上却以"鸣弦辍弹"出之，巧妙地以弦声反衬潮声，使人感到在江潮的巨大声势下，弦声暗哑了。

这句暗用孔子弟子宓子贱任单公县县令时，鸣琴不下堂而把县城治理好的典故，称赞颜钱塘善理政。

三、四句写县衙门内连骑涌出，急速赶到江岸上观潮，进一步渲染气氛。

五、六句"照日秋云迥，浮天渤澥宽"，描绘钱塘江潮到来时的壮丽景象。但诗人仍不是直接写潮，而是用日光、秋云、天空、大海烘托。

上句以秋云迥衬托江潮远远而来，下句借浮天渤澥反映潮的浩阔，充分地表现出大潮澎湃动荡的伟力。

到了第七句，"惊涛来似雪"，才正面描绘江潮涌来，喷雪溅珠，令人惊心动魄！但立刻又以"一坐凛生寒"收束全篇，戛然而止。

"凛生寒"呼应着"来似雪"，从观潮人的触觉方面来写，尤为奇警，使读者也感到江潮扑面而来，凛然生寒。

这首诗层层渲染，句句紧凑，结构严密，造成逼人的气势。

望洞庭湖①赠张丞相②

【唐】孟浩然

八月湖③水平，
涵虚④混太清⑤。
气蒸云梦泽⑥，
波撼⑦岳阳城⑧。
欲济无舟楫⑨，
端居⑩耻圣明。
坐观⑪垂钓者⑫，
徒有羡鱼情。

注 释

①洞庭湖：中国第二大淡水湖，在今湖南省北部。
②张丞相：指张九龄。
③湖：此指洞庭湖。
④涵虚：包含天空，指天空倒映在水中。
⑤混太清：与天混为一体。太清，指天空。
⑥云梦泽：古代云梦泽分为云泽和梦泽。
⑦撼：摇动。一作"动"。
⑧岳阳城：在洞庭湖东岸。
⑨楫（jí）：划船用具，船桨，这里借指船。
⑩端居：闲居。
⑪坐观：一作"徒怜"。
⑫者：一作"叟"。

译 文

八月洞庭湖水暴涨几与岸平，水天一色交相辉映迷离难辨。
云梦大泽水汽蒸腾白白茫茫，波涛汹涌似乎把岳阳城撼动。
想要渡湖却苦于找不到船只，圣明时代闲居又觉愧对明君。
坐看垂钓之人多么悠闲自在，可惜只能空怀一片羡鱼之情。

赏 析

　　张丞相即张九龄，也是著名的诗人，官至中书令，为人正直。孟浩然想进入政界，实现自己的理想，希望有人能给予引荐。他在入京应试之前写这首诗给张九龄，就含有这层意思。

开头两句交代了时间，写出了浩瀚的湖水。湖水和天空浑然一体，景象是阔大的。"涵虚"，高空为水所包含，即天倒映在水里。"混太清"即水天相接。这两句是写站在湖边，远眺湖面的景色，把洞庭湖写得极开朗也极涵浑，汪洋浩阔，与天相接，润泽着千花万树，容纳了大大小小的河流。

三、四两句继续写湖的广阔，但目光又由远而近，从湖面写到湖中倒映的景物：笼罩在湖上的水汽蒸腾，吞没了云、梦二泽。"云""梦"是古代两个湖泽的名称，据说云泽在江北，梦泽在江南，后来大部分都淤成陆地。起西南风时，波涛奔腾，涌向东北岸，好像要摇动岳阳城似的。"气蒸云梦泽，波撼岳阳城"，与王维的诗句"郡邑浮前浦，波澜动远空"有异曲同工之妙。这两句被称为描写洞庭湖的名句。但两句仍有区别：上句用宽广的平面衬托湖的浩阔，下句用窄小的立体来反映湖的声势。诗人笔下的洞庭湖不仅广阔，而且还充满活力。

五、六两句转入抒情。"欲济无舟楫"，是从眼前景物触发出来的，诗人面对浩浩的湖水，想到自己还是在野之身，要找出路却没有人接引，正如想渡过湖去却没有船只一样。对方原是丞相，"舟楫"这个典用得极为得体。"端居耻圣明"，是说在这个"圣明"的太平盛世，自己不甘心闲居无事，要出来做一番事业。这两句是正式向张丞相表白心事，说明自己目前虽然是个隐士，可是并非本愿，出仕求官还是心之所向的，不过还找不到门路而已。言外之意是希望对方予以引荐。最后两句，再进一步，向张丞相发出呼吁，说自己坐在湖边观看那些垂竿钓鱼的人，却白白地产生羡慕之情。"垂钓者"暗指当朝执政的人物，其实是专就张丞相而言。这里，诗人巧妙地运用了"临渊羡鱼，不如退而结网"（《淮南子·说林训》）的古语；而"垂钓"也正好同"湖水"照应，因此不大露出痕迹。诗人借了这句古语来暗喻自己有出来做一番事业的愿望，只怕没有人引荐，所以这里说"徒有"。希望对方帮助的心情是在字里行间自然流露出来的。

作为干谒诗，最重要的是要写得得体，称颂对方要有分寸，不失身份。措辞要不卑不亢，不露寒乞相，才是第一等文字。这首诗委婉含蓄，不落俗套，艺术上自有特色。

九日①登望仙台②呈刘明府容

【唐】崔曙

汉文皇帝有高台③，
此日登临曙色开。
三晋④云山皆北向⑤，
二陵⑥风雨自东⑦来。
关⑧门令尹⑨谁能识，
河上仙翁⑩去不回。
且欲近寻彭泽宰⑪，
陶然共醉菊花杯。

注 释

①九日：指农历九月九日重阳节。
②望仙台：据说汉河上公授汉文帝《老子章句》四篇而去，后来文帝筑台以望河上公，台即望仙台，在今河南陕县西南。
③高台：指望仙台。
④三晋：指古晋国，春秋末韩、魏、赵三家分晋，故有此称。
⑤北向：形容山势向北偏去。
⑥二陵：指崤山南北的二陵，在今河南洛宁、陕县附近。
⑦东：一作"西"。
⑧关：函谷关。
⑨令尹：守函谷关的官员尹喜。
⑩河上仙翁：即河上公，汉文帝时人，传说其后羽化成仙。
⑪彭泽宰：晋陶渊明曾为彭泽令。

作者名片

崔曙（约704—739），河南登封人，开元二十三年第一名进士，但只做过河南尉一类的小官，曾隐居河南嵩山。以《试明堂火珠》诗得名，其诗多写景摹物，同时寄寓乡愁友思。词句对仗工整，辞气多悲，代表作有《早发交崖山还太室作》《奉试明堂火珠》《途中晓发》《缑山庙》《对雨送郑陵》等。

译文

汉文帝在这里筑了一座高台，今天我来到台上时，太阳才刚

出来。

三晋一带，山岭都向北蜿蜒而去；崤山二陵那里的风雨，都从东方袭来。

函谷关尹子潜修有道，又有谁知道呢？河上仙翁不肯留下，一去不回。

既然仙人难见，姑且就近找找陶渊明吧，让我们共饮菊花酒，喝他个酩酊大醉。

赏析

　　此诗写诗人重九登高邀请友人痛饮，写得不落常套，独具特色，在抒写怀念友人的情思中，隐含着知音难遇的喟叹。首联言登台之事；颔联字面写四季变换，实际上是感叹历史变迁；颈联继续抒发历史感慨；尾联言志：功名利禄都是过眼云烟，不如饮酒自娱。全诗融写景、怀古、抒情于一炉，气势雄浑，酣畅淋漓，转承自然，一气呵成。

　　这是一首登临兼应酬的七律。诗人重阳节登临仙台，描写了仙台雄伟壮丽的景色，指出就近邀友畅饮要比寻访神仙畅快舒适。这首诗写景气势雄浑，酣畅淋漓，转承流畅自然。

　　此诗格律为平起式首句入韵格，韵合十灰。中二联对仗半工，风雨对云山，河上对关门，都不很工。对仗微有不工，可见灵活，不拘泥，唐诗多如此。

　　此诗主题表达富贵荣华转瞬即逝，奔波仕途徒劳无功，不如归隐。首联言事。作者登台凭高望远，看到朝阳，心情顿觉开朗。颔联字面写四季变换，"云山皆北向"，是夏天；"风雨自东来"是春天。从汉文帝修筑此台到作者登台时，经历了近千个春夏秋冬。战国时的三晋，经过秦汉、魏晋、北朝，几经分合，此时成了一统天下的一个部分。汉代的皇帝，当时多么显赫，而此刻只能在二陵中，任凭风雨侵袭了。实际上是感叹历史变迁，不以人的意志为转移。颈联继续抒发历史感慨：望仙台所在地的地方长官，经过多次改朝换代，难以记住他们的名字。当年溪垂钓、后来被周文王聘请为宰相的姜尚，也早死了多年，再也不能回来了。真有"吴宫花草埋幽径，晋代衣冠成古丘"的感慨。尾联言志，有了前面的铺垫，直接表明功名利禄都是过眼云烟，不必拼命走仕途了。不如沿着陶渊明的道路，采菊东篱下，饮酒自娱。

浣溪沙①·漠漠轻寒上小楼

【宋】秦观

漠漠②轻寒③上小楼，晓阴④无赖⑤似穷秋⑥。淡烟流水⑦画屏幽。

自在飞花轻似梦，无边丝雨⑧细如愁。宝帘⑨闲挂⑩小银钩。

注 释

①《浣溪沙》原唐教坊曲名，本为舞曲。"沙"又写作"纱"。又称《小庭花》《满院春》。另有一体五十六字。
②漠漠：像清寒一样的冷漠。
③轻寒：薄寒，有别于严寒和料峭春寒。
④晓阴：早晨天阴着。
⑤无赖：无聊，无意趣。
⑥穷秋：秋天走到了尽头。
⑦淡烟流水：画屏上轻烟淡淡，流水潺潺。幽：意境悠远。
⑧丝雨：细雨。
⑨宝帘：缀着珠宝的帘子，指华丽的帘幕。
⑩闲挂：很随意地挂着。

译 文

一阵阵轻轻的春寒袭上小楼，清晨的天色阴沉得竟和深秋一样，令人兴味索然。回望画屏，淡淡烟雾，潺潺流水，意境幽幽。

柳絮飞舞如虚无缥缈的梦境，丝丝细雨落下如同我的忧愁。再看那缀着珠宝的帘子正随意悬挂在小小银钩之上。

赏析

这首词以轻浅的色调、幽渺的意境，描绘一个女子在春阴的清晨里所生发的淡淡哀愁和轻轻寂寞。全词意境怅静悠闲、含蓄有味。

每一次春来，就是一次伤的体验。词人之心，很早就发出了"为问新愁，何事年年有"的愁怨。然而他们的命运也往往是一年年地品尝春愁。此词抒写的是淡淡的春愁。它以轻淡的色笔、白描的手法，十分熨帖地写出了环境氛围，即把那一腔淡淡的哀怨变为具体可感的艺术形象渗透出来，表情深婉、幽渺。"一片自然风景就是一种心情。"索漠轻寒中袅袅而升的是主人公那轻轻的寂寞和百无聊赖的闲愁。即景生情，因情生景，情恰能称景，景也恰能传情，这便是词作的境界。

上片写天气与室内环境的凄清，通过写景渲染萧瑟的气氛，不言愁而愁自见。起首一句"漠漠轻寒上小楼"，笔意轻灵，如微风拂面，让人不自觉地融入其中，为全词奠定了一种清冷的基调。随后一句还是写天气，强调"轻寒"。初春之寒，昏晓最甚。更何况阴云遮日，寒意自然更深一步，难怪会让人误以为是深秋时节。"无赖"二字暗指女主人公因为天气变化而生出丝丝愁绪。"淡烟"一句视角从室外转到室内，画屏之上，淡烟流水，亦是一片凄清模样，让人不禁生出一丝淡淡的哀愁。

下片写倚窗所见，转入对春愁的正面描写。不期然而然中，他的视线移向了窗外：飞花袅袅，飘忽不定，迷离惝恍；细雨如丝，迷迷蒙蒙，迷漫无际。见飞花之缥缈，不禁忆起残梦之无凭，心中顿时悠起的是细雨蒙蒙般茫无边际的愁绪。本写春梦之无凭与愁绪之无际，却透过窗户摄景着笔于远处的飞花细雨，将情感距离故意推远，越发感生出一种缥缈朦胧、不即不离之美。亦景亦情而柔婉曲折，是"虽不识字人，亦知是天生好言语"（《人玉屑》卷二十一引晁无咎语）的佳例。词人将"梦"与"愁"这种抽象的情感编织在"飞花""丝雨"交织的自然画面之中。这种现象，约翰·鲁斯金称为"感情误置"，而这在中国诗词中则是司空见惯。"自在飞花"，无情无思，格外惹人恼恨，而反衬梦之有情有思。最后，词以"宝帘闲挂小银钩"作结，尤觉摇曳多姿。细推词脉，此句应为过片之倒装句。沉迷于一时之幻境，不经意中瞥向已经挂起的窗帘外面，飞花丝雨映入眼帘，这便引出"自在"二句之文。而在结构艺术上，词人作如是倒装，使得词之上、下片对称工整，显得精巧别致，极富回环变化的结构之美。同时，也进一步唤醒全篇，使帘外的种种愁境，帘内的愁人更为分明，不言愁而愁自现。句中"闲"字，本是形容物态，而读者返观全篇，知此正是全词感情基调——百无聊赖的情感意绪。作为红线贯串打通全词，一气运转，跌宕昭彰。

此词以柔婉曲折之笔，写一种淡淡的闲愁。在生活中，每个人都会拥有自己的一份闲愁。不知何时何处，它即从你心底无端地升起，说不清也拂不去，令人寂寞难耐。词人们又总是能更敏锐地感受到它，捕捉住它，并流诸笔底。而此时，又必然会渗透进他们对时世人生的独特感受。在一个敏感文人的心里，这种空虚寂寞伴随生命的全程，它和愿望、和理想、和对生命的珍视成正比，无边无际，无计可除。

登河北①城楼作

【唐】王维

井邑②傅岩③上，
客亭④云雾间。
高城眺落日，

注释

①河北：县名，唐属陕州，天宝元年（742）改名平陆，治所在今山西省平陆县。
②井邑（yì）：人家，居民的房子院落。
③傅（fù）岩：山岩名，地势险峻，一称傅险，传说商代贤臣傅说未仕前曾版筑于此。

极浦⑤映苍山。

岸火孤舟宿，

渔家夕鸟还。

寂寥天地暮，

心与广川⑥闲。

④客亭：亭驿，供旅人休息的小亭子。
⑤极浦（pǔ）：远处的水滨。
⑥广川：广阔的河流。此指黄河。

作者名片

　　王维（701—761），河东蒲州（今山西运城）人，祖籍山西祁县，唐朝著名诗人、画家，字摩诘，号摩诘居士，世称"王右丞"，因笃信佛教，有"诗佛"之称。今存诗400余首，重要诗作有《相思》《山居秋暝》等。受禅宗影响很大，精通佛学及诗、书、画、音乐等，与孟浩然合称"王孟"。苏轼评价其："味摩诘之诗，诗中有画；观摩诘之画，画中有诗。"

译文

　　傅岩上有一些住户的院落，那驿亭就坐落在云雾之间。

　　站在高高的城池上观赏落日的景象，遥远的水面上映着苍山的倒影。

　　岸上有零星的火光，有几只小船孤零零地停在水面上，一些渔家与夕鸟相伴而归。

　　在这寂静而广阔的天地之间，心绪也跟那宽广的河水一般闲适。

赏析

　　首联"井邑傅岩上，客亭云雾间"描述的是诗人登上城楼所见到的景色。诗人把全诗的布景放到云雾之间，不但有辽阔与沧桑的感觉，而且使整个画面呈现出如梦如幻的迷离之感。这样设景，既拉大了人与景的距离，使之不至于太过清晰切近而失去朦胧美感，又给之后要展现的实在的物体布置了一个较为虚空的背景。

"高城眺落日，极浦映苍山。岸火孤舟宿，渔家夕鸟还"两联，前面两句，从大处着笔，显示出高、远、壮、阔之感，后面两句则从细节上加以点缀。正如绘画中"先从大处定局，开合分明，中间细碎处，点缀而已"的章法，颔联结构的布置也具有绘画般的技艺：高处的城楼，略低的夕阳，遥远的水边及更远一些的苍山倒影，错落参差，具有画面的美感。

颈联两句，诗人将视角从辽阔的大背景中拉回，关注于眼前的小景与细景，"宿"是静，"还"是动，动静结合，展现了水面的遥远与闲静。而"岸火"则消解了"孤舟"的寂寞之感，给有些寂寞清冷的画面染上了一层温暖的色调，让全诗的写景不显得呆板与死寂。

"寂寥天地暮，心与广川闲"两句，抒发了诗人内心自由快乐的情感，表现了诗人以山水为乐的情怀。

这首诗中，诗人将村镇、客亭作一层远景；落日、苍山作一层中景；孤舟、渔家作一层近景，由远到近，由点到面再到点，构成了一幅层次错落，虚实结合，点面清晰的山川风景图。

终南山①

【唐】王维

太乙②近天都③，
连山接海隅④。
白云回望合，
青霭⑤入看无。

注 释

①终南山，在长安南五十里，秦岭主峰之一。
②太乙：又名太一，秦岭之一峰。
③天都：这里指帝都长安。
④海隅：海边。终南山并不到海，此为夸张之词。
⑤青霭：山中的岚气。霭：云气。

分野⑥中峰变，

阴晴众壑⑦殊。

欲投人处⑧宿，

隔水问樵夫。

⑥分野：古天文学名词。古人以天上的二十八个星宿的位置来区分中国境内的地域，被称为分野。

⑦壑：山谷。

⑧人处：有人烟处。

译 文

巍巍的终南山临近长安城，山连着山一直延伸到海边。

回望山下白云滚滚连成一片，青霭迷茫进入山中都不见。

终南山连绵延伸，占地极广，中峰两侧的分野都变了，众山谷的天气也阴晴不一。

想在山中找个人家去投宿，隔水询问那樵夫可否方便？

赏 析

王维之诗自古有"诗如画"之说。品其诗如赏中国画，清新淡雅；读其诗似游神州万里江山，恢弘壮阔。诗中一句一词，点点滴滴，尽是诗人豪情万丈。《终南山》就是这样一首王维山水诗的亮点之作。

起首二句"太乙近天都，连山接海隅"是对终南山位置的夸张描写，以远景的视角将终南山的总轮廓勾勒出来。"太乙"是终南山的别称，运用夸张的艺术手法，写终南山之高，以至于"近天都"。且从长安遥望终南山，以西望不到头，至东看不见尾。"白云回望合，青霭入看无。"这两句是写终南山里的风景。王维入终南山时"回望"，显然，他身处白云之间，看不见来路，仿佛徜徉于白云的海洋之中。前路弥漫着层层青霭，仿佛触手可及，然而可望而不可触及。短短十个字，就将游山时的奇妙感受写得淋漓尽致。

"分野中峰变，阴晴众壑殊。"这两句则是王维在终南山中峰时所见之景，绵延起伏，辽阔异常，以至于山中的天气都不尽相同，阳光的明暗变换将山岩丘壑表现出千奇百怪的姿态。"欲投人处宿，隔水问樵夫。"王维寻着樵夫砍柴时所发出的声响，从"隔水"的树林中发现了樵夫，此处有樵夫，必然有处宿之地，因此问宿便自然而然了。最后的尾联历来为人争议，有些文人学者认为与前三联并不相称，持否定态度。

王维的这首《终南山》由远及近，先以夸张的艺术手法写终南山的神秘，接着从亲身探寻的角度写终南山的变幻莫测，时隐时现，再登上中峰，将终南山的全景收于眼底，最后为了更进一步窥探终南山的美景，而想借宿山中人家。全诗意境清晰，宛若一幅行走的山水画。《王孟诗评》曰："语不必深辟，清夺众妙。"

同王徵君①湘中有怀

【唐】张谓

八月洞庭秋，
潇湘水北流。
还家万里梦，
为客五更愁。
不用开书帙②，
偏宜③上酒楼。
故人京洛④满，
何日复同游？

注　释

①王徵君：姓王的徵君，名不详。徵君，对不接受朝廷征聘做官的隐士的尊称。
②书帙（zhì）：书卷。
③偏宜：只适宜。
④京洛：京城长安和洛阳。

作者名片

张谓（生卒年不详），字正言，河内（今河南沁阳市）人。天宝二年

（743）进士，乾元中为尚书郎，大历中任潭州刺史，后官至礼部侍郎，三典贡举。其诗辞精意深，讲究格律，诗风清正，多为饮宴送别之作。代表作有《早梅》《邵陵作》《送裴侍御归上都》等，其中以《早梅》为最著名。《全唐诗》录其诗一卷。

译　文

八月洞庭湖一派秋色，潇水和湘水缓缓北流入洞庭。

不能回家乡，只能在万里之外做返家之梦。离家远游之客五更梦醒，更加寂寞忧愁。

不用打开书套，只想登上酒楼。

我的朋友都在长安和洛阳，什么时候能和他们一起畅游？

赏　析

诗中叙述了诗人久出未归的思乡之愁。无心看书，上楼饮酒，再想到京洛友人，更是急切得想与之同游，一片思乡之情跃然纸上。全诗文字通俗，平淡自然，不事雕琢，有淡妆之美。

张谓的诗，不事刻意经营，常常浅白得有如说话，然而感情真挚，自然蕴藉，如这首诗，就具有一种淡妆的美。

开篇一联即扣紧题意。"八月洞庭秋"，对景兴起，重在点明时间；"潇湘水北流"，抒写眼前所见的空间景物，表面上没有惊人之语，却包孕了丰富的感情内涵：秋天本是令人善感多怀的季候，何况是家乡在北方的诗人面对洞庭之秋？湘江北去本是客观的自然现象，但多感的诗人怎么会不联想到自己还不如江水，久久地滞留南方？因此，这两句是写景，也是抒情，引发了下面的怀人念远之意。颔联直抒胸臆，不事雕琢，然而却时间与空间交感，对仗工整而自然。"万里梦"，点空间，魂飞万里，极言乡关京国之遥远，此为虚写；"五更愁"，点时间，竟夕萦愁，极言客居他乡时忆念之殷深，此为实写。颈联宕开一笔，以正反夹写的句式进一步抒发自己的愁情：翻开又读的书籍已然无法自慰，登酒楼而醉伏或者可以忘忧？这些自慰之人并没有明白道出，但却使人于言外感知。同时，诗人连用了"不用""偏宜"这种具有否定与肯定意义的虚字斡旋其间，不仅使人情意态表达得更为深婉有致，而且使篇章开合动宕，令句法灵妙流动。登楼把酒，应该有友朋相对才是，然而现在却是诗人把酒独酌，即使是"上酒楼"，也无法解脱天涯寂寞之感，也无法了结一个"愁"字。于是，结联就逼出"有怀"的正意，把自己的愁情写足写透。在章法上，"京洛满"和"水北流"相照，"同游"与"为客"相应，首尾环合，结体绵密。从全诗来看，没有秾丽的辞藻和过多的渲染，信笔写来，皆成妙谛，流水行云，悠然隽永。

淡妆之美是诗美的一种。平易中见深远，朴素中见高华，它虽然不一定是诗美中的极致，但却是并不容易达到的美的境界，所以梅圣俞说："作诗无古今，唯造平淡难。"（《读邵不疑学士诗卷》）扫除腻粉呈风骨，褪却红衣学淡妆，清雅中有风骨，素淡中出情韵，张谓这首诗，就是这方面的成功之作。

登 陇①

【唐】高适

陇头远行客，
陇上分流水。
流水无尽期，
行人未云已。
浅才②通一命③，
孤剑适④千里。
岂不思故乡？
从来感知己。

注释

① 陇：陇山，在今陕西陇县西北。陇头、陇上：《全唐诗》作"垅头""垅上"，同时又注明应作"陇"。
② 浅才：微才。通：往来。
③ 一命：命即官阶，一命为最低级的官。
④ 适：走、往的意思。

作者名片

高适（704—765），字达夫，一字仲武，渤海县（今河北景县）人，后迁居宋州宋城（今河南商丘睢阳）。安东都护高侃之孙，唐代大臣、诗人。曾任刑部侍郎、散骑常侍，封渤海县侯，世称高常侍。于永泰元年正月病逝，卒赠礼部尚书，谥号忠。作为著名边塞诗人，高适与岑参并称"高岑"，与岑参、王昌龄、王之涣合称"边塞四诗人"。其诗笔力雄健、气势奔放，洋溢着盛唐时期所特有的奋发进取、蓬勃向上的时代精神。有文集二十卷。

译文

我这个远行之人，站在陇山坡头，望着陇山上四分而流开去的水流，心潮为之起伏。

流水没有间断之时，旅途之人也从无休歇之时。

我的才能微薄，只够得上做一个小官，如今承蒙知己相召，委以重任，于是不辞艰辛，孤独地仗剑往来万里之途。

我哪里不思念故乡呢？我之所以离乡背井前往赴任，为的是感念知遇之恩。

赏析

此诗的头四句以陇上流水来映衬诗人独身远行。"远行客"是诗人的自称。诗人登上陇山之巅，想起乐府民歌《陇头歌辞》："陇头流水，流离山下。念吾一身，飘然旷野。"诗人此时此刻的心情，与歌辞中说的是非常相似的。"陇上分流水"既是写实，也是衬托作者只身远游时孤寂悲凉心情。据《三秦记》："陇山顶有泉，清水四注，俗歌：陇头流水，鸣声呜咽。遥望秦川，肝肠断绝。"诗的第三、四句运用顶真法紧承头两句而来："流水无尽期，行人未云已。"以流水不尽来比喻人的行程无尽。

　　诗的后四句中诗人以大丈夫自许，抒发了建功立业的雄心壮志。"浅才通一命"，这里是指诗人即将就任左饶卫兵曹、充翰府掌书记。实际上这是幕府中重要的文职军官，地位仅仅次于判官。诗人称"浅才通一命"不过是谦词罢了。"孤剑适千里"，大有慷慨行侠的意味。《史记·淮阴侯列传》："项梁渡淮，信仗剑从之。"结尾两句"岂不思故乡？从来感知己"指明了诗人此番远行的原因。诗人并非不眷恋思念自己的故乡，他之所以离乡远行，全都是为了报答知己的知遇之恩啊。高适也是一个很重友情的人，他对哥舒翰的荐举是非常感激的，当时世风，要做官除考试一途外，若无人荐举是做不成官的，因此高适说"从来感知己"。"感知己"也仅是表层的一面，深层的原因则是高适想借此荐举机会，入幕从戎，一展身手，实现他建功立业、报效国家的抱负。正是这种内在的强烈的爱国主义精神，奠定了诗的后半部分昂扬的基调。

　　这首诗的最大特色就是以简洁的诗句表达了尽可能丰富的思想，诗中既有游子思乡的情思，又有仗剑戍边的豪情，既有报答知己的侠肝义胆，又有为国效力的雄心壮志，思想感情波澜起伏，曲折多变。从全诗的情感流动看，是先抑后扬，最后以昂扬的调子结束全篇，给人以奋发向上之感。胡应麟评说高适的五言古诗"意调高远""深婉有致"，由此诗可见一斑。

望蓟门①

【唐】祖咏

燕台②一望客③心惊，
笳④鼓喧喧汉将营。
万里寒光生积雪，

注释

①蓟门：在今北京西南。
②燕台：原为战国时燕昭王所筑的黄金台，这里代称燕地。
③客：人自称。
④笳：汉代流行于塞北和西域的一种类似于笛子的管乐器，此处代指号角。

三边⑤曙色动危旌⑥。

沙场烽火连胡月，

海畔云山拥蓟城。

少小虽非投笔吏，

论功⑦还欲请长缨。

⑤三边：古称幽、并、凉为三边。这里泛指当时东北、北方、西北边防地带。
⑥危旌：高扬的旗帜。
⑦论功：指论功行封。

作者名片

祖咏，洛阳（今属河南）人，后迁居汝水以北。公元724年（唐玄宗开元十二年）进士。与王维友善，其诗多借状景绘物宣扬隐逸生活。明人辑有《祖咏集》。

译文

登上燕台眺望不禁感到震惊，笳鼓喧闹之地原是汉将兵营。
万里积雪笼罩着冷冽的寒光，边塞的曙光映照着旌旗飘动。
战场烽火连天遮掩边塞明月，南渤海北云山拱卫着蓟门城。
少年时虽不像班超投笔从戎，论功名我想学终军自愿请缨。

赏析

这首诗写作者到边地见到壮丽景色，抒发立功报国的壮志。全诗一气呵成，体现了盛唐诗人的昂扬情调。

燕台原为战国时燕昭王所筑的黄金台，这里代称燕地，用以泛指平卢、范阳这一带。"燕台一望"犹说"一望燕台"，四字倒装，固然是诗律中平仄声排列的要求，更重要的是，起笔即用一个壮大的地名，能增加全诗的气势。诗人初来闻名已久的边塞重镇，游目纵观，眼前是辽阔的天宇，险要的山川，不禁激情满怀。一个"惊"字，道出他这个远道而来的客子的特有感受。这是前半首主意所在，开出下文三句。

客心因何而惊呢？首先是因为汉家大将营中，吹笳击鼓，喧声重叠。此句运用南朝梁人曹景宗的诗句："去时儿女悲，归来笳鼓竞。借问行路人，何如霍去病？"表现军营中号令之严肃。但仅仅如此，还未足以体现这个"惊"字。三、四两句更进一步，写这笳鼓之声，是在严冬初晓之时发出的。冬季本已甚寒，何况又下雪，且是多少天来的积雪；何况又不止一处两处的雪，而是连绵千万里的雪；这些雪下得如此之广，又积得如此之厚，不说它是怎样的冷了，就是雪上反映出的寒光，也足以令人两眼生花。"万里寒光生积雪"这一句就这样分作四层，来托出一个"惊"字。这是往远处望。至于向高处望，则见朦胧曙色中，一切都显得模模糊糊，唯独高悬的旗帜在半空中猎猎飘扬。这种肃穆的景象，暗写出汉将营中庄重的气派和严整的军容。边防地带如此的形势和气氛，自然震撼了诗人的心灵。

以上四句已将"惊"字写足，五、六两句便转。处在条件如此艰苦、责任如此重大的情况下，边防军队却意气昂扬。笳鼓喧喧已显出军威赫然，而况烽火燃处，紧与胡地月光相连，雪光、月光、火光三者交织成一片，不仅没有塞上苦寒的悲凉景象，而且壮伟异常。这是向前方望。"沙场烽火连胡月"是进攻的态势。诗人又向周围望："海畔云山拥蓟城"，又是那么稳如磐石。蓟门的南侧是渤海，北翼是燕山山脉，带山襟海，就像天生是来拱卫大唐的边疆重镇的。这是说防守的形势。这两句，一句写攻，一句说守；一句人事，一句地形。在这样有利的气势的感染下，便从惊转入不惊，于是领出下面两句，写"望"后之感。诗人虽则早年并不如东汉时定远侯班超那样初为佣书吏（在官府中抄写公文），后来投笔从戎，定西域三十六国，可是见此三边壮气，却也雄心勃勃，要学西汉时济南书生终军，向皇帝请发长缨，缚番王来朝，立一下奇功了。末联连用了两个典故。第一个是"投笔从戎"：东汉班超原在官府抄公文，一日，感叹说，大丈夫应该"立功异域"，后来果然在处理边事上立了大功。第二个是"终军请缨"：终军向皇帝请求出使南越说服归附，为表现自己有足够的信心，他请皇帝赐给长带子，说捆南越王时要用它。祖咏用了这两个典故，意思很明白，更有豪气顿生之感。末二句一反起句的"客心惊"，水到渠成，完满地结束全诗。

这首诗从军事上落笔，着力勾画山川形胜，意象雄伟阔大。全诗紧扣一个"望"字，写望中所见，抒望中所感，格调高昂，感奋人心。诗中多用实字，全然没有堆砌凑泊之感；意转而词句中却不露转折之痕，于笔伏端凝之中，有气脉空灵之妙。此即骈文家所谓"潜气内转"，亦即古文家所谓"突接"，正是盛唐诗人的绝技。

题潼关①楼

【唐】崔颢

客行逢雨霁，
歇马上津楼。
山势雄三辅②，
关门扼九州。
川从陕路去，
河绕华阴③流。
向晚登临处，
风烟万里愁。

注 释

① 潼关：位于陕西省渭南市潼关县北，北临黄河，南踞山腰。
② 三辅：西汉时本指治理京畿地区的三位官员，京兆尹、左冯翊、右扶风为三辅，后指这三位官员管辖的地区。
③ 华阴：位于关中平原东部，西距西安120公里，东距洛阳230公里，南依秦岭，北临渭水。

译 文

雨过天晴，我这匆匆赶路的游子巧遇此楼，乘马歇脚之际，我登上了这座靠近渡水的关楼。

周围山势雄伟，保护着京畿的三辅之地；关口险要，扼守着通往九州的要道。

广阔的平川由此向陕州之路通去，滚滚黄河环绕着华阴一路奔流。

夕阳西下，凭栏远眺，一片风烟迷离，我这漂泊万里之人顿感无限忧愁。

赏 析

崔颢向来以使李白也为之叹服的《黄鹤楼》诗著名。如果说《黄鹤楼》诗是以日暮思归的真挚乡思动人心魄的话，那么这首《题潼关楼》则是对雄伟山川的赞叹和由此产生的广远深沉的忧虑，表现出崔颢诗歌风格的另一方面。

开始两句"客行逢雨霁，歇马上津楼"，表现出诗人匆匆登临的情形。诗人在骑马赶路到达潼关时，恰逢雨过天晴，原本疲倦的精神忽然为之一振，于是歇马登上"津楼"（即潼关城楼，面对黄河），眺望山川。两句说明行色匆匆，写来却从容不迫，"逢"字、"上"字，安排得次第井然，而且别有一种挺拔劲健的感觉，引出下文的雄伟气势。

中间两联，写登楼眺望所见，正面表现潼关形势的险要和山河的壮美。"山势雄三辅，关门扼九州。"前一句说从楼上望去，潼关内外，群山连绵起伏、威武雄壮地护卫着"三辅"之地。"三辅"，本指西汉时期治理长安京畿地区的三个职官，公元前104年（武帝太初元年），改右内史为京兆尹，治长安以东；左内史为左冯翊，治长陵以北；都尉为右扶风，治渭南以西。这里的"三辅"，指唐代京城所在的关中地区。后一句是说，潼关的大门紧紧地把持着"九州"。"九州"本指古代中国设置的九个州，即冀、豫、雍、扬、兖、徐、梁、青、荆，这里是指潼关以东的广大地区，两句突出"关门"的险要，作者先在前一句勾勒出雄伟的山势，描绘出壮阔的背景，然后在这重峦叠嶂的背景上刻画出"关门"，前有"三辅"，后有"九州"，中间用生动形象而有力的"扼"字连接，"一夫当关，万夫莫开"的险要之势，跃然而出。"川从陕路去，河绕华阴流。"这两句从描写关势险要过渡到交通，是上一联诗意的延伸。"川"即平野。潼关一带，在乱山之间有一条狭窄的平原，从关中向"陕路"通去。"陕路"即陕州之路，陕州治所在今河南陕县。"河"即黄河，在古潼关北面，黄河之水由北而南向华阴县流来，然后在潼关和对面的风陵渡之间，忽然折向东，滚滚流去，卷起滔滔洪波。一个"绕"字，生动形象地表现出了黄河的走势，形成磅礴的气势。中间四句，分别从群山、关门、川原和河流四方面描写了潼关的地势，这些景物组合在一起，展现出一派极为雄浑苍莽的特有境界。诗人还通过"三辅""九州"、川原、河流，将潼关与广袤的土地连接起来，大大拓展了诗歌意境，造成一种壮阔宏大之势，从而进一步衬托出潼关地势的险要。

最后一联，诗人融情于景。"向晚登临处，风烟万里愁"：诗人面对如此险要的关隘，眺望着雄伟的山川，不觉已晚，黄河之上、群山之中渐渐升起了暮霭，在轰然如雷的黄河涛声中，显得一片苍凉，触动了诗人的愁绪。这里的"愁"字包含着浓郁的乡思，因为作者一开始就点明了自己是在"客行"，行役之人时值"向晚"，产生思乡之念，但这里的"愁"，又不仅仅是乡思。在潼关楼上，面对从古至今都如此险要的关口，作者自然也会产生怀古伤今之意。朝廷政治的腐败、藩镇作乱的迹象，都已经清楚地显露出来，诗里也隐含着作者对国事的殷忧。因此，作者在潼关楼上的"愁"，深沉而复杂。

这首诗气象雄浑，意境悲凉，与《黄鹤楼》相比，格律上更加严谨工整，手法上显得含蓄蕴藉，别具一种深沉凝重的风格。

登峨眉山①

【唐】李白

蜀国多仙山，

峨眉邈②难匹。

周流③试登览，

绝怪④安可悉？

青冥⑤倚天开，

注 释

①峨眉山：在今四川峨眉县西南。
②邈：渺茫绵远。
③周流：周游。
④绝怪：绝特怪异。
⑤青冥：青而暗昧的样子。

彩错疑画出。

泠然⑥紫霞赏，

果得锦囊术⑦。

云间吟琼箫⑧，

石上弄宝瑟。

平生有微尚⑨，

欢笑自此毕。

烟容⑩如在颜，

尘累⑪忽相失。

倘逢骑羊子⑫，

携手凌白日。

⑥泠然：轻举貌。
⑦锦囊术：成仙之术。
⑧琼箫：即玉箫，箫的美称。
⑨微尚：指学道求仙之愿。
⑩烟容：指脸上的烟霞之气。
⑪尘累：尘世之烦扰。
⑫骑羊子：即葛由。

译文

蜀国有很多仙山，但都难以与绵邈的峨眉相匹敌。

试登此峨眉山周游观览，其绝特奇异的风光景致哪里能全部领略。

青苍的山峰展列于天际，色彩斑斓如同出自画中。

飘然登上峰顶赏玩紫霞，恰如真得到了修道成仙之术。

我在云间吹奏玉箫，在山石上弹起宝瑟。

我平生素有修道学仙的愿望，自此以后将结束世俗之乐。

我的脸上似已充满烟霞之气，尘世之牵累忽然间已消失。

倘若遇上仙人骑羊子，就与他相互携手凌跨白日。

赏 析

此诗为五言古体，全篇十六句可分四段，每段四句。用入声质韵，一韵到底。四段的首句，皆用平声字作结，在音调上有振音激响的作用。虽是一首五言古诗，但在结构层次上是非常严整的。

首段"蜀国多仙山，峨眉邈难匹。周流试登览，绝怪安可悉？"四句突出峨眉山在蜀中尤为著名，无与伦比，为登览游山，伏下线索。接着写初到名山、亲历奇景。"周流"说登览游赏当遍及峨眉古迹名区。"试登览"即初次登临。"绝怪"指峨眉山岩壑幽深，群峰险怪，阴晴变化，景象万千。"安可悉"极言峨眉山深邃，林泉胜迹，难以尽觅。

第二段首二句"青冥倚天开，彩错疑画出"具体写峨眉山之高峻磅礴，秀丽无俦，奇光异彩，分列杂陈。让人感到一登峨眉山，顿入清境，仿佛置身于图画之中。后二句"泠然紫霞赏，果得锦囊术"进一步写登山以后的感受。言登临峨眉山，沉浸于丹霞翠霭之间，心与天和，似能参天地之奥秘，赏宇宙之奇观，得到了仙家的锦囊之术。

第三段"云间吟琼箫，石上弄宝瑟"接着描述诗人在这样的山光掩映、云霞飘拂的景象下面，欢快无极。弄琼箫于云霄，响彻群峰；弹宝瑟于石上，声动林泉。怡情于物外，乃得偿平生之凤愿。"平生有微尚，欢笑自此毕"说明诗人早已绝情荣利，不慕纷华，在漫游峨眉、饱览山光之际，快慰平生，欢情已偿。

末段前二句"烟容如在颜，尘累忽相失"：云烟万态，晴光霞影，呈于眉睫之前，大略指峨眉山顶的"佛光奇景"。在晴光的折射之下，人影呈现于云影光环之间，不禁有羽化登仙之感，尘世百虑因而涤尽。末二句"倘逢骑羊子，携手凌白日"。"骑羊子"，指峨眉山传说中的仙人葛由，传说他骑着自己刻的木羊入山成仙。诗人说：假如得遇骑羊子葛由，亦当与之携手仙去，上凌白日，辞谢人间。

此诗极写峨眉之雄奇无匹，真令人有人间仙境之感，这就难怪诗人会飘飘然有出世之思了。他甚至幻想能遇到仙人葛由，跟着他登上绝顶，得道成仙。当然，当时的李白实际上并不想出世，他有着远大的抱负，正想干一番经国济世的大业，峨眉奇景只是暂时淡化了他的现实功利心。不过，由此也不难看出，名山之游对李白超功利审美情趣的形成有着不容低估的影响。

金陵①城西楼②月下吟

【唐】李白

金陵夜寂凉风③发，
独上高楼望吴越④。
白云映水摇空城，
白露垂珠⑤滴秋月。
月下沉吟久不归，
古来相接⑥眼中稀⑦。
解道⑧澄江净如练，
令人长忆谢玄晖⑨。

注 释

①金陵：古邑名。今南京市的别称。
②城西楼：即"孙楚楼"，因西晋诗人孙楚曾来此登高吟咏而得名。
③凉风：秋风。
④吴越：泛指今江、浙一带。
⑤白露垂珠：此化用江淹《别赋》"秋露如珠"句意。白露：指秋天的露水。
⑥相接：精神相通、心心相印的意思。
⑦稀：少。
⑧解道：懂得说。
⑨谢玄晖：即谢朓，南朝齐著名诗人。

译 文

金陵的夜晚寂静凉风四起，我独自登上高楼眺望吴越。
白云映在水中摇动着空城，露珠晶莹低垂欲坠映秋月。
在月亮下面沉吟久久不归，自古能与我相接者少又稀。
只有他能吟出澄江净如练，让人长久地回忆起谢玄晖。

赏 析

这首诗，李白写自己夜登金陵城西楼所见所感，诗人彼时的寂寞也包含在其中。

"金陵夜寂凉风发，独上高楼望吴越。"诗人是在静寂的夜间，独自一人登上城西楼的。"凉风发"，暗示季节是秋天，与下文"秋月"相呼应。"望吴越"，点出登楼的目的。从"夜寂""独上""望吴越"等词语中，隐隐地透露出诗人登楼时孤寂、抑郁、怅惘的心情。诗人正是怀着这种心情来写"望"中之景的。

"白云映水摇空城，白露垂珠滴秋月。"上句写俯视，下句写仰观。俯视白云和城垣的影子倒映在江面上，微波涌动，恍若白云、城垣在轻轻摇荡；仰观遥空垂落的露珠，在月光映照下，像珍珠般晶莹，仿佛是从月亮中滴出。十四个字，把秋月下临江古城特殊的夜景，描绘得非常逼真传神。两个"白"字，在色彩上分外渲染出月光之皎洁，云天之渺茫，露珠之晶莹，江水之明净。"空"字，在气氛上又令人感到古城之夜特别静寂。"摇""滴"两个动词用得尤其神奇。城是不会"摇"的，但"凉风发"，水摇，影摇，仿佛城也摇荡起来；月亮是不会"滴"露珠的，但"独上高楼"，凝神仰望秋月皎洁如洗，好像露珠是从月亮上滴下似的。"滴"与"摇"，使整个静止的画面飞动起来，使本属平常的云、水、城、露、月诸多景物，一齐情态毕露，异趣横生。这样的描写，不仅反映出浪漫主义诗人想象的奇特，也充分显示出他对大自然敏锐的感觉和细致的观察力，故能捕捉住客观景物的主要特征，"着一字而境界全出"。

"月下沉吟久不归，古来相接眼中稀。"诗人伫立月下，沉思默想，久久不归。原来他是在慨叹人世混浊，知音难遇。一个"稀"字，吐露了诗人一生怀才不遇、愤世嫉俗的苦闷心情。"古来""眼中"，又是诗人无可奈何的自我安慰。意思是说，不仅是他眼前知音稀少，自古以来有才华、有抱负的人当时也都是如此。知音者"眼中"既然"稀"，诗人很自然地怀念起他所敬慕的历史人物。这里"眼中"二字对最后一联，在结构上又起了"金针暗度"的作用，暗示底下将要写的内容。

"解道澄江净如练，令人长忆谢玄晖。"李白一生对谢朓十分敬慕，这是因为谢朓的诗风清新秀逸，他的孤直、傲岸的性格和不幸遭遇同李白相似，用李白的话说，就叫作"今古一相接"（见《谢公亭》）。谢朓在被排挤出京离开金陵时，曾写有《晚登三山还望京邑》的著名诗篇，描写金陵壮美的景色和抒发去国怀乡之愁。"澄江静如练"就是此诗中的一句，他把清澈的江水比喻成洁白的丝绸。李白夜登城西楼和谢朓当年晚登三山，境遇同样不幸，心情同样苦闷，就很自然地会联想到当年谢朓笔下的江景，想到谢朓写《晚登三山还望京邑》的心情，于是发出会心的赞叹："解道澄江净如练，令人长忆谢玄晖。"意思是说：谢朓能吟出"澄江静如练"这样的好诗，令李白深深地怀念他。这两句，话中有"话"，其"潜台词"是：李白与谢朓精神"相接"，谢朓的诗李白能理解；此时李白写此诗，与谢朓当年心情相同，可是已经没有人能"解道"，能"长忆"了。可见李白"长忆"谢朓，乃是感慨自己身处暗世，缺少知音，孤寂难耐。这正是此诗的命意，在结处含蓄地点出，与开头的"独上"相呼应，蕴含了"月下沉吟"的诗人无比的寂寞和忧愁。

这首诗，诗人笔触所及，广阔而悠远，天上、地下、眼前、往古，飘然而来，忽然而去，气势豪迈。正如赵翼《瓯北诗话》所说："太白诗不屑于雕章琢句，亦不劳于镂心刻骨，自有天马行空不可羁勒之势。"全诗看似信笔挥洒，未加经营；实则脉络分明，一线贯通。这根"线"，便是"愁情"二字。诗人时而写自己行迹或直抒胸臆（如一二、五六句），时而描绘客观景物或赞美古人（如三四、七八句），使这条感情线索时显时隐、一起一伏，像波浪推涌，节奏鲜明，又逐步趋向深化，由此可见诗人构思之精。这首诗中，词语的选用，韵律的变换，在色彩上，在声调上，在韵味上，都协调一致，显示出一种苍茫、悲凉、沉郁的氛围。这就格外突出了诗中的抒情主线，使得全诗浑然一体，愈见精美。

登新平①楼

【唐】李白

去国②登兹楼③，
怀归伤暮秋。

①新平：唐朝郡名，又是县名。新平郡即邠州，治新平县（今陕西彬县）。
②去国：离开国都。
③兹楼：指新平楼。兹：此。

天长落日远，
水净寒波流④。
秦云⑤起岭树，
胡雁⑥飞沙洲⑦。
苍苍⑧几万里，
目极⑨令人愁。

④寒波流：指泾水。
⑤秦云：秦地的云。新平等地先秦时属秦国。
⑥胡雁：北方的大雁。胡：古代北方少数民族的通称，这里指北方地区。
⑦洲：水中可居之地。
⑧苍苍：一片深青色，这里指旷远迷茫的样子。
⑨目极：指放眼远望。

译文

离开国都登上这新平城楼，面对寥落暮秋，怀归却不得归使我心伤。

天空辽阔，夕阳在远方落下；寒波微澜，河水在静静流淌。

云朵从山岭的树林上升起，北来的大雁飞落在沙洲。

茫茫苍苍的几万里大地，极目远望使我忧愁。

赏析

李白怀着愤懑、失望的心情离开了长安。当他登上新平城楼，远望着深秋景象，时值暮秋，天高气爽，落日时分，登楼西望，目极之处，但见落日似比平日遥远；溪水清净，水波起伏，寒意袭人。此情此景，让李白不禁泛起了怀归之情。他虽然壮志未遂，但并不甘心放弃自己的政治理想。他多么想重返长安，干一番事业。然而，希望是渺茫的。他望着那"苍苍几万里"的祖国大地，联想起在唐玄宗统治集团的黑暗统治下，一场深刻的社会危机正在到来，他为祖国的前途命运深深忧虑。因此，诗人发出了"极目使人愁"的感叹。

"去国登兹楼，怀归伤暮秋"写诗人通过交代事件发生的背景和情感，用铺叙手法描绘一幅离开长安登新平城楼、时值暮秋想念长安的伤感景致，以"怀""归""伤""暮秋"等诗词烘托气氛，能起到点明题旨、升华主题的作用。

"天长落日远，水净寒波流。秦云起岭树，胡雁飞沙洲"写诗人登新平城楼时的所见所闻，借有巨大气势的事物和表现大起大落的动词，如"天""日""水""云""落""寒""流""起""飞"等，觥筹交错中，使得诗意具有飞扬跋扈又不失唯美伤感的气势。而"落日""寒流""秦云""胡雁"则勾画出一副凄凉的暮秋景色，这正是诗人怀归忧国，但又无可奈何的渺茫心情的反映。

"苍苍几万里，目极令人愁"写诗人登新平城楼眺望远方时的感受，借景抒情，情含景中，既暗寓自己极度思念帝都长安的心情，又突显诗人为祖国的前途命运而产生"愁"绪，抒发自己的感叹，把情与景关联得十分紧密。结尾的"令人愁"和第二句的"伤暮秋"，遥相呼应，构成了全诗的统一情调。

诗体在律古之间，李白虽能律，却不是律之所能律。其诗是从古乐府古风一路行来，自成体势，不一定只限于律古。全诗语言精练，不失迅猛阔大的气势，极富韵味，寥寥数笔，却情意深长，流露出诗人壮志未酬、处境困窘的忧伤之情。

黄鹤楼①送孟浩然②之广陵③

【唐】李白

故人西辞黄鹤楼，
烟花④三月下⑤扬州。
孤帆远影碧空尽⑥，
唯见长江天际流。

注 释

①黄鹤楼：故址在今湖北武汉市武昌蛇山的黄鹄矶上。
②孟浩然：李白的朋友。
③广陵：即扬州。
④烟花：形容柳絮如烟、鲜花似锦，指艳丽的春景。
⑤下：顺流向下而行。
⑥尽：尽头，消失了。

译文

老朋友向我频频挥手，告别了黄鹤楼，在这柳絮如烟、繁花似锦的阳春三月去扬州远游。

友人的孤船帆影渐渐地远去，消失在碧空的尽头，只看见一线长江，向邈远的天际奔流。

赏析

这首诗，表现的是一种充满诗意的离别。其所以如此，是因为这是两位风流潇洒的诗人的离别，还因为这次离别跟一个繁华的时代、繁华的季节、繁华的地区相联系，在愉快的分手中还带着诗人李白的向往，这就使得这次离别有着无比的诗意。

李白与孟浩然的交往，是在他刚出四川不久，正当年轻快意的时候，他眼里的世界，还几乎像黄金一般美好。比李白大十多岁的孟浩然，这时已经诗名满天下。他给李白的印象是陶醉在山水之间，自由而愉快，所以李白在《赠孟浩然》诗中说："吾爱孟夫子，风流天下闻。红颜弃轩冕，白首卧松云。"这次离别正值开元盛世，太平而又繁荣，季节是烟花三月、春意最浓的时候，从黄鹤楼到扬州，这一路都是繁花似锦。而扬州，更是当时整个东南地区最繁华的都会。李白是那样一个浪漫、爱好游览的人，所以这次离别完全是在很浓郁的畅想曲和抒情诗的气氛里进行的。李白心里没有什么忧伤和不愉快，相反，他认为孟浩然这趟旅行快乐得很，他向往扬州，又向往孟浩然，所以一边送别，一边心也就跟着飞翔，胸中有无穷的诗意随着江水荡漾。在一片美景之中送别友人，真是别有一番滋味在心头，美景令人悦目，送别却令人伤怀，以景见情，含蓄深厚，有如弦外之音，达到使人神往，低徊遐想的艺术效果。

"故人西辞黄鹤楼"，这一句不光是为了点题，更因为黄鹤楼是天下名胜，可能是两位诗人经常流连聚会之所。因此一提到黄鹤楼，就带出种种与此处有关的富于诗意的生活内容。而黄鹤楼本身，又是传说中仙人飞上天空的地方，这和李白心目中这次孟浩然愉快地去扬州，又构成一种联想，增加了那种愉快的、畅想曲的气氛。

"烟花三月下扬州"，在"三月"上加"烟花"二字，把送别环境中那种诗的气氛涂抹得尤为浓郁。烟花，指烟雾迷蒙，繁花似锦。给读者的感觉绝不是一片地、一朵花，而是看不尽、看不透的大片阳春烟景。三月是烟花之时，而开元时代繁华的长江下游，又正是烟花之地。"烟花三月"，不仅再现了那暮春时节、繁华之地的迷人景色，而且也透露了时代气氛。此句意境优美，文字绮丽，被清人孙洙誉为"千古丽句"。

总之，这一场极富诗意的、两位风流潇洒的诗人的离别，对李白来说，又是带着一片向往之情的离别，被诗人用绚烂的阳春三月的景色，将放舟长江的宽阔画面，将目送孤帆远影的细节，极为传神地表现出来了。

登锦城散花楼①

【唐】李白

日照锦城头，
朝光散花楼。
金窗夹绣户②，
珠箔③悬银钩④。
飞梯⑤绿云中，
极目散我忧⑥。
暮雨向三峡⑦，
春江绕双流⑧。
今来一登望，
如上九天游。

注 释

① 锦城散花楼：锦城为成都的别称，又称锦里；散花楼，一名锦楼，为隋末蜀王杨秀所建，故址在今成都市区东北隅。
② 金窗、绣户：装饰华美的门窗。
③ 珠箔（bó）：即珠帘。用珍珠缀饰的帘子。
④ 银钩：玉制之钩。银：一作"琼"。
⑤ 飞梯：即高梯，指通往高处的台阶。
⑥ 忧：一作"愁"。
⑦ 三峡：指长江三峡。
⑧ 双流：今四川省双流县。

译 文

红日高照锦官城头，朝霞把散花楼染得光彩夺目。楼上的窗棂闪耀着金色光辉，门上的彩绘像锦绣一样美丽。

珍珠串成的门帘悬挂在银色的帘钩上，凌云欲飞的楼梯升起在碧绿的树丛中。

站在楼头，放眼四望，一切忧愁愤懑的情绪都一扫而空了。

昏暗的暮雨潇潇飘向三峡，满江的春水环绕着双流城。

今天我来此登楼而望，简直就是在九重天之上游览。

赏 析

旭日初升，在霞光映照下，散花楼更显金碧辉煌、富丽堂皇。高梯入云，楼接霄汉，气象雄伟。诗人极目云天，心旷神怡，因而流连忘返。遥看潇潇暮雨向三峡飘洒，俯视春江绕城，景物尽收眼底。散花楼的美景竟然使诗人陶醉了。在此之后，诗人就要东行，前往三峡了。此时登楼竟如在九天云霄之上游玩。

诗人没有描写散花楼的建筑规模、营造特点、位置与布局等，而是通过金窗、绣户、珠箔、银钩、飞梯等器物的色、光、形、态的变化和辉映，显现出散花楼的高雅别致，宏伟壮观。"金窗夹绣户，珠箔悬银钩"，这两句诗运用对仗的修辞手法，把初日临照下的锦城散花楼的景象生动地描绘出来。"飞梯绿云中，极目散我忧"，全诗仅有这两句不合格律，如果去掉这两句，此诗就相当于一首五言律诗了。而这两句在诗中非常重要，可以说是"诗眼"。前句的意象构成一幅十分鲜明的画面，后句写出了诗人的快意之感，这两句初步显示了李白极端夸张笔法的感染力。末句"如上九天游"则是再次抒发登楼的愉悦之情。

综观全诗，形象鲜明，意境飘逸，情景真切，开合自然。不仅给人以艺术上的享受，而且给人以思想上的启迪。虽属年少之作，但已经显示了李白的诗歌天赋，大手笔已见端倪，不是人尽能为之的。当时苏颋就称赞李白有雏凤之态。

登太白^①峰

【唐】李白

西上太白峰，
夕阳穷^②登攀。
太白^③与我语，
为我开天关^④。
愿乘泠风^⑤去，
直出浮云间。
举手可近月，
前行若无山。
一别武功^⑥去，
何时复见还。

注释

①太白峰：即太白山，又名太乙山、太一山。在今陕西眉县、太白县、周至县交界处。
②穷：尽。这里是到顶的意思。
③太白：这里指太白星，即金星。这里喻指仙人。
④天关：古星名，又名天门。
⑤泠（líng）风：和风。轻微之风。
⑥武功：古代武功县，范围大致包括今武功全境，扶风中南部，眉县全境和岐山南部。

译文

向西攀登太白峰，在日落时分才登上峰巅。
太白星向我问候，要为我打开天关。
我愿乘那清风而去，飞行于那浮云之间。
举起手就可以接近月亮，向前飞行似乎已无山峦阻碍。
一旦离别武功而远去，什么时候才能回还呢？

赏析

"西上太白峰，夕阳穷登攀。"诗的开头两句，就从侧面烘托出太白山的雄峻高耸。李白从西攀登太白山，直到夕阳残照，才登上峰顶。太白峰高矗入云，终年积雪，俗语说："武功太白，去天三百。"山势如此高峻，李白却要攀登到顶峰，一"穷"字，表现出诗人不畏艰险、奋发向上的精神。起句"西上太白峰"正是开门见山的手法，为下面写星写月作了准备。

登高壮观，诗人浮想联翩，仿佛听到："太白与我语，为我开天关。"太白星对他倾诉衷情，告诉他，愿意为他打开通向天界的门户。诗人和星星之间的友谊十分亲切动人，富有人情味。李白一向热爱皎洁的明月和闪亮的星星，常常把它们人格化："青天有月来几时？我今停杯一问之。"（《把酒问月》）"举杯邀明月，对影成三人。"（《月下独酌》）诗人好像在向明月这个知心朋友问候，共叙欢情。而在这首诗里，太白星则主动问好，同他攀谈，并愿为之"开天关"。诗人想象新颖活泼，富有情趣。在这里，李白并没有直接刻画太白峰的高峻雄伟，只是写他和太白星侧耳倾谈，悄语密话的情景，就生动鲜明地表现出太白山高耸入云的雄姿。这是一种化实为虚，以虚写实的手法。李白另有一些诗也描绘了太白山的高峻，但却是用实写的手法，如《古风·其五》中："太白何苍苍，星辰上森列。去天三百里，邈尔与世绝。"《蜀道难》中，也正面形容太白山的险峻雄奇："西当太白有鸟道，可以横绝峨眉巅。"虽然是同一个描写对象，李白却根据诗歌内容的不同要求而采用丰富多彩的表现方式，使读者有新颖之感。诗人登上太白峰，通向上天的门户又已打开，于是幻想神游天界：乘着习习和风，飘然高举，自由飞升，穿过浓密云层，直上太空，向月奔去。

"愿乘泠风去，直出浮云间"，"泠风"就是清风的意思，这种形象自由轻快，有如天马行空，任意驰骋，境界异常开阔。诗人飘飘然有出世的念头。"愿乘泠风去"化用《庄子·逍遥游》中"夫列子御风而行，泠然善也"的语意，但这里用得灵活自然，并不显出斧凿痕迹。

"举手可近月，前行若无山。"这两句的意境和"俱怀逸兴壮思飞，欲上青天览明月"（《宣州谢朓楼饯别校书叔云》）有些相似。诗人满怀豪情逸志，飞越层峦叠嶂，举起双手，向着明月靠近飞升，幻想超离人间，摆脱尘世俗气，追求个性的自由发展，到那光明理想的世界中去。以上四句，意境高远，想象奇特，形象瑰玮，艺术构思新颖，充满积极的浪漫主义精神，是全诗高潮所在。

然而，李白并不甘心抛开人世，脱离现实，一去不复返，他在诗中发问："一别武功去，何时复更还？"这两句是说，正当李白幻想乘泠风，飞离太白峰，神游月境时，他回头望见武功山，心里却惦念着："一旦离别而去，什么时候才能返回来呢？"一种留恋人间，渴望有所作为的思想感情油然而生，深深地萦绕在诗人心头。在长安，李白虽然"出入翰林中"，然而，"丑正同列，害能成谤，格言不入，帝用疏之"（李阳冰《草堂集序》）。诗人并不被重用，因而郁郁不得意。登太白峰而幻想神游，远离人世，正是这种苦闷心情的形象反映。"何时复更还？"细致地表达了他那种欲去还留，既出世又入世的微妙复杂的心理状态，言有尽而意无穷，蕴藉含蓄，耐人寻味。

望天门山①

【唐】李白

天门中断楚江开，
碧水东流至此回②。
两岸青山相对出，
孤帆一片日边来③。

注释

①天门山：位于今安徽省当涂县西南长江两岸，东为东梁山（又称博望山），西为西梁山（又称梁山）。两山隔江对峙，形同天设的门户，天门由此得名。
②回：是改变方向的意思。
③日边来：指孤舟从天水相接处的远方驶来，远远望去，仿佛来自日边。

译文

长江犹如巨斧劈开天门雄峰，碧绿江水东流到此没有回旋。两岸青山对峙美景难分高下，遇见一叶孤舟悠悠来自天边。

赏析

第一句"天门中断楚江开"，着重写出浩荡东流的楚江冲破天门奔腾而去的壮阔气势。它给人以丰富的联想：天门两山本来是一个整体，阻挡着汹涌的江流。由于楚江怒涛的冲击，才撞开了"天门"，使它中断而成为东西两山。这和作者在《西岳云台歌》中所描绘的情景颇为相似："巨灵（河神）咆哮擘两山（指河西的华山与河东的首阳山），洪波喷流射东海。"不过前者隐后者显而已。在作者笔下，楚江仿佛成了有巨大生命力的事物，显示出冲决一切阻碍的神奇力量，而天门山也似乎默默地为它让出了一条通道。

第二句"碧水东流至此回"，又反过来着重写夹江对峙的天门山对汹涌奔腾的楚江的约束力和反作用。由于两山夹峙，浩阔的长江流经两山间的狭窄通道时，激起回旋，形成波涛汹涌的奇观。如果说上一句是借山势写出水的汹涌，那么这一句则是借水势衬出山的奇险。

"两岸青山相对出，孤帆一片日边来。"这两句是一个不可分割的整体。上句写望中所见天门两山的雄姿，下句则点醒"望"的立脚点和表现诗人的淋漓兴会。诗人并不是站在岸上的某一个地方遥望天门山，他"望"的立脚点便是从"日边来"的"一片孤帆"。读这首诗的人大都赞赏"两岸青山相对出"的"出"字，因为它使本来静止不动的山带上了动态美，但却很少去考虑诗人何以有"相对出"的感受。如果是站在岸上某个固定的立脚点"望天门山"，那大概只会产生"两岸青山相对立"的静态感。反之，舟行江上，顺流而下，望着远处的天门两山扑进眼帘，显现出愈来愈清晰的身姿时，"两岸青山相对出"的感受就非常突出了。"出"字不但逼真地表现了在舟行过程中"望天门山"时天门山特有的姿态，而且寓含了舟中人的新鲜喜悦之感。夹江对峙的天门山，似乎正迎面向自己走来，表示它对江上来客的欢迎。

青山既然对远客如此有情，则远客自当更加兴会淋漓。"孤帆一片日边来"，正传神地描绘出孤帆乘风破浪，越来越靠近天门山的情景，和诗人欣睹名山胜景、目接神驰的情状。

由于末句在叙事中饱含诗人的激情，这首诗便在描绘出天门山雄伟景色的同时突出了诗人的自我形象。

望庐山瀑布

【唐】李白

日照香炉①生紫烟②，
遥看③瀑布挂前川⑥。
飞流直下三千尺⑧，
疑⑨是银河落九天。

注　释

①香炉：指香炉峰。
②紫烟：指日光透过云雾，远望如紫色的烟云。
③遥看：从远处看。
④川：河流，这里指瀑布。
⑤三千尺：形容山高。这里是夸张的说法，不是实指。
⑥疑：怀疑。

译　文

香炉峰在阳光的照射下生起紫色烟霞，从远处看去瀑布好似白色绢绸悬挂山前。

高崖上飞腾直落的瀑布好像有几千尺，让人怀疑是银河从天上泻落到人间。

赏　析

这首诗形象地描绘了庐山瀑布雄奇壮丽的景色，反映了诗人对祖国大好河山的无限热爱。

首句"日照香炉生紫烟"。"香炉"是指庐山的香炉峰。此峰在庐山西北，形状尖圆，像座香炉。由于瀑布飞泻，水气蒸腾而上，在丽日照耀下，仿佛有座顶天立地的香炉冉冉升起了团团紫烟。一个"生"字把烟云冉冉上升的景象写活了。此句为瀑布设置了雄奇的背景，也为下文直接描写瀑布渲染了气氛。

次句"遥看瀑布挂前川"。"遥看瀑布"四字照应了题目《望庐山瀑布》。"挂前川"是说瀑布像一条巨大的白练从悬崖直挂到前面的河流上。"挂"字化动为静，惟妙惟肖地写出遥望中的瀑布。

诗的前两句从大处着笔，概写望中全景：山顶紫烟缭绕，山间白练悬挂，山下激流奔腾，构成一幅绚丽壮美的图景。

第三句"飞流直下三千尺"，一笔挥洒，字字铿锵有力。"飞"字，把瀑布喷涌而出的景象描绘得极为生动；"直下"，既写出山之高峻陡峭，又可以见出水流之急，那高空直落，势不可挡之状如在眼前。

诗人犹嫌未足，接着又写上一句"疑是银河落九天"，真是想落天外，惊人魂魄。"疑是"值得细味，诗人明明说得恍恍惚惚，而读者也明知不是，但是又都觉得只有这样写，才更为生动、逼真，其奥妙就在于诗人前面的描写中已经孕育了这一形象。巍巍香炉峰藏在云烟雾霭之中，遥望瀑布就如从云端飞流直下，临空而落，这就自然地联想到像是一条银河从天而降。可见，"疑是银河落九天"这一比喻，虽是奇特，但在诗中并不是凭空而来，而是在形象的刻画中自然地生发出来的。

这首诗极其成功地运用了比喻、夸张和想象，构思奇特，语言生动形象、洗练明快。

独坐敬亭山①

【唐】李白

众鸟高飞尽②，
孤云独去③闲④。
相看两不厌⑤，
只有敬亭山。

注 释

①敬亭山：在今安徽宣城市北。
②尽：没有了。
③独去：独自去。
④闲：形容云彩飘来飘去，悠闲自在的样子。孤单的云彩飘来飘去。
⑤两不厌：就诗人和敬亭山而言。厌：满足。

译 文

群鸟高飞无影无踪，孤云独去自在悠闲。

你看我，我看你，彼此之间两不相厌，只有我和眼前的敬亭山了。

赏析

这首诗是诗人表现自己精神世界的佳作。此诗表面是写独游敬亭山的情趣，而其深含之意则是诗人生命历程中旷世的孤独感。诗人以奇特的想象力和巧妙的构思，赋予山水景物以生命，将敬亭山拟人化，写得十分生动。作者写的是自己的孤独和自己的怀才不遇，但更是自己的坚定，在大自然中寻求安慰和寄托。

前两句看似写眼前之景，其实，把孤独之感写尽了：天上几只鸟儿高飞远去，直至无影无踪；寥廓的长空还有一片白云，却也不愿停留，慢慢地越飘越远，似乎世间万物都在厌弃诗人。"尽""闲"两个字，把读者引入一个静的境界：仿佛是在一群山鸟的喧闹声消除之后格外感到清静；在翻滚的厚云消失之后感到特别的清幽平静。因此这两句是写"动"见"静"，以"动"衬"静"，正烘托出诗人心灵的孤独寂寞。这种生动形象的写法，能给读者以联想，并且暗示了诗人在敬亭山游览观望之久，勾画出他独坐出神的形象，为下联作了铺垫。

三、四两句"相看两不厌，只有敬亭山"用浪漫主义手法，将敬亭山人格化、个性化。尽管鸟飞云去，诗人仍没有回去，也不想回去，他久久地凝望着幽静秀丽的敬亭山，觉得敬亭山似乎也正含情脉脉地看着他自己。他们之间不必说什么话，已达到了感情上的交流。"相看两不厌"表达了诗人与敬亭山之间的深厚感情。"相""两"二字同义重复，把诗人与敬亭山紧紧地联系在一起，表现出强烈的感情。同时，"相看"也点出此时此刻唯有"山"和"我"的孤寂情景与"两"字相重，山与人的相依之情油然而生。结句中"只有"两字也是经过锤炼的，更突出诗人对敬亭山的喜爱。"人生得一知己足矣"，鸟飞云去对诗人来说不足挂齿。这两句诗所创造的意境仍然是"静"的，表面看来，是写了诗人与敬亭山相对而视，脉脉含情。实际上，诗人愈是写山的"有情"，愈是表现出人的"无情"；而他那横遭冷遇，寂寞凄凉的处境，也就在这静谧的场面中透露出来了。

诗人笔下，不见敬亭山秀丽的山色、溪水、小桥，并非敬亭山无物可写，因为敬亭山"东临宛溪，南俯城闉，烟市风帆，极目如画"。从诗中来看，无从知晓诗人相对于山的位置，或许是在山顶，或许在空阔地带，然而这些都不重要了。这首诗的写作目的不是赞美景物，而是借景抒情，借此地无言之景，抒内心无奈之情。诗人在被拟人化了的敬亭山中寻到慰藉，似乎少了一点孤独感。然而，恰恰在这里，诗人内心深处的孤独之情被表现得更加突出。

杜陵①绝句

【唐】李白

南登杜陵上，
北望五陵②间。
秋水③明落日，
流光灭远山。

注 释

①杜陵：在今陕西省西安市东南，为西汉宣帝刘询的陵墓，位于渭水南岸。

②五陵：唐颜师古在《汉书》注文中指出，五陵，谓长陵、安陵、阳陵、茂陵、平陵。

③秋水：秋天的河水，这里指渭河水，位于今陕西省境内。

译 文

向南登上杜陵，北望五陵。

落日的映照使得秋水显得格外明亮，太阳余晖在远山中间慢慢消失。

赏 析

这首诗突出了李白诗作融情于景的特点，语言简练，通俗易懂。

首句"南登杜陵上"中，"南"字首先点明了作者所处的地理位置，也指出杜陵的位置位于渭水南岸。第二句"北望五陵间"把作者从南岸看到的风景刻画出来。两句一南一北，互作映衬。这两句不仅写出了作者的位置，还为下两句所写的事物做了铺垫。作者站在杜陵上，登高望远，不仅看到了对岸的五陵，还看到了眼前壮阔的渭河，还有远处连绵的群山。第三句"秋水明落日"中的"秋"字点出这首诗的创作时间。"明"字在这里应该是古代汉语中常用的使动用法，翻译作"使……明"，这句话的意思是：由于秋水的映照，使得落日光线更加明亮。表面看是写落日的景观，实则含有"夕阳无限好，只是近黄昏"的感慨。单从句面上看，很难理解这层意思，但若结合作者创造此诗时的背景就不难理解。

此诗作于唐天宝二年秋，此时正是诗人第二次入长安。这次诗人得到皇上的恩宠，待诏翰林，是政治上最风光的一段时期。这期间，诗人与诸多好友游历山水，沉浸在江山美景和佳茗陈酿之中。然而由于诗人性格孤傲，不与朝中奸佞之辈同流合污，不久便遭到谗谤。所以，诗中作者虽在描写景物，但其实是对自己当下境遇的描述。末句"流光灭远山"中"流光"指流动的光。渭水流动，使倒映在水中的日光也忽明忽暗，闪烁不定，远处的群山自然也会随着日光的流动而显得若隐若现。这句同上句一样，在景物描写背后暗藏了作者回归山林的思想。古人，尤其是才华横溢的人，如果怀才不遇或在官场上遇到排挤，都会产生隐居山林的想法。李白此时受到谗谤，不免会产生隐居的念头，所以"远山"在他这首诗中就不只是个普通的景物了。

与夏十二①登岳阳楼②

【唐】李白

楼观岳阳③尽，
川迥洞庭开。
雁引愁心去，
山衔好月来。
云间连下榻，

天上接行杯④。

醉后凉风起，

吹人舞袖回⑤。

④行杯：谓传杯饮酒。
⑤回：回荡，摆动。

译文

登上岳阳楼览尽四周风光，江水辽远通向开阔的洞庭。

看见大雁南飞，我忧愁之情远去，远处的山峰又衔来一轮好月。

在高入云间的楼上下榻设席，在天上传杯饮酒。

醉酒之后兴起了凉风，吹得衣袖随风舞动我们随之而回。

赏析

乾元二年（759），李白流放途中遇赦，回舟江陵，南游岳阳，秋季作这首诗。夏十二，李白朋友，排行十二。岳阳楼坐落在今湖南岳阳市西北高丘上，"西面洞庭，左顾君山"，与黄鹤楼、滕王阁同为南方三大名楼，于开元四年（716）扩建，楼高三层，建筑精美。历代迁客骚人，登临游览，莫不抒怀写志。李白登楼赋诗，留下了这首脍炙人口的篇章，使岳阳楼更添一层迷人的色彩。诗人首先描写岳阳楼四周的宏丽景色："楼观岳阳尽，川迥洞庭开。"岳阳，这里是指天岳山之南一带。天岳山又名巴陵山，在岳阳县西南。登上岳阳楼，远望天岳山南面一带，无边景色尽收眼底。江水流向茫茫远方，洞庭湖面浩荡开阔，汪洋无际。这是从楼的高处俯瞰周围的远景。站得高，望得远，"岳阳尽""川迥""洞庭开"，这一"尽"、一"迥"、一"开"的邈远辽阔的景色，形象地表明诗人立足点之高。这是一种旁敲侧击的衬托手法，不正面写楼高而楼高已自见。

李白这时候正遇赦，心情轻快，眼前景物也显得有情有义，和诗人分享着欢乐和喜悦：

"雁引愁心去，山衔好月来。"诗人笔下的自然万物好像被赋予生命，你看，雁儿高飞，带走了诗人忧愁苦闷之心；月出山口，仿佛是君山衔来了团圆美好之月。"雁引愁心去"，《文苑英华》作"雁别秋江去"。后者只是写雁儿冷漠地离别秋江飞去，缺乏感情色彩，远不如前者用拟人化手法写雁儿懂得人情，带走愁心，并与下句君山有意"衔好月来"互相对仗、映衬，从而使形象显得生动活泼，情趣盎然。"山衔好月来"一句，想象新颖，有独创性，着一"衔"字而境界全出，写得诡谲纵逸，诙谐风趣。

诗人兴致勃勃，幻想联翩，恍如置身仙境："云间连下榻，天上接行杯。"在岳阳楼上住宿、饮酒，仿佛在天上云间一般。这里又用衬托手法写楼高，夸张地形容其高耸入云的状态。这似乎是醉眼蒙眬中的幻景。诚然，诗人是有些醉意了。

"醉后凉风起，吹人舞袖回。"楼高风急，高处不胜寒。醉后凉风四起，着笔仍在写楼高。凉风习习吹人，衣袖翩翩飘舞，仪表何等潇洒自如，情调何等舒展流畅，态度又何其超脱豁达，豪情逸志，溢于言表。收笔写得气韵生动，蕴藏着浓厚的生活情趣。

整首诗运用陪衬、烘托和夸张的手法，没有一句正面直接描写楼高，句句从俯视纵观岳阳楼周围景物的邈远、开阔、高耸等情状落笔，却无处不显出楼高，不露斧凿痕迹，可谓自然浑成，巧夺天工。

菩萨蛮①·平林漠漠烟如织②

【唐】李白

平林漠漠烟如织，寒山一带伤心③碧。暝色④入高楼，有人楼上愁。

玉阶⑤空伫立⑥，宿鸟⑦归飞急。何处是归程？长亭⑧更短亭。

注 释

①菩萨蛮：词牌名。原唐教坊曲名，后也用作曲牌名。
②平林：平原上的林木。漠漠：迷蒙貌。烟如织：暮烟浓密。
③伤心：极甚之辞。此处极言暮山之青。
④暝（míng）色：夜色。暝：日落，黄昏。
⑤玉阶：玉砌的台阶。这里泛指华美洁净的台阶。
⑥伫（zhù）立：长时间地站着等候。
⑦宿鸟：归巢栖息的鸟。归：一作"回"。
⑧长亭：古代设在路边供行人休歇的亭舍。

译 文

　　一片平远的树林之上飞烟缭绕犹如穿织，秋天的山峦还留下一派惹人伤感的翠绿苍碧。

　　暮色已经映入高楼，有人独在楼上心中泛起阵阵烦愁。

　　她在玉梯上徒劳无益地久久凝眸站立，一群群鸟儿飞回栖宿多么匆急。

　　什么地方是你回来的路程？一个个长亭接连一个个短亭。

赏 析

　　"平林漠漠烟如织"，是写游子眼中之景物。"平林"，不是"平地的树林"，而是山丘上的树林。林木依山而生，高低错落，本不会"平"，而着一"平"字，不仅准确地写出了游子自高楼下视所见之远景，而且表现了阔大而高远的意境。"如织"二字，一言烟雾密度之大，一是衬托游人离愁之浓。如果说这一句仅仅是情景交融的话，那么下一句词人便把自己的主观色彩尽情地涂抹于景物之上，似乎已把大自然人格化了。这里的"伤心碧"，语义双关，一是极言寒山之碧，一是说寒山似乎因伤心而碧透。山犹如此，人何以堪。秋天，本是文人墨客伤感的季节，又加上寒山日暮，烟锁雾封，所以游子的思归之情已达极致。因此，下面两句"暝色入高楼，有人楼上愁"中的"愁"字的逼出，自是水到渠成。"暝色"，即暮色。暝色本不会动，而曰"入高楼"，不仅十分形象地写出了夜色渐近的过程，而且似乎暗示随着夜幕的降临愁意也闯入了游子的心头。以上是上片，主要是写景，但景中有情。先写自然之景，后写人工建筑，最后写楼中之人，由远及近，极有次第。

这首词通过描写平林、寒山的深秋景色，和想象家人盼归的形象，抒发了游子思归的两地相思之情。此词层次清晰，跌宕有序。移情于景，情景相生。既有鲜明的形象描写，又有细致的心理刻画。句子简约而不晦涩，文字质朴而不平板，可为唐代文人词中的上乘之作。

下片立足于主观的感受上。在暮霭沉沉之中，主人公久久地站立在石阶前，感到的只是一片空茫。"空"也是上片所勾画的景物感染下的必然结果。主观情绪并不是孤立存在着的，它立刻又融入了景物之中——"宿鸟归飞急"。这一句插得很巧妙。作者用急飞的宿鸟与久立之人形成强烈的对照。一方面，南宿鸟急归反衬出人的落拓无依；另一方面，宿鸟急归无疑使主人公的内心骚动更加剧烈。于是，整个情绪波动起来。如果说上片的"愁"字还只是处于一种泛泛的心理感受状态，那么，现在那种朦胧泛泛的意识逐渐明朗化了。它是由宿鸟急归导发的。所以下面就自然道出了："何处是归程？"主人公此刻也急于寻求自己的归宿，来挣脱无限的愁绪。可是归程在何处呢？只不过是"长亭连短亭"，并没有一个实在的答案。有的仍然是连绵不断的落拓、惆怅和空寞，在那十里五里、长亭短亭之间。征途上无数长亭短亭，不但说明归程遥远，同时也说明归期无望，以与过片"空伫立"之"空"字相应。如此日日空候，思妇的离愁也就永无穷尽了。结句不怨行人忘返，却愁道路几千，归程迢递，不露哀怨，语甚蕴藉。

菩萨蛮①·书江西造口②壁

【宋】辛弃疾

郁孤台③下清江④水，中间多少行人泪？西北望长安⑤，可怜无数山⑥。

青山遮不住，毕竟东流去。江晚正愁余⑦，山深闻鹧鸪⑧。

注 释

①菩萨蛮：词牌名。
②造口：一名皂口，在江西万安县南六十里。
③郁孤台：在今江西省赣州市城区西北部贺兰山顶，又称望阙台。
④清江：赣江与袁江合流处旧称清江。
⑤长安：今陕西省西安市，为汉唐故都。此处代指宋都汴京。
⑥无数山：很多座山。
⑦愁余：使我发愁。
⑧鹧鸪：鸟名。传说其叫声如云"行不得也哥哥"，啼声凄苦。

作者名片

　　辛弃疾（1140—1207），字幼安，号稼轩，历城（今山东济南）人。一生以恢复中原为志，却命运多舛，壮志难酬。其与李清照并称"济南二安"，与苏轼合称"苏辛"，现存词六百多首，有《稼轩长短句》等传世。

译 文

　　郁孤台下这赣江的水，水中有多少行人的眼泪。我举头眺望西北的长安，可惜只看到无数青山。

　　但青山怎能把江水挡住？江水毕竟还会向东流去。夕阳西下，我正满怀愁绪，听到深山里传来鹧鸪的鸣叫声。

赏 析

　　辛弃疾此首《菩萨蛮》，用极高明之比兴艺术，写极深沉之爱国情思，无愧为词中瑰宝。

　　"郁孤台下清江水。"起笔横绝。由于汉字形、声、义具体可感之特质，尤其"郁"有郁勃、沉郁之意，"孤"有巍巍独立之感，"郁孤台"三字劈面便凸起一座郁然孤峙之高台。词人调动此三字打头阵，显然有满腔磅礴之激愤，势不能不用此突兀之笔也。进而写出台下之清江水。

　　"中间多少行人泪。""行人泪"三字，直点造口当年事。词人身临隆祐太后被追之地，痛感建炎国脉如缕之危，愤金兵之猖狂，羞国耻之未雪，乃将满怀之悲愤，化为此悲凉之句。在词人之心魂中，此一江流水，竟为行人流不尽之伤心泪。"行人泪"意蕴深广，不必专言隆祐。在建炎年间四海南奔之际，自中原至江淮而江南，不知有多少行人流下无数伤心泪啊。由此想来，便觉隆祐被追至造口，又正是那一存亡危急之秋之象征。无疑此一江行人泪中，也有词人之悲泪啊。

在"西北望长安，可怜无数山"中，"长安"指汴京。本句是诗人因记起朋友被追而向汴京望去，然而却有无数的青山挡住了诗人。境界就变为具有封闭式之意味，顿与挫极有力。这两句诗表达了诗人满怀忠愤的情感。

"青山遮不住，毕竟东流去。"赣江北流，此言东流，词人写胸怀，正不必拘泥。无数青山虽可遮住长安，但终究遮不住一江之水向东流。换头是写眼前景，若言有寄托，则似难以指实。若言无寄托，则"遮不住"与"毕竟"二语，又明显带有感情色彩。返观上阕，"清江水"既为"行人泪"之象喻，则东流去之江水如有所喻，当喻祖国一方。无数青山，词人既叹其遮住长安，更道出其遮不住东流，则其所喻当指敌人。在词人潜意识中，当并指投降派。"东流去"三字尤可体味。

"江晚正愁余，山深闻鹧鸪。"词情词景又做一大顿挫。江晚山深，此一暮色苍茫又具封建式意味，无疑为词人沉郁苦闷之孤怀写照，而暗应上阕开头之郁孤台景象。

此词写作者登郁孤台（今江西省赣州市城区西北部贺兰山顶）远望，"借水怨山"，抒发国家兴亡的感慨。上片由眼前景物引出历史回忆，抒发家国沦亡之创痛和收复无望的悲愤；下片借景生情，抒愁苦与不满之情。全词对朝廷苟安江南的不满和自己一筹莫展的愁闷，却是淡淡叙来，不瘟不火，以极高明的比兴手法，表达了蕴藉深沉的爱国情思，艺术水平高超，堪称词中瑰宝。

白帝城最高楼

【唐】杜甫

城尖径昃旌旆①愁，

独立缥缈之飞楼。

峡坼②云霾龙虎卧，

江清日抱③鼋鼍④游。

扶桑西枝对断石，

弱水东影随长流。

杖⑤藜⑥叹世者谁子⑦，

泣血⑧迸空回白头。

②坼（chè）：裂缝。霾（mái）：指云色昏暗。龙虎卧：形容峡坼云霾。

③日抱：指日照。

④鼋鼍（yuántuó）：鼋，大鳖；鼍，鳄鱼。

⑤杖：拄（杖）。

⑥藜：用藜茎制成的手杖。

⑦谁子：哪一个。

⑧泣血：形容极度哀痛。

译文

尖峭的山城，崎岖的小路，以及插在城头的旌旗都暗自发愁。就在这样的地方，孤孤单单、若隐若现地耸立着一座飞腾的高楼。

云霾隔断连绵的山峡，群山如同龙虎在静卧；阳光映照着清澈的江水，波光好像鼋鼍在浮游。

扶桑西端的树枝遥对山峡的断石，弱水东来的影子紧接长江的流水。

拄着藜杖感叹世事的人究竟是谁？血泪飘洒空中，就在我满头白发回顾的时候。

赏析

白帝城危耸于夔州（今重庆市奉节县）东白帝山之上，背负峭壁，前临大江，占据高峻山势，为三峡入口处著名胜景。杜甫晚年寄居夔州，咏白帝城作品颇多，此为其中之一。

"城尖经仄旌旆愁，独立缥缈之飞楼。"起句突出"白帝城最高楼"之高：城高路险，城头遍插旗帜，而旗帜亦愁城楼高险，则人愁不言而喻。白帝城楼高耸于此缥缈之际，凌空若飞，诗人驻立楼前，极目四望，胸襟益开。其立足之高，视野之阔，使得全诗在未展开之前已笼罩于一种雄奇壮丽的气势之中。

"峡坼云霾龙虎卧，江清日抱鼋鼍游。"这一联是写楼头所见：忽而江峡若裂，云气昏晦，纵横怪石似龙盘虎踞，横卧波心；忽而江清水澈，日照当空，滩石于粼粼光影隐耀之中，又如鼋鼍怡然嬉游，阴晴气象殊异，而动人之处各不相让，两句并举，将楼头观景的倏忽万变写得活龙活现。

"扶桑西枝对断石，弱水东影随长流。"扶桑，为古神话中东方日出处一种神木，长约数千丈；弱水，为古神话中西方昆仑山下一条水流。此处是诗人登高临深，不禁心驰神往，设想出的虚幻之境：如见扶桑西边的枝条正与山峡相对，弱水东边的影子似与长江相随。此前的诗人用此二典，一般是"东观扶桑曜，西卧弱水流"（曹植）的写法，而杜诗反向用之，是紧扣诗题，极力渲染城楼之高，可望扶桑西向；极言江流之远，可接弱水东来。以虚境写实景，于虚实之间传达神韵。

"杖藜叹世者谁子？泣血迸空回白头。"诗人的目光又从愈见虚渺的远景上落回楼头，孑孑老者，倚杖望空，情境与首联"独立"句相似，面对苍茫浩荡之江水，立此险峻峭拔之峰，心与物化，问"叹世者谁子？"似已达到忘我境界。但毕竟执著难遣，唯有泪洒天半。诗人一生漂泊，年逾半百仍不得归所，写此诗时离安史之乱平息不过三四年，朝野间百废待兴，国恨、乡愁，平生叹喟，郁积于胸，只有回首归去，让这地老天荒的萧瑟苍凉之感逐渐淡化消释于心罢了。

这是一首句法用律体而音节用古体的拗体七律，其情绪勃郁，声调拗怒，互相配合，突破了七律中传统的和谐，给人以耳目一新之感。加上格局严谨，首联叙写楼高，二联摹写近景，三联拟想远境，末联感慨身世，起、承、转、合，诗法井然。

登兖州①城楼

【唐】杜甫

东郡趋庭②日，

南楼纵目初③。

浮云连海岱④，

平野入⑤青徐⑥。

孤嶂秦碑⑦在，

荒城鲁殿⑧馀⑨。

从来多古意⑩，

临眺独踌躇⑪。

注释

①兖州：唐代州名，在今山东省。杜甫父亲杜闲任兖州司马。

②东郡趋庭：到兖州看望父亲。

③初：初次。

④海岱：东海、泰山。

⑤入：是一直伸展到的意思。

⑥青徐：青州、徐州。

⑦秦碑：秦始皇所建的歌颂他功德的石碑。

⑧鲁殿：汉时鲁恭王在曲阜城修的灵光殿。

⑨馀：残余。

⑩古意：伤古的意绪。

⑪踌躇：犹豫。

译文

我在来到兖州看望我父亲的日子里，初次登上城楼放眼远眺。

飘浮的白云连接着东海和泰山，一马平川的原野直入青州和徐州。

秦始皇的石碑像一座高高的山峰屹立在这里，鲁恭王修的灵光殿只剩下一片荒芜的城池。

我从来就有怀古伤感之情，在城楼上远眺，独自徘徊，心中十分感慨。

赏析

此诗首联点出登楼的缘由和时间，说明自己登楼是在刚来兖州省亲之时。"趋庭"用《论语·季氏》孔丘的儿子"鲤趋而过庭"的故事，指明是因探亲来到兖州，借此机会登城楼"纵目"观赏。"初"字确指这是首次登楼。

领联是全诗的精彩片段，写"纵目"远眺时开阔的视野：浮云与渤海、泰山相连，平野东入青州、南入徐州之境，一片苍茫。"浮云""平野"四字，用烘托法表现兖与邻州都位于辽阔平野之中，浮云笼罩，难以分辨。"连""入"二字从地理角度加以定向，兖州往东与海"连"接，往西伸"入"楚地，不但十分壮观，而且很是传神。

颈联点明兖州境内有秦始皇的颂德石碑和鲁共王的灵光殿等古迹，引起怀古之情。"在""馀"二字从历史角度进行选点，秦碑、鲁殿在"孤嶂""荒城"中经受历史长河之冲刷，一存一残，个中原由是很能引起人们对传统文化的反思的。

尾联是全诗的总结。"古意"承颈联"秦碑"来。"多"说明深广。它包含两层意思。其一诗人自指，意为诗人向来怀古情深；其二指兖州，是说早在建置前，它就以古迹众多闻名。这就是杜甫登楼远眺，会生起怀古情思的原因。"临眺"与领联"纵目"相照应。"独"字很能表现杜甫不忍离去时的"独"特感受。

此诗是杜甫现存最早的一首五言律诗，与他同时所作的五言古诗《望岳》堪称异曲同工。杜甫早期五律虽还未形成独特风格，但此诗已初次显露出他的艺术才华。五律的一般写法是前起后结，中四句二写景二写情。此诗中四句都是写景，而前景寓目、后景感怀，是对传统写法的突破。此诗虽属旅游题材，但诗人从纵横两方面，即地理和历史的角度，分别进行观览与思考，从而表达出登楼临眺时触动的个人感受，是颇具特色的。诗人一方面广览祖国的山海壮观，一方面回顾前朝的历史胜迹，而更多的是由临眺而勾引起的怀"古"意识。

登 楼

【唐】杜甫

花近高楼伤客心①，

注 释

①客心：客居者之心。
②锦江：即濯锦江，流经成都的岷江支流。

万方多难此登临。

锦江②春色来天地③，

玉垒④浮云变古今。

北极朝廷终不改，

西山⑤寇盗⑥莫相侵。

可怜后主⑦还祠庙，

日暮聊为⑧《梁甫吟》⑨。

③来天地：与天地俱来。
④玉垒：山名，在四川灌县西、成都西北。
⑤西山：当时和吐蕃交界地区的雪山，在今四川省西部。
⑥寇盗：指入侵的吐蕃集团。
⑦后主：刘备的儿子刘禅，三国时蜀国之后主。
⑧聊为：不甘心这样做而姑且这样做。
⑨《梁父吟》：古乐府中的一首葬歌。

译 文

繁花靠近高楼，远离家乡的我触目伤心，在这全国各地多灾多难的时刻，我登楼观览。

锦江两岸蓬蓬勃勃的春色铺天盖地涌来，玉垒山上的浮云，古往今来，千形万象，变幻不定。

朝廷如同北极星一样最终都不会改换，西山的寇盗吐蕃不要来侵扰。

可叹蜀后主刘禅那样的昏君，仍然在祠庙中享受祭祀，日暮时分我要学孔明聊作《梁甫吟》。

赏 析

首联提挈全篇，"万方多难"是全诗写景抒情的出发点。花伤客心，以乐景写哀情，和"感时花溅泪"（《春望》）一样，同是反衬手法。在行文上，先写诗人见花伤心的反常现象，再说是由于万方多难的缘故，因果倒装，起势突兀；"登临"二字，则以高屋建瓴之势，领起下面的种种观感。

颔联通过诗人登楼所见的自然山水描述山河壮观，"锦江""玉垒"是登楼所见。诗人凭楼远望，锦江流水挟着蓬勃的春色从天地的边际汹涌而来，玉垒山上的浮云飘忽起灭，正像古今世势的风云变幻，诗人联想到国家动荡不安的局势。上句向空间开拓视野，下句就时间驰骋遐思，天高地迥，古往今来，形成一个阔大悠远、囊括宇宙的境界，饱含着诗人对祖国山河的赞美和对民族历史的追怀；而且，登高临远、视通八方，独向西北前线游目骋怀，也透露诗人忧国忧民的无限心事。

颈联议论天下大势，"朝廷""寇盗"，是诗人登楼所想。北极，象征大唐政权。上句"终不改"，反承第四句的"变古今"，是从前一年吐蕃攻陷京城、代宗不久复辟一事而来，意思是说大唐帝国气运久远；下句"寇盗""相侵"，进一步说明第二句的"万方多难"，针对吐蕃的觊觎寄语相告："莫再徒劳无益地前来侵扰！"词严义正，浩气凛然，在如焚的焦虑之中透着坚定的信念。

尾联咏怀古迹，讽喻当朝昏君，寄托诗人的个人怀抱。后主，指蜀汉刘禅，宠信宦官，终于亡国；先主庙在成都锦官门外，西有武侯祠，东有后主祠；《梁甫吟》是诸葛亮遇刘备前喜欢诵读的乐府诗篇，用来比喻这首《登楼》，含有对诸葛武侯的仰慕之意。诗人伫立楼头，徘徊沉吟，很快日已西落，在苍茫的暮色中，城南先主庙、后主祠依稀可见。

全诗即景抒怀，写山川联系着古往今来社会的变化，谈人事又借助自然界的景物，互相渗透，互相包容；融自然景象、国家灾难、个人情思为一体，语壮境阔，寄意深远，体现了诗人沉郁顿挫的艺术风格。

这首七律，格律严谨。中间两联，对仗工稳，颈联为流水对，有一种飞动流走的快感。在语言上，特别工于各句（末句例外）第五字的锤炼。首句的"伤"，为全诗点染上一种悲怆气氛，而且突如其来，造成强烈的悬念。次句的"此"，兼有"此时""此地""此人""此行"等多重含义，也包含着"只能如此而已"的感慨。第三句的"来"，烘托锦江春色逐人、气势浩大，令人有荡胸扑面的感受。第四句的"变"，浮云如白云变苍狗，世事如沧海变桑田，一字双关，引发读者作联翩无穷的想象。第五句的"终"，是"终于"，是"始终"，也是"终久"；有庆幸，有祝愿，也有信心，从而使第六句的"莫"字充满令寇盗闻而却步的威力。第七句的"还"，是"不当如此而居然如此"的语气，表示对古今误国昏君的极大轻蔑。只有末句，炼字的重点放在第三字上，"聊"是不甘如此却只能如此的意思，抒写诗人无可奈何的伤感，与第二句的"此"字遥相呼应。

登总持阁①

【唐】岑参

高阁逼诸天②，
登临近日边。
晴开万井③树，
愁看五陵烟。
槛外低秦岭，
窗中小渭川④。
早知清净理，
常愿奉金仙⑤。

注　释

①总持阁：在长安城永阳坊、和平
　坊西半部的大总持寺。
②诸天：天空。
③万井：古代一里为一井，万井形
　容面积宽广。诗中用来形容树
　之多。
④渭川：渭水。
⑤金仙：用金色涂抹的佛像。

作者名片

岑参（715—770），荆州江陵（现湖北江陵）
人。出身于官僚家庭，曾祖父、伯祖父、伯父都官
至宰相。父亲两任州刺史。但父亲早死，家道衰
落。他自幼从兄受书，遍读经史。三十岁举进士，
授兵曹参军。天宝（742—756）年间，两度出塞，
居边塞六年，颇有雄心壮志。岑参与高适并称"高
岑"，同为盛唐边塞诗派的代表。其诗题材广泛，
除一般感叹身世、赠答朋友的诗外，出塞以前曾写
了不少山水诗，诗风颇似谢朓、何逊，但有意境新奇
的特色。有《岑嘉州集》。

译 文

总持阁高峻直逼云天，登上楼阁好像靠近日边。

晴天俯视，万井之树尽收眼底，五陵烟雾迷茫动人愁思。

凭靠栏杆，看那秦岭低矮；站在窗边，看那渭水细小。

早知佛教清净之理，希望经常侍奉佛像。

赏 析

写这座高阁的高，诗人从眺望的视角来写，主要用到了夸张的修辞方法，还加入比喻、对比这样常见的修辞来增加效果。"逼诸天""近日边"，这是夸张和比喻，"晴开万井树，愁看五陵烟"，也是夸张，但是在意义上有一种递进，使高阁的形象更具体。"低秦岭""小渭川"有夸张的成分，也有对比的意味，拿这样的秦岭、渭河来突出总持阁之高。其实结尾处诗人的态度里也有夸张的意思，他当然不会真的为了一座高阁而出家，这里只不过是为了进一步说明这座佛寺古阁的环境清雅视野开阔罢了。全诗其实很有李白式的浪漫，李白的诗句里就常用到夸张的修辞。也就是因为岑参在诗里这样淋漓尽致地专写总持阁之高，所以使作品在整体上有了一种很突出的气势，这样的处理方法在他的诗作里是常见的，这就是前人所说的岑参诗"语奇体峻，意亦造奇"的特色。

同①崔邠登鹳雀楼②

【唐】李益

鹳雀楼西③百尺樯，

汀洲④云树共茫茫。

汉家萧鼓⑤空流水，

魏国山河⑥半夕阳。

事去千年⑦犹恨速，

愁来一日即为⑧长。

风烟⑨并起⑩思归⑪望，

远目⑫非春亦自伤。

⑤萧鼓：萧与鼓。泛指乐奏。
⑥魏国山河：指大好河山。
⑦千年：极言时间久远。
⑧为：一作"知"。
⑨风烟：一作"风尘"。
⑩起：一作"是"。
⑪思归：一作"思乡"。
⑫远目：远望。

作者名片

李益（约750—830），字君虞，陇西狄道（今甘肃临洮）人，后迁河南郑州。出身陇西李氏姑臧房，大历四年（769）进士，初任郑县尉，久不得升迁，建中四年（783）登书判拔萃科。因仕途失意，后弃官在燕赵一带漫游。以边塞诗作出名，擅长绝句，尤其是七言绝句。

译 文

鹳雀楼西边有百尺桅樯，汀洲上高耸入云的树木一片茫茫。

汉家乐奏犹如逝去的流水，魏国山河也已经半入夕阳。

往事过千年尚遗憾时间过得快，忧愁到来一天也觉得太长。

战乱中更激起思念家乡的情感，远望楼前景色已非春天不免自我感伤。

赏 析

此诗开头四句由傍晚登临纵目所见，引起对历史及现实的感慨。人们在登高临远的时候，面对寥廓江天，往往会勾起对时间长河的联想，从而产生古今茫茫之感。这首诗写登楼对景，开篇便写河中百尺危樯，与"烽火城西百尺楼，黄昏独坐海风秋"（王昌龄）、"城上高楼接大荒，海天愁思正茫茫"（柳宗元）等写法异曲同工。以"高标出苍穹"（杜甫）的景物，形成一种居高临下、先声夺人之感，起得气势不凡。此句写站得高，下句则写看得远："汀洲云树共茫茫。"苍茫大地遂引起登览者"谁主沉浮"之叹。遥想汉武帝刘彻"行幸河东，祀后土"，曾作《秋风辞》，中有"泛楼船兮济汾河，横中流兮扬素波，箫鼓鸣兮发棹歌"之句。（《汉武故事》）所祭后土祠在汾阴县，唐代即属河中府。上溯到更远的战国，河中府属魏国地界，靠近魏都安邑。诗人面对汀洲云树，夕阳流水，怀古之幽情如洪波涌起。"汉家箫鼓空流水，魏国山河半夕阳"一联，将黄昏落日景色和遐想沉思熔铸一体，精警含蓄。李益生经战乱，时逢藩镇割据，唐王朝出现日薄西山的衰败景象，"今日山川对垂泪"（李益《上汝州郡楼》），不单因怀古而兴，其中亦应有几分伤时之情。

　　后四句由抚今追昔，转入归思。其前后过渡脉络，为金圣叹所拈出："当时何等汉魏，已剩流水夕阳，人生世间，大抵如斯，迟迟不归我为何事耶？""事去千年犹恨速"一句挽结前两句，一弹指间，已成古今，站在历史高度看，千年也是短暂的，然而就个人而言，则又不然，应是"愁来一日即为长"。"千年犹速""一日为长"似乎矛盾，却又统一于人的心理感觉，此联因而成为精警名言。北宋词人贺铸名作《小梅花》末云："遗音能记秋风曲，事去千年犹恨促。揽流光，系扶桑，争奈愁来一日却为长！"就将其隐括入词。至此，倦游思归之意已水到渠成。"风烟并是思归望，远目非春亦自伤。"非春已可伤，何况春至。无怪乎满目风烟，俱是归思。盖"人见是春色，我见是风烟，即俗言不知天好天暗也。唐人思归诗甚多，乃更无急于此者"（金圣叹语）。

上汝州①城楼

【唐】李益

黄昏鼓角②似边州③，

三十年前上此楼。

今日山川对垂泪④，

伤心不独⑤为悲秋⑥。

注　释

①汝州：今河南临汝县。
②鼓角：指吹角声。
③边州：指边疆的州郡。
④垂泪：落泪，流泪。
⑤不独：不只是，不单是。
⑥悲秋：指为秋景而悲伤。

译　文

秋日黄昏鼓角声声中原像边地，三十年前我也曾登上汝州城楼。

今日眼见山河破碎泪流满面，满怀伤心不单是为了悲秋。

赏　析

这是一首触景生情之作。境界苍凉，寄意深远。诗的首句中，"黄昏鼓角"写的是目所见、耳所闻，"似边州"写的是心所感。李益曾久佐戎幕，六出兵间，对边塞景物——特别是军营中的鼓角声当然是非常熟悉的。这时，他登上汝州（州城在今河南临汝县）城楼，眼前展现的是暗淡的黄昏景色，耳边响起的是悲凉的鼓角声音，物与我会，情随景生，曾经对他如此熟悉的边塞生活重新浮上心头，不禁兴起了此时明明身在唐王朝的腹地而竟然又像身在边州的感慨。这个感慨既有感于个人的身世，更包含有时代的内容，分量是极其沉重的。这里虽然只用"似边州"三字淡描一笔，但这三个字寄慨无穷，贯串全篇。

首句是从空间角度回忆那遥远的边塞生活，通过描写日暮黄昏，凄凉的鼓角声不断地传到城楼上来，登楼环顾，恍惚中觉得置身于边境，营造出一种荒凉颓败、充满战斗气氛的意境；接下来，第二句"三十年前上此楼"则是从时间角度回忆那漫长的已逝岁月。这句看来很平常，而且写得又很简单，既没有描绘三十年前登楼的情景，也没有叙说三十年来人事的变化；但字里行间，感慨系之，联系上一句读来，正如孙洙在《唐诗三百首》中评杜甫《江南逢李龟年》诗所说，"世运之治乱，年华之盛衰，……俱在其中"。

　　三十年的变化是如此之大。他旧地重来，想到此身，从少壮变为衰老；想到此地，经受干戈洗礼，是腹地却似边陲。城郭依旧，人事全非。这时，抚今思昔，百感交集，忧时伤世，万虑潮生，不能不既为岁月更迭而慨叹，又为国运升降而悲怆。这就是诗人在这首诗里紧接着写出了"今日山川对垂泪"这样一句的原因。

　　这第三句诗，会使人想起东晋过江诸人在新亭对泣的故事以及周顗所说"风景不殊，举目有江山之异"的话，也会使人想起杜甫《春望》诗中那"国破山河在"的名句。而对李益来说，这面对山川、怆然泣下的感触是纷至沓来、千头万绪的，既无法在这样一首小诗里表达得一清二楚，也不想把话讲得一干二净，只因他登楼时正是秋天，最后就以"伤心不独为悲秋"这样一句并不说明原因的话结束了他的诗篇。这里，李益只告诉读者，他伤心的原因"不独为悲秋"，诗篇到此，戛然而止。而此诗篇外意、弦外音只能留待读者自己去探索。

　　这首诗在构思上的显著特点，就是用三十年内两登城楼所闻所感的相似，来集中表达对衰颓不振的唐王朝的深沉感慨。由于它充分发挥了绝句长于含蓄的特点，虚处传神，含蕴丰赡，颇经咀嚼。

同诸隐者夜登四明山①

【唐】施肩吾

半夜寻幽②上四明，

①四明山：在浙江省宁波市西南，为天台山支脉。

手攀③松桂触云行。

相呼④已到无人境，

何处玉箫⑤吹一声。

②寻幽：探访幽隐之处。
③攀：紧紧地抓住。
④相呼：相呼应和。
⑤箫：一种乐器。

作者名片

施肩吾（780—861），公元820年（唐宪宗元和十五年）进士，今浙江省富阳市洞桥镇贤德村人，字希圣，号东斋，入道后称栖真子。为唐代著名诗人、道学家、民间开发澎湖第一人。历宪宗、穆宗、敬宗、文宗诸朝。习《礼记》，有诗名。趣尚烟霞，慕神仙轻举之学。诗人张籍称他为"烟霞客"。

译文

追寻清幽雅致的环境，夜半登上四明山，双手紧抓松树桂树紧挨着云端行走。

相呼应和已经进入没有人烟的境地，不知何处传来一声吹玉箫的悠悠空洞之音。

赏析

首句"半夜寻幽"四字，让人产生一种好奇心理；"上四明"三字，就更使人觉得神秘而不可捉摸：这些人究竟要干什么？深更半夜为什么去登四明山？倘若读者懂得"隐者"是怎么一回事，那么，产生的就不会是重重的疑问，而会是一种兴趣，一种对这些隐者奇特性格与志趣的浓厚兴趣。隐者，一般说来都是一些有一定才能的知识分子，他们厌弃尘世的恶俗与平庸，孤高自许，傲世独立，寄情于山水或放浪形骸，兴趣与常人不同。这首诗写的"诸隐者"就属于这类人。或许是突如其来的兴致，兴之所至，身之所至，所以一同夜登四明山。前两句写登山的艰险。手攀松桂枝，身与浮云齐，慢慢地终于到了顶峰。

三、四句写深夜四明山万籁俱寂的情景。众人登上山顶，你呼我应，空山寂静，传响不绝，以为"已到无人境"；突然不知从哪儿传来玉箫的奏响，划破夜空，众人屏气静听，却再无声息。写来逼真而有意趣。因为是"夜登"，又是"同诸隐者"，所以此诗反映的是作者平静淡泊的心志、寄情山水的雅趣，别无他意。

本文还采用了侧面描写的手法写出了四明山的高：本诗第二句写手攀松桂在浮云中行走，侧面表现了四明山之高。用以声衬静的手法写出四明山的幽静：本诗三四句写在'无人境'听到一声箫鸣，不知从何处传来，反衬出山的幽静。

登乐游原①

【唐】李商隐

向晚②意不适③，
驱车登古原④。
夕阳无限好，
只是近⑤黄昏。

注 释

①乐游原：在长安（今西安）城南，是唐代长安城内地势最高的地方。
②向晚：傍晚。
③不适：不悦，不快。
④古原：指乐游原。
⑤近：快要。

译 文

傍晚时心情不快，驾着车登上古原。
夕阳啊无限美好，只不过接近黄昏。

赏 析

李商隐所处的时代是国运将尽的晚唐，尽管他有抱负，但是无法施展，很不得志。这首诗就反映了他的伤感情绪。

前两句"向晚意不适，驱车登古原"是说：傍晚时分我心情悒郁，驾着车登上古老的郊原。"向晚"指天色快黑了，"不适"指不悦。诗人心情忧郁，为了解闷，就驾着车子外出眺望风景。"古原"就是乐游原，在长安城南，地势较高，是唐代的游览胜地。这两句，点明登古原的时间和原因。后两句"夕阳无限好，只是近黄昏"是说：夕阳下的景色无限美好，只可惜已接近黄昏。"无限好"是对夕阳下的景象的热烈赞美。然而"只是"二字，笔锋一转，转到深深的哀伤之中。这是诗人因无力挽留美好事物而发出的深长慨叹。这两句近于格言式的慨叹含义是十分深的，它不仅对夕阳下的自然景象而发，也是对自己，对时代所发出的感叹。其中也富有爱惜光阴的积极意义。

此诗不用典，语言明白如话，毫无雕饰，节奏明快，感喟深沉，富于哲理，是李诗中少有的，因此也是难能可贵的。

夕阳楼①

【唐】李商隐

花明②柳暗③绕天愁，
上尽重城⑤更上楼。
欲问孤鸿向何处，
不知身世自悠悠。

注 释

①夕阳楼：旧郑州之名胜，为中国唐宋八大名楼之一。
②花明：九月繁花凋谢，菊花开放，特别鲜明。
③柳暗：秋天柳色深绿，显得晦暗。
④重城：即"层楼"，指高高的城楼。

译 文

菊花开放，柳色深绿，忧愁绕着天空旋转。登上了高高城楼，又上高楼。

想要问孤飞的鸿雁将飞向何方。不知自己的身世，同样悠悠茫茫！

赏析

这首诗从眼前看到的景物入手，以艺术的手法来诠释心中的愁绪和感慨，读起来沉郁真挚，依稀在人们面前展开了一幅花明柳暗、高楼独立、孤鸿飞翔的画面。李商隐用他生动的笔墨，既写出了夕阳楼的真实风景，也尽情倾诉了他的心事和渴望。

"首两句"是倒装语。"花明柳暗"的风景是在"上尽重城更上楼"后所见。但第二句对于第三句的"欲问孤鸿向何处"，又是顺叙。可见诗人构思炼句之巧妙。像《登乐游原》一样，诗人的身心异常疲累，灵与肉遭受着痛苦的煎熬，心灵的宇宙愁云密布，内心深处感到异乎寻常的压抑与孤独。所以诗人"上尽重城更上楼"时，不愿，不甘，乏力，又无可奈何，"上尽"，还要"更上"，成了一种负担，一种难以承受的体力和精神的负担。这与王之涣"更上一层楼"相比是两种完全不同的心态。诗人登楼所见景物有二：一曰花明柳暗，二曰悠悠孤鸿。众所周知，任何诗人描摹景物，都有他自己的独特的审美选择，并把选择对象在自己的心灵中加以主观化的熔铸，成为诗人自己的经过改造了的景物。《夕阳楼》诗中所出现的"花明柳暗"，说明时值秋天，大自然本应是收获的天地。但是李商隐却没有"峰回路转""又一村"的那种感觉，而是把弥漫在自己胸际的黯淡愁云，又转而弥漫到"花明柳暗"的景物之上，使如许秋色也蒙上了一层万里愁云万里凝的黯淡色彩，而且诗人胸际的愁云又放而大之，弥漫充塞到了天地间，成了"绕天愁"，此愁不同于它愁，此愁悠长、纷乱。李商隐诗在遣词造句上是非常讲究的，同一事物，他不说"柳暗花明"，而写成"花明柳暗"，词序排列由明而暗、而愁，以显出情绪变化的层次，如按通常"柳暗花明"的说法，便乱而无序了。由此可见诗人对意象的关注，造境的巧妙。

诗中三、四两句专就望中所见孤鸿南征的情景抒慨。仰望天空，万里寥廓，但见孤鸿一点，在夕阳余光的映照下孑然逝去。这一情景，连同诗人此刻登临的夕阳楼，都很自然地使他联想起被贬离去、形单影只的萧瀚，从内心深处涌出对萧瀚不幸遭际的同情和前途命运的关切，故有"欲问"之句。但方当此时，忽又顿悟自己的身世原来也和这秋空孤鸿一样孑然无助、渺然无适，真所谓"不知身世自悠悠"了。这两句诗的好处，主要在于它真切地表达了一种特殊人生体验：一个同情别人不幸遭遇的人，往往没有意识到他自己原来正是亟须人们同情的不幸者；而当他忽然意识到这一点时，竟发现连给予自己同情的人都不再有了。"孤鸿"尚且有关心它的人，自己则连孤鸿也不如。这里蕴含着更深沉的悲哀，更深刻的悲剧。冯浩说三四两句"凄惋入神"，也许正应从这个角度去理解。而"欲问""不知"这一转跌，则正是构成"凄惋入神"的艺术风韵的重要因素。此诗体现了李商隐七绝"寄托深而措辞婉"（叶燮《原诗》）的特点。

秋日登吴公台[①]上寺远眺

【唐】刘长卿

古台摇落[②]后，

秋日望乡心。

野寺[③]人来少，

云峰水隔深。

夕阳依[④]旧垒[⑤]，

寒磬[⑥]满空林[⑦]。

惆怅[⑧]南朝事[⑨]，

长江独至今。

注　释

①吴公台：在今江苏省江都县，原为南朝沈庆之所筑，后陈将吴明彻重修。

②摇落：零落，凋残。这里指台已倾废。

③野寺：位于偏地的寺庙。这里指吴公台上的寺庙。

④依：靠，这里含有"依恋"之意。

⑤旧垒：指吴公台。

⑥寒磬：清冷的磬声。

⑦空林：因秋天树叶脱落，更觉林空。

⑧惆怅：失意。

⑨南朝事：因吴公台关乎南朝宋、陈两代的事，故称。

作者名片

刘长卿（718—790），字文房，河南洛阳人。唐朝时期大臣、诗人。天宝年间，进士及第。唐德宗建中年间，官终

随州刺史，世称刘随州。工于诗，长于五言，自称"五言长城"。名作《逢雪宿人》，入选中国全日制学校教材。

译文

古台破败草木已经凋落，秋天景色引起我的乡思。

荒野的寺院来往行人少，隔水眺望云峰更显幽深。

夕阳依恋旧城迟迟下落，空林中回荡着阵阵磬声。

感念南朝往事不胜惆怅，只有长江奔流从古到今。

赏析

此诗作于刘长卿旅居扬州之时。安史之乱爆发后，刘长卿长期居住的洛阳落入乱军之手，诗人被迫流亡到江苏扬州一带，秋日登高，来到吴公台，写下这首吊古之作。

首联是写因观南朝古迹吴公台而发感慨，即景生情。第二联一写近景，一写远景，第三联以夕阳衬旧垒，以寒磬衬空林，旧日辉煌的场所如今是衰草寒烟，十分凄凉。在一个秋风萧瑟的日子里，诗人登上南朝旧垒吴公台。台上的寺庙已经荒凉，人踪稀少；远望山峦，皆在云罩雾缭之中。傍晚的太阳沿着旧日的堡垒缓缓下落，寺院中传出的钟磬之声慢慢向空林中扩散。秋风四起，这钟磬之声也似带有一种寒意。南朝故迹尚存，人去台空，只有长江之水，在秋日的夕阳中独自流淌。末联写江山依旧，人物不同。最后两句有"大江东去，浪淘尽，千古风流人物"之气韵。

此诗将凭吊古迹和写景思乡融为一体。对古今兴废的咏叹苍凉深邃。全诗写"远眺"，而主导情绪则是"悲秋"。通过对深秋景象的描绘，熔铸了诗人对人生、社会、时代的凄凉感受。此诗文笔简淡，意境深远，乃"五言长城"的上乘之作。

早寒江上有怀

【唐】孟浩然

木落①雁南度，

北风江上寒。

我家襄水②曲，

遥隔楚云端。

乡泪客中尽，

孤帆天际③看。

迷津④欲有问，

平海⑤夕漫漫。

注 释

①木落：树叶飘落。
②襄水：指汉水流经襄阳的一段。
③天际：指天边。
④迷津：找不到渡口。
⑤平海：平阔的江面。

译 文

树叶飘落大雁飞向南方，北风萧瑟江上分外寒冷。
我家在曲曲弯弯襄水边，远隔楚天云海迷迷茫茫。
思乡的眼泪在旅途流尽，看归来的帆在天边徜徉。
风烟迷离渡口可在何处？茫茫江水在夕阳下荡漾。

赏 析

这是一首怀乡思归的抒情诗。全诗情感是复杂的。诗人既羡慕田园生活，有意归隐，但又想求官做事，以展宏图。这种矛盾，就构成了诗的内容。

"木落雁南度，北风江上寒"，这两句是写景。作者捕捉了当时带有典型性的事物，点明季节。木叶渐脱，北雁南飞，这是最具代表性的秋季景象。但是单说秋，还不能表现出"寒"，作者又以"北风"呼啸来渲染，使人觉得寒冷，这就点出了题目中的"早寒"。落木萧萧，鸿雁南翔，北风呼啸，天气寒冷，作者活画出一幅深秋景象。处身于这种环境中，很容易引起悲哀的情绪，所谓"悲落叶于劲秋"（陆机《文赋》），是有一定道理的。远离故土，思想处于矛盾之中的作者就更是如此了。

这是一种"兴"起的手法，诗很自然地进入第二联。作者面对眼前景物，思乡之情，不免油然而生。"襄水"，亦即"襄河"。汉水在襄阳一带水流曲折，所以作者以"曲"概括之。"遥隔"两字，不仅表明了远，而且表明了两地隔绝，不能归去。这个"隔"字，已透露出思乡之情。作者家住襄阳，古属楚国，故诗中称"楚云端"，既能表现出地势之高（与长江下游相比），又能表现出仰望之情，可望而不可即，也能透露出思乡的情绪。"我家襄水曲，遥隔楚云端"，看来句意平淡，但细细咀嚼，是很能体味到作者炼句之妙、造意之苦的。

如果说第二联只是透露一些思乡的消息，带有含蓄的意味，而又未点明；那么第三联的"乡泪客中尽"，不仅点明了乡思，而且把这种感情一泄无余了。不仅他自己这样思乡，而且家人也在想望着他自己的归去，遥望着"天际"的"孤帆"。家人的想望，是假托之词，然而使思乡的感情，抒发得更为强烈了。

"迷津欲有问"，是用《论语·微子》中孔子使子路问津的典故。长沮、桀溺是隐者，而孔子则是积极想从政的人。长沮、桀溺不说津（渡口）的所在，反而嘲讽孔子栖栖遑遑、奔走四方，以求见用，引出了孔子的一番慨叹。双方是隐居与从政的冲突。而孟浩然本为襄阳隐士，如今却奔走于东南各地（最后还到长安应进士举），却是把隐居与从政的矛盾集于一身，而这种矛盾又无法解决，故以"平海夕漫漫"作结。滔滔江水，与海相平，漫漫无边，加以天色阴暗，已至黄昏。这种景色，完全烘托出作者迷茫的心情。

这首诗二、三两联都是自然成对，毫无斧凿痕迹。第二联两句都是指襄阳的地位，信手拈来，就地成对，极为自然。第三联"乡泪"

是情,"归帆"是景,以情对景,扣合自然,充分表达了作者的感情。最后又以景作结,把思归的哀情和前路茫茫的愁绪都寄寓在这迷茫的黄昏江景中了。

登馀干①古县城

【唐】刘长卿

孤城②上与白云齐,
万古荒凉楚水③西。
官舍已空秋草绿,
女墙④犹在夜乌啼。
平江渺渺来人远,
落日亭亭⑤向客低。
沙鸟不知陵谷变⑥,
朝飞暮去弋阳溪⑦。

注 释

①馀(yú)干:唐代饶州馀干,即今江西省余干县。
②孤城:馀干古城原在一座小山上,故称"孤城"。
③楚水:淮水,这里指信江。
④女墙:城墙上的垛子。
⑤亭亭:形容高耸的样子。
⑥陵谷变:山陵变成深谷,深谷变成高山。
⑦弋(yì)阳溪:弋阳与馀干相连的一条小溪,在信江中游。

译 文

登上孤城,空旷天低只觉人与白云齐,楚水以西像万古荒原没有人迹。

当年的官舍被秋草淹没了,空空如洗;城垛尚在,夜乌栖息,发出哀啼。

平旷的沙地无边无际,令人迷茫。孤零零的夕阳对着我这个远方来客冉冉低落下去。

无知的鸟儿不知道古城已经变成深谷,依然绕着弋阳溪飞翔,朝来暮去。

152

赏 析

这首即景抒情的诗篇，包蕴着深沉的叹喟，寂寥悲凉，深沉迷茫，情在景中，兴在象外，意绪不尽，令人沉思。

"孤城上与白云齐，万古荒凉楚水西。"首联扣题，点明诗人登上馀干古县城后看到的景象：馀干古县城地势较高，周围又没有其他城乡相连，因被废弃又无人居住，俨然成了一座孤城，在城下抬头望去，好像和白云连在一起。多年以来，这座古城一直矗立在楚水西畔，荒凉而孤独。首句中诗人站在城下，第二句的视角已转为凭楼远眺，诗人不动声色地写出了自己位置的转移：不论是"与白云齐"还是"万古荒凉"，都带有夸张的意味，意在表现馀干县城被抛弃后的沉寂和冷落。这既是客观意象的反映，同时也含有诗人自己的感情。

"官舍已空秋草没，女墙犹在夜乌啼。"首联写的是古城全景，颔联中视角转入城内。诗人先写"官舍"，这昔日繁华的地方如今杂草丛生，被越来越高的蓬蒿掩埋了起来；随后再写"女墙"，城墙还在，可是巡防的将士已经不见踪影，到了夜里，城楼上看不到守夜人点亮的火光，只能听见一声声乌鸦的啼叫从旷野响起。"已空"对应"犹在"，物是人非之感顿生。"秋草"与"夜乌"两个带有冷色调的意象，承接首联中的"荒凉"一词，把古县城的残破和冷清刻画得淋漓尽致。

"平沙渺渺迷人远，落日亭亭向客低。"视角再次转移，诗人在颈联中着意描写城外的景象。站在城头向远处眺望，只能看见茫茫的沙地，大风骤起，卷起遮天蔽日的黄沙，向着天边无尽处卷席而去。此时正是黄昏时分，落日西垂，渐渐地快与城上的游客在同一高度上了。县城周围，理应是村舍农田，而诗中却尽是茫茫"平沙"；再者，县城治所虽然迁移，不该导致所有百姓随之搬迁，可这里的人却纷纷选择了离开。联系当时背景，安史之乱已经持续了七年之久，战区自然是烽火遍地，其他州县自然也会受到战争的影响，趁乱而起的诸侯、盗寇，无不成了鱼肉百姓的黑暗力量。举国上下，为了保命，为了生存，人民莫不纷纷迁徙，背井离乡。颈联中的"落日"，既是自然景观，又暗含诗人对国家命运的忧虑。

"飞鸟不知陵谷变，朝来暮去弋阳溪。"只有无知的鸟儿不懂历史变迁和国势盛衰，不分朝暮地在弋阳溪水上飞来飞去。尾联化用了《诗经·小雅·十月之交》中的诗句："高岸为谷，深谷为陵。哀今之人，胡憯莫惩。"《十月之交》旨在通过写周幽王时期发生的日食现象以及后来一系列"百川沸腾，山冢崒崩"的自然灾难，以对当时西周统治者宠信小人、政治腐败的现状提出警告。刘长卿把《十月之交》中的名句化用在这首诗里，看似闲笔，实际上是委婉地对当时的唐朝统治者提出批判。

这是一首山水诗，更是一首政治抒情诗。它所描绘的山水是历史的，而不是自然的。荒凉古城，无可赏心悦目，并非欣赏对象，而只是诗人思想的例证，感情的寄托，引人沉思感伤，缅怀历史，鉴照现实。诗人满怀忧国忧民的心情，引导人们登临这高险荒凉的古城、空城、荒城，指点人们注意那些足以引为鉴戒的历史遗迹，激发人们感情上共鸣，促使人们思想上深省。

庾楼晓望①

【唐】白居易

独凭朱槛②立凌晨，

山色初明水色新。

竹雾晓笼衔岭月，

苹风③暖送过江春。

子城④阴处犹残雪，

衙鼓⑤声前未有尘。

三百年来庾楼上，

曾经多少望乡人。

注释

①庾楼晓望：此诗为白居易被贬江州期间所作。
②朱槛：鲜红的栏杆。
③苹风：拂过水面的微风。
④子城：指大城所附带的小城。
⑤衙鼓：衙门中用以召集官吏的鼓。

译 文

我独自倚着鲜红的栏杆远眺。黎明的曙光刚刚照亮大地，山岭的轮廓开始明晰，江水的气色十分清新。

山岭上被竹雾笼罩着的月色是美丽的，江面上吹拂着浮萍的晨风是和暖的，春天的脚步已经来到大地。

城垣上月城的阴暗处还残存着白雪，这残雪在散发着寒气。衙门中召集官吏的鼓声还没有敲响，街市上静悄悄的，没有一点尘土飞扬，没有人群和车马走动。

历代登上庾楼观望家乡的游客不知有多少啊，而我现在也成了其中的一人。

赏 析

庾楼在今江西九江市，濒临长江，其矶石突出江岸一百多步，相传是东晋大将庾亮镇江州（今江西九江）时所建。白居易在唐宪宗元和十年（815）因上表请求严缉刺杀宰相武元衡的凶手，因而得罪权贵，遭到造谣中伤，从东宫赞善大夫贬为江州司马。本诗即被贬后在江州所作。

诗人本来怀着"兼济天下"的大志，积极参政议政，勇敢地与邪恶势力作斗争，结果竟遭到贬谪，这确实是一个沉重的打击。他从此缄默不语，意志消沉，只求避灾远祸，不敢过问政治，由"兼济天下"而变为"独善其身"。他当时的处境是孤寂的，思想是苦闷的。本诗通过诗人对登楼所见山川景物的描写，表现了他的孤寂和思乡之情。

头两句写诗人在一天清晨，独自一人登上庾楼，站在楼上靠着长廊旁的红色栏杆向远处眺望。首先映入眼帘的是"山色初明水色新"，黎明的曙光刚刚照亮大地，山岭的轮廓开始明晰，江水的气色十分清新。这是诗人宽阔的视野所望见的山川景物的一个最初印象。

晨光渐渐地变得明亮了，诗人在庾楼站得更久了，他对于山水景色也就看得更清楚了。诗人抬头望山岭，"竹雾晓笼衔岭月"，他看见月亮从山岭上落下去，剩下的半个月亮衔住山岭，而这半个月亮又被山上的翠竹和晨雾笼罩着，显出迷茫朦胧的样子。诗人低头望大江，"苹风暖送过江春"，江面上的浮萍被晨风吹拂着，这晨风有一种暖意，是晨风把春天送过江来了，严冬快要过去了。山岭上被竹雾笼罩着的月色是美丽的，江面上吹拂着浮萍的晨风是和暖的，春天的脚步已经来到大地，美丽的山水景物使诗人受到创伤的心灵得到了某种慰藉。

春天虽然已经来临，但寒冬还没有完全过去。诗人看见，"子城阴处犹残雪"，城垣上月城的阴暗处还残存着白雪，这残雪在散发着寒气，给人一种阴冷的感觉。而且，诗人还看到，"衙鼓声前未有尘"，催促官吏到衙门排班参见禀白公事的鼓声还没有敲响，街市上静悄悄的，没有一点尘土飞扬，没有人群和车马走动，给人一种寂寞的感觉。残雪的阴冷和街市的寂寞，难免使诗人心中产生某种忧伤和孤寂。

诗人站在庾楼上眺望山川城郭，明丽的清晨景色给他带来某种安慰，但孤独的登临、残冬的气象、寂寞的城市，又会使他伤感。于是一种思念故乡、思念亲人的思乡之情在他心中油然而生。"三百年来庾楼上，曾经多少望乡人！"历代登上庾楼观望家乡的游客不知有多少啊，而诗人现在也成了其中的一人。

这首诗处处紧扣题目，"晨空""初明""竹雾""衔岭月""残雪""衙鼓声前"等句句扣住"晓"字，由望山、望水、望城到望乡，句句扣住"望"字，诗人的感情在"庾楼晓望"之中表现出来。语言通俗易懂，明白晓畅，就像诗人晓望所见的江水一样清新明净。

登崖州①城作

【唐】李德裕

独上高楼望帝京②，
鸟飞犹③是半年程。

注 释

① 崖州：治所在今海南省琼山区大林乡一带。
② 帝京：都城长安。
③ 犹：尚且，还。

青山似欲④留人住，

百匝千遭⑤绕郡城。

④似欲：好像想。

⑤百匝（zā）千遭：形容山重叠绵密。

作者名片

李德裕（787—849），唐代大臣。字文饶，赵郡（今河北省赵县）人。李宗闵、牛僧儒执政时，因党争受打击。武宗时，拜太尉，封卫国公。当政六年，颇有政绩。宣宗初年，牛党执政，贬潮州司马，继又贬崖州（今海南海口琼山南）司户参军。卒于任所。著有《李文饶文集》，又作《会昌一品集》。《全唐诗》存其诗一卷。

译文

我独自一人登上高楼遥望帝京，就是鸟儿也要飞上半年的路程。

连绵的青山似乎非要把我留住，百转千回层层围住这崖州郡城。

赏析

这首诗，同柳宗元的《与浩初上人同看山寄京华亲故》颇有相似之处：都是篇幅短小的七言绝句，作者都是迁谪失意的人，都是以山作为描写的背景。然而，它们所反映的诗人的心情却不同，表现手法及其意境、风格也是迥然各别的。

作为身系安危的重臣元老李德裕，即使处于炎海穷边之地，他那眷怀故国之情，仍然锲而不舍。他登临北睨，不是为了怀念乡土，而是出于政治的向往与感伤。"独上高楼望帝京"，诗一开头，这种心情便昭然若揭，因而全诗所抒之情，和柳诗之"望故乡"是有所区别的。"鸟飞犹是半年程"，极言去京遥远。这种艺术上的夸张，其中含有浓厚的抒情因素。这里，深深透露了依恋君国之情，和屈原在

《哀郢》里说的"哀故都之日远"用意相同。

再说，虽然同在迁谪之中，李德裕的处境和柳宗元也是不相同的。柳宗元之在柳州，毕竟还是一个地区的行政长官，只不过因为他曾经是王叔文的党羽，弃置边陲，不加重用而已。他思归不得，但北归的这种可能性还是有的；否则他就不会乞援于"京华亲故"了。而李德裕之在崖州，则是白敏中、令狐绚等人必欲置之死地而后快所采取的一个决定性的步骤。在残酷无情的派系斗争中，他是失败一方的首领。那时，他已落入政敌所布置的弥天罗网之中。历史的经验，现实的遭遇，使他清醒地意识到自己必然会贬死在这南荒之地，断无生还之理。沉重的阴影压在他的心头，于是在登临看山时，着眼点便在于山的重叠阻深。"青山似欲留人住，百匝千遭绕郡城。"这"百匝千遭"的绕郡群山，正成为四面环伺、重重包围的敌对势力的象征。人到极端困难、极端危险的时刻，由于一切希望已经断绝，对可能发生的任何不幸，思想上都有了准备，心情往往反而会平静下来。不诅咒这可恶的穷山僻岭，不说人被山所阻隔，却说"山欲留人"，正是"事到艰难意转平"的变态心理的反映。

诗中只说"望帝京"，只说这"望帝京"的"高楼"远在群山环绕的天涯海角，通篇到底，并没有抒写政治的愤慨，迁谪的哀愁，语气是优游不迫，舒缓而宁静的。然而正是在这优游不迫、舒缓宁静的语气之中，包孕着无限的忧郁与感伤。它的情调是深沉而悲凉的。

南海①旅次

【唐】曹松

忆归休上越王台②，
归思临高不易裁③。
为客正当无雁处④，

注释

①南海：今广东省广州市。
②越王台：汉代南越王尉佗所建，遗址在今广州越秀山。
③裁：剪，断。
④无雁处：大雁在秋天由北方飞向南方过冬，据说飞至湖南衡山则不再南飞了。

故园谁道有书来。

城头早角吹霜尽⑤，

郭⑥里残潮荡⑦月回。

心似百花开未得，

年年争发⑧被春催。

⑤霜尽：此处指天亮了。广州天气暖和，天一亮霜便不见了。

⑥郭：古代在城的外围加筑的一道围墙。

⑦荡：一作"带"。

⑧发：一作"向"。

作者名片

曹松（828—903），唐代晚期诗人。字梦徵，舒州（今安徽桐城，一说今安徽潜山）人。早年曾避乱栖居洪都西山，后依建州刺史李频。李死后，流落江湖，无所遇合。光化四年（901）中进士，年已70余，特授校书郎（秘书省正字）而卒。其诗多旅游题咏之作。风格颇似贾岛，取境幽深，工于炼字炼句。《全唐诗》录其诗一百四十首，编为二卷。

译 文

抒发内心的怀乡之情最好不要登上越王台，因为登高望远只会使内心的思乡情结更加无法排解。

我正在南海这个鸿雁无法飞到的地方客居，故园的音讯又有谁可以传达呢？

城头的角声吹去了霜华，天已经亮了，护城河里尚未退尽的潮水还荡漾着残月的投影。

长年郁结在心中的归思就像含苞待放的花蕾，年年春天一到便被催发开来。

赏析

　　此诗抒写羁旅之情。首联"忆归休上越王台，归思临高不易裁"，从广州的著名古迹越王台落笔，但却一反前人的那种"远望当归"的传统笔法，独出心裁地写成"忆归休上"，以免归思泛滥，不易裁断。如此翻新的写法，脱出窠臼，把归思表现得十分婉曲深沉。

　　颔联"为客正当无雁处，故园谁道有书来"，诗人巧妙地运用了鸿雁南飞不过衡山回雁峰的传说，极写南海距离故园的遥远，表现他收不到家书的沮丧心情。言外便有嗟怨客居过于边远之意。

　　颈联"城头早角吹霜尽，郭里残潮荡月回"，展示了日复一日唤起作者归思的凄清景色。出句写晨景，是说随着城头凄凉的晓角声晨霜消尽；对句写晚景，是说伴着夜晚的残潮明月复出。这一联的描写使读者想起唐诗中的有关诗句："三奏未终天便晓，何人不起望乡愁"（武元衡《单于晓角》）；"回潮动客思"（李益《送归中丞使新罗册立吊祭》）；"举头望明月，低头思故乡"（李白《静夜思》）。在唐人心目中，明月、晓角、残潮，都是牵动归思的景色。如果说，李白的《静夜思》写了一时间勾起的乡愁，那么，曹松这一联的景色，则融进了作者连年羁留南海所产生的了无终期的归思。

　　归思这样地折磨着作者，平常时日，还可以勉强克制，可是，当新春到来时，就按捺不住了。因为新春提醒他在异乡又滞留了一个年头，使他归思泉涌，百感交集。"心似百花开未得，年年争发被春催"，形象地揭示出羁旅逢春的典型心境，把他对归思的抒写推向高潮。句中以含苞待放的百花比喻处于抑制状态的归心，进而表现每到春天他的心都受到刺激，引起归思泛滥，那就像被春风催开的百花，竞相怒放，不由自主。想象一下号称花城的广州，那沐浴在春风里的鲜花的海洋，读者不禁为作者如此生动、独到的比喻赞叹不已。这出人意表的比喻，生动贴切，表现出归思的纷乱、强烈、生生不已、难以遏止。写到这里，作者的南海归思在几经婉转之后，终于得到了尽情的倾吐。

　　这首诗在艺术上进行了富有个性的探索，它没有采用奇特的幻想形式，也没有采用借景抒情为主的笔法，而是集中笔墨来倾吐自己的心声，迂曲婉转地揭示出复杂的心理活动和细微的思想感情，呈现出情深意曲的艺术特色。

登夏州①城楼

【唐】罗隐

寒城猎猎②戍旗风，
独倚危楼③怅望中。
万里山河唐土地④，
千年魂魄晋英雄。
离心⑤不忍听边马，
往事应须问塞鸿⑥。
好脱儒冠⑦从校尉⑧，
一枝长戟六钧弓⑨。

注 释

①夏州：即赫连勃勃修建的统万城，北魏置夏州，唐为朔方节度使所辖。
②猎猎：风声。
③危楼：高楼。
④唐土地：指包括夏州在内的唐朝的广阔国土。
⑤离心：别离之情。
⑥塞鸿（hóng）：边塞的大雁。
⑦儒冠：儒生戴的帽子，表明他们的身份，但不代表他们有特定的社会地位。
⑧校尉：武职名。隋唐为武教官，位次将军。
⑨六钧（jūn）弓：钧是古代计量重量的单位之一，用来比喻强弓。

作者名片

罗隐（833—909），本名横，字昭谏，新城（今浙江省富阳县）人，一说余杭（今浙江省余杭县）人。长期奔波游历，曾十应进士举，但因讥讽权贵，终不被录取。改名为德后任钱掩令。唐亡，依吴越王钱镠，官至谏议火夫。其诗多讽刺现实之作，多用口语。有《梦昭谏集》。《全唐诗》录存其诗十一卷。

译 文

我独自一人倚着高楼怅然远望，无限寒意的边城戍旗飘扬猎猎生风。

万里山河都是大唐的土地，在这土地上千百年来有多少戍边英雄为国献身捐躯。

边疆的愁苦不忍心去倾听，以往的事情不堪去询问。

最好脱掉文人的帽子去当一个武官，拿起武器去保卫国土立功边疆。

赏 析

这首诗首联，落笔即写登楼所见，一幅边地的典型画面呈现在读者面前。这边城耸立在苍莽的崇山峻岭之中，寒风劲吹，城楼旗幡被风吹得噼啪作响。"怅望"二字表明诗人正受着周围环境的感染，心中正蕴涵着一股抑郁之气。

颔联，诗人"怅望"着这块苍莽的土地，便自然想起与之相关的历史。不禁感叹大唐帝国幅员辽阔，三晋之地英雄辈出。两句诗写得极有气魄，纵横千万里，上下千余年，尽收入诗人的诗思画意之中。

颈联，"离心不忍听边马，往事应须问塞鸿"，写诗人的思绪从遥远的往事，回到了眼前的现实，充斥于诗人眼前耳边的是萧萧的马鸣和翱翔天际的塞鸿。"离心"，即离愁别绪，说自己宦游在外，心中已充满离愁，实在不忍听那边马悲鸣之声。下句是说自己的坎坷往事，应随着塞鸿而远去。

尾联，"好脱儒冠从校尉，一枝长戟六钧弓"，将调子再度昂起。诗人表示，要把自己的儒冠脱去，穿上盔甲，手持弯弓长戟，做一名边关戍卒，要在边关上建功立业。这两句虽只罗列了兵器名称，却好像有千钧之力，掷地有声。语流轻快而豪气勃勃，活脱脱一个投笔从戎的班超再世。

诗人这首七律诗写的是登临边城，触景生情，抒发了追慕往昔英雄豪杰，欲投笔从戎，建功立业的心情。这首诗写得极为沉着有力，诗歌的脉络起伏有致。笔力豪劲，感情深沉，是诗人诗歌中颇为难得的一首好诗。

登洛阳故城

【唐】许浑

禾黍①离离②半野蒿③，
昔人城此岂知劳④？
水声东去市朝⑤变，
山势⑥北来宫殿高。
鸦噪暮云归古堞⑦，
雁迷寒雨下空壕⑧。
可怜缑岭⑨登仙子⑩，
犹自吹笙⑪醉碧桃⑫。

注 释

①黍（shǔ）：糜子。
②离离：庄稼一行行排列的样子。
③蒿（hāo）：此处泛指野草。
④劳：辛劳。
⑤市朝：争名夺利的场所。
⑥山势：指北山。
⑦堞（dié）：城上小墙，即女墙。
⑧壕（háo）：城下小池。
⑨缑（gōu）岭：即缑氏山，在今河南偃师东南。
⑩登仙子：指王子乔。
⑪笙（shēng）：一种乐器。
⑫碧桃：原指传说中西王母给汉武帝的仙桃。这里指传说中仙人吃的仙果。

译 文

禾黍成行地上半是野蒿，古人修此城哪顾上辛劳。
洛水东去街市随之改变，邙山北来残存宫殿高高。
暮云中寒鸦鼓噪落墙上，寒雨下大雁迷途躲空壕。
可惜缑岭成仙的太子晋，还在吹笙醉心于碧仙桃。

赏 析

洛阳，是有名的古城，东汉、曹魏、西晋、北魏都曾建都于此。隋炀帝时，在旧城以西十八里营建新城，武则天时又进行扩展，成为唐代的东都，而旧城由此芜废。许浑这首诗是凭吊故城感怀。

诗的开头以"禾黍离离半野蒿",直落登城所见,满目荒凉残破,昔日华丽雄伟的宫殿已荡然无存。诗人正是通过眼前景物的描写,托出"故"字,把昔日之兴盛与今日之凄凉作尖锐的艺术对比,从而引出"昔人城此岂知劳"的无限感慨。历史上的统治者为了自己的奢华享乐,役使千千万万的劳力建起了洛阳宫殿和城池,而今却已倾圮残毁。在这里,诗以"岂止"构成反诘,表达了对统治者的愤怒批判和无情嘲讽。

颔联承上作深入描写,分别以"市朝变"与"水声东去""宫殿高"与"山势北来"作鲜明对比,并照应首联,揭示权贵之不能长存,表达诗人登城凭吊之情。

颈联更写出了故城的荒凉冷落。"鸦噪"说明这里凄清,人迹罕至;"雁迷",说明这里似乎早已被人们遗忘。一幅鸦噪图,一幅雁迷图,给全诗笼上了一层悲剧色彩。写景逼真,细节处处传神,以不懂人事的鸦、雁,反映人事的变化,显得深刻有力。

尾联承上以反折作收,富贵之不得长存,人生之过于短暂,这使诗人痛苦、感慨,从而产生羡慕神仙的思想,但诗人却反说"可怜",正说明诗人认为虚妄的神仙故事也不能解决现实的矛盾,不能解决思想上的苦恼,故用"可怜"的反言以见意,表达了他这种怀古伤今的感慨的深沉与无限的悲伤。

诗的首句"禾黍离离",《诗经·黍离》开首的"彼黍离离"化用而来的,暗含对过去王朝兴灭更替的追思。第二联表达对这座由劳苦百姓辛苦修建,却终遭废毁的城市的痛惜之情。"水声东去"既是写实景(故洛城紧靠着洛水北岸),又是双关寓意。诗人由脚下奔流向东的洛水,生发出光阴流逝,人世沧桑的感慨。尾联借用典故慨叹世人不能像太子普那样逍遥自在地超脱于尘世变迁之外。

全诗主要通过在洛阳看到的荒凉残破的景象,借古喻今,抒发自己对当时政治形势的关怀和殷忧,对那些脑满肠肥无所用心的达官贵人以及浪荡公子等醉生梦死之徒,充满了愤懑和鄙弃之情。吴汝纶曰:"末刺贵游不知时变,但解行乐也",窥破了诗人的用意。

落日怅望

【唐】马戴

孤云与归鸟，

千里片①时间。

念②我一何③滞④，

辞家久未还。

微阳⑤下乔木⑥，

远色隐秋山。

临水不敢照，

恐惊⑦平昔⑧颜⑨。

注 释

①片：指片刻，为"时"字的修饰语。

②念：想。

③何：多么。

④滞：滞留，淹留。

⑤微阳：斜阳。微：指日光微弱。

⑥乔木：树干高大、主干与分枝有明显区别的木本植物。

⑦惊：因面容改变而吃惊。

⑧平昔：平素，往昔。

⑨颜：面色，容颜。

作者名片

马戴（799—869），字虞臣，唐定州曲阳（今河北省曲阳县）或华州（今属陕西）人。晚唐时期著名诗人。武宗会昌进士。在太原幕府中因直言被贬龙阳尉，后逢赦回京。官终大学博士。前人很推崇他的律诗，《沧浪诗话》中说在晚唐诸人之上。

译 文

片片孤云和那归林鸟儿，顷刻间已经飞驰千余里。

想起了我长久离开家园，滞留在异乡只能空叹息。

斜阳余晖洒向高大树木，秋山上的落日逐渐暗淡。

临水却不敢看我的倒影，是因为害怕容颜已改变。

赏析

　　开头二句写诗人在黄昏日落之时，满怀惆怅地遥望乡关，首先跃入眼帘的是仰视所见的景物："孤云与归鸟，千里片时间。"晚云孤飞于天际，归鸟投宿于林间，凭着它们有形和无形的羽翼，虽有千里之远也片时可达。诗以"千里"与"片时"作强烈比照，写出云、鸟的自由无碍和飞行之速；但是，这绝不是纯客观的景物描写，而是诗人"怅望"所见，而且这种景物又是触发诗人情思的契机和媒介："念我何留滞，辞家久未还。"原来，诗人久客异地，他的乡关之思早已深深地郁积在胸中了。因此，颔联由外界景物的描绘自然地转入内心情感的直接抒发，不言惆怅而满纸生愁，不言归心似箭而实际上早已望穿秋水。

　　前面写情之后，颈联又变换笔墨写景，景物描写不但切合诗人眼前的情境，而且由近到远，层次分明。夕阳从近处的树梢往下沉落，它的余晖返照秋山，一片火红，像野火在远远的秋山上燃烧，渐渐地隐没在山的后面。"隐"字写出夕照的逐渐暗淡，也表明了诗人伫望之久，忆念之殷。不仅如此，这种夕阳西下余晖返照之景，不但加重了诗人的乡愁，而且更深一层地触发了诗人内心深处感时伤逝的情绪。客中久滞，渐老岁华；日暮登临，益添愁思，徘徊水边，不敢临流照影，恐怕照见自己颜貌非复平昔而心惊。其实诗人何尝不知自己容颜渐老，其所以"临水不敢照"者，怕一见一生悲，又增怅闷耳。"临水不敢照，恐惊平昔颜！"尾联充溢着一种惆怅落寞的心绪，以此收束，留下了袅袅余音。

　　情景分写确是此诗谋篇布局上的一个特点。这种写法，对于这首诗来说，有特殊的艺术效果。细细玩味，可以发现此诗是颇见匠心的。全篇是写"落日怅望"之情，二句景二句情相间写来，诗情就被分成两步递进：先是落日前云去鸟飞的景象勾起乡"念"，继而是夕阳下山回光返照的情景唤起迟暮之"惊"，显示出情绪的发展、深化。若不管格律，诗句稍颠倒次序可作："孤云与归鸟，千里片时间。微阳下乔木，远烧入秋山。念我何留滞，辞家久未还。临水不敢照，恐惊平昔颜。"如此前半景后半情，也是通常写法，但显得稍平，没有上述那种层层递进、曲达其意的好处。而"宿鸟归飞急"引起归心似箭，紧接"辞家久未还"云云，既很自然，又有速（千里片时）与迟（久留滞）对比，所以是"起得超脱，接得浑劲"（见《瀛奎律髓》纪批）。如改成前半景后半情格局（如上述），则又失去这层好处。

炼字潜词形象传神，"孤云""归鸟""微阳""秋山"营造了秋日傍晚的萧瑟与清冷，寄托着作者的伤感之情。"烧"字的使用，是静中有动；"远"字又写出了意境的空阔，增强了对孤寂之情的表现。

江南春

【唐】杜牧

千里莺啼[1]绿映红，
水村山郭[2]酒旗风。
南朝四百八十寺[3]，
多少楼台[4]烟雨[5]中。

注 释

①莺啼：即莺啼燕语。
②郭：外城。此处指城镇。
③四百八十寺：南朝皇帝和大官僚好佛，在京城（今南京市）大建佛寺。这里"四百八十寺"是虚数。
④楼台：楼阁亭台。
⑤烟雨：细雨蒙蒙，如烟如雾。

译 文

辽阔的江南到处莺歌燕舞，绿树红花相映，水边村寨山麓城郭处处酒旗飘动。

南朝遗留下的许多座古寺，如今有多少笼罩在这朦胧烟雨之中。

赏析

这首《江南春》，千百年来素负盛誉。诗中不仅描绘了明媚的江南春光，而且还再现了江南烟雨蒙蒙的楼台景色，使江南风光更加神奇迷离，别有一番情趣。迷人的江南，经过诗人生花妙笔的点染，显得更加令人心旌摇荡了。这首诗四句均为景语，有众多意象和景物，有植物有动物，有声有色，景物也有远近之分，动静结合，各具特色。全诗以轻快的文字，极具概括性的语言描绘了一幅生动形象、丰富多彩而又有气魄的江南春画卷，呈现出一种深邃幽美的意境，表达出一缕缕含蓄深蕴的情思，千百年来素负盛誉。

首句"千里莺啼绿映红"。诗一开头，诗人放开视野，由眼前春景而想象到整个江南大地。千里江南，到处莺歌燕舞，桃红柳绿，一派春意盎然的景象。在写作上，诗人首先运用了映衬的手法，把"红花"与"绿叶"搭配，并用一个"映"字，从视角上突出了"江南春"万紫千红的景象。同时，诗人也从声音的角度，通过听觉，表现出江南春天莺歌燕舞的热闹场面。诗句中的"千里"下得很妙，也很有分量，不但空间上扩大了诗歌的审美境界，而且为后面的描写奠定了基础。

第二句"水村山郭酒旗风"。"山郭"，山城，指修建在山麓的城池。"酒旗"指古代酒店外面挂的幌子。这一句的意思是说，在临水的村庄，依山的城郭，到处都有迎风招展的酒旗。这里，诗人运用了列锦的修辞手法，描写了进入眼帘的物象——水村、山郭、酒旗。这几个物象由大到小，不但表现出一定的空间位置，突出了"村"和"郭"依山傍水的江南独有的建筑特色。特别是一个"风"字，不但增添了诗歌的动态感，而且更好地突出了"酒旗"，从而增添了诗歌的文化底蕴和人文气息。

第三句"南朝四百八十寺"。"南朝"指东晋以后隋代以前的宋、齐、梁、陈四个朝代，都建都于建康（今江苏南京），史称南朝。"四百八十寺"形容佛寺很多。因为那时，南朝佛教非常盛行，寺庙也建得很多。这句意思是说，南朝遗留下了四百八十多座古寺。这里，诗人在"水村山郭酒旗风"上一转，视线集中在"寺庙"上，想象空间拉大，思维回溯到"南朝"，这样便增强了诗歌的历史文化意蕴，而且提升了诗歌的审美境界。同时，诗人用"寺"代指佛教，并用"四百八十"这个虚数来修饰，不但使诗歌富于形象感，也照应着首句中的"千里"，更为重要的是表现了南朝时代佛教盛行的状况，并为后面结句中的抒情奠定基础。

第四句"多少楼台烟雨中"。"烟雨"即如烟般的蒙蒙细雨。这句的意思就是说无数的楼台全笼罩在风烟云雨中。这里，诗人不用"寺"，而又改换成了"楼台"，这不仅是为了避免用词重复，更主要的是适应"烟雨"这样的环境。在这里，诗人通过虚实结合，由眼前而历史，内心无比感慨——历史总是不断发展变化的，朝代的更替也是必然的。这里，诗人以审美的眼光，欣赏着江南春天的自然美景；诗人以深邃的思维，穿过时空，感悟历史文化的审美意义。

杜牧特别擅长在寥寥四句二十八字中，描绘一幅幅绚丽动人的图画，呈现一种深邃幽美的意境，表达一缕缕含蓄深蕴的情思，给人以美的享受和思的启迪。《江南春》反映了中国诗歌与绘画中的审美是超越时空的、淡泊洒脱的、有着儒释道与禅宗"顿悟"的思想，而它们所表现的多为思旧怀远、归隐、写意的诗情。

渔歌子①·西塞山②前白鹭飞

【唐】张志和

西塞山前白鹭飞，
桃花流水③鳜鱼肥。
青箬笠④，绿蓑衣⑤，
斜风细雨不须⑥归。

注 释

①渔歌子：词牌名。此调原为唐教坊名曲。
②西塞山：在浙江湖州。
③桃花流水：桃花盛开的季节正是春水盛涨的时候，俗称桃花汛或桃花水。
④箬（ruò）笠：竹叶或竹篾做的斗笠。
⑤蓑（suō）衣：用草或棕编制成的雨衣。
⑥不须：不一定要。

张志和（732—约774），字子同，初名龟龄，号玄真子。祁门县灯塔乡张村庇人，祖籍浙江金华。张志和三岁就能读书，六岁做文章，十六岁明经及第，先后任翰林待诏、左金吾卫录事参军、南浦县尉等职。后有感于宦海风波和人生无常，在母亲和妻子相继故去的情况下，弃官弃家，浪迹江湖。

译 文

西塞山前白鹭在自由地翱翔，江岸桃花盛开，江水中肥美的鳜鱼欢快地游来游去。

渔翁头戴青色斗笠，身披绿色蓑衣，冒着斜风细雨，悠然自得地垂钓，下了雨都不回家。

赏 析

词中描写了江南水乡春汛时的山光水色和怡情悦性的渔人形象：春江水绿、烟雨迷蒙，雨中青山、江上渔舟，天空白鹭、岸畔桃红，江水猛涨，鳜鱼正肥；青箬笠，绿蓑衣，渔人醉垂忘归。全词着色明丽，用语活泼，生动地表现了渔夫悠闲自在的生活情趣。这是一幅用诗写成的山水画，这是一首"色彩明优意万千，脱离尘俗钓湖烟，思深韵远情融景，生活任行乐自然"的抒情诗。

"西塞山前白鹭飞"点明地点。此西塞山在何处？鄂州、湖州？虽有异议，对词境来说倒无所谓。白鹭是自由、闲适的象征，"众禽无此格，玉立一间身。清似参禅客，癯如辟谷人""漠漠江湖自在飞，一身到处沾渔矶"写白鹭自在地飞翔，衬托渔父的悠闲自得。

"桃花流水鳜鱼肥"点出江南水乡最美好的季节——正是桃花盛

开，江水猛涨，鳜鱼正肥时。"桃红"与"流水"相映，显现了暮春西塞山前的湖光山色，渲染了渔父的生活环境。

"青箬笠，绿蓑衣，斜风细雨不须归"写的都是他们。"箬笠"就是用竹丝和青色箬竹叶编成的斗笠。"蓑衣"是用植物的茎叶或皮制成的雨衣。如果以龙须草（蓑草）为原料，它就是绿色的。"归"，回家。"不须归"，是说也不须回家了。作者在词里虽然只是概括地叙述了渔夫捕鱼的生活，但是，读者通过自己的想象，完全可以体会到词的言外之意。通过渔翁头戴箬笠，身披蓑衣，在斜风细雨里欣赏春天水面的景物，读者便可以体会到渔夫在捕鱼时的愉快心情。

作者是一位山水画家，据说他曾将《渔歌子》画成图画。确实，这首词是富于画意的。苍岩、白鹭、鲜艳的桃林、清澈的流水、黄褐色的鳜鱼、青色的斗笠、绿色的蓑衣，色彩多么鲜明，构思也很巧妙，意境优美，使人读作品时，仿佛是在看一幅出色的水乡春汛图。

此词在秀丽的水乡风光和理想化的渔人生活中，寄托了爱自由、爱自然的情怀。词中更吸引读者的不是一蓑风雨，从容自适的渔父，而是江乡二月桃花汛期间春江水涨、烟雨迷蒙的图景。雨中青山，江上渔舟，天空白鹭，两岸红桃，色泽鲜明但又显得柔和，气氛宁静但又充满活力。而这既体现了作者的艺术匠心，也反映了他高远、冲淡、悠然脱俗的意趣。此词吟成后，不仅一时唱和者甚众，而且还流播海外，为东邻日本的汉诗作者开启了填词门径，嵯峨天皇的《渔歌子》五首及其臣僚的奉和之作七首，即以此词为蓝本改制而成。

相见欢·金陵城上西楼

【宋】朱敦儒

金陵①城上西楼②，倚清秋③。万里夕阳垂地大江流。

中原乱④，簪缨⑤散，几时收⑥？试倩⑦悲风吹泪过扬州⑧。

注 释

①金陵：南京。
②城上西楼：西门上的城楼。
③倚清秋：倚楼观看清秋时节的景色。
④中原乱：指公元1127年（宋钦宗靖康二年）金人侵占中原的大乱。
⑤簪缨：当时官僚贵族的冠饰，这里代指他们本人。
⑥收：收复国土。
⑦倩：请。
⑧扬州：地名，今属江苏，是当时南宋的前方，屡遭金兵破坏。

作者名片

　　朱敦儒（1081—1159），字希真，洛阳人。历兵部郎中、临安府通判、秘书郎、都官员外郎、两浙东路提点刑狱，致仕，居嘉禾。绍兴二十九年（1159）卒。有词三卷，名《樵歌》。朱敦儒获得"词俊"之名，与"诗俊"陈与义等并称为"洛中八俊"（楼钥《跋朱岩壑鹤赋及送周丘使君诗》）。

译 文

　　独自登上金陵西门上的城楼，倚楼观看清秋时节的景色。看着这万里长的大江在夕阳下流去。

　　因金人侵占，中原大乱，达官贵族们纷纷逃散，什么时候才能收复国土？要请悲风将自己的热泪吹到扬州前线。

赏 析

　　古人每登楼、登高，多感慨。王粲登楼，怀念故土。杜甫登楼，感慨"万方多难"。许浑登咸阳城西楼有"一上高城万里愁"之叹。李商隐登安定城楼，有"欲回天地入扁舟"之感。尽管各个时代的诗人遭际不同，所感各异，然而登楼抒感则是一致的。

　　这首词一开始即写登楼所见。在词人眼前展开的是无边秋色，万里夕阳。秋天是冷落萧条的季节。宋玉在《九辩》中写道："悲哉，秋之为气也，萧瑟兮，草木摇落而变衰。"杜甫在《登高》中也说："万里悲秋常作客。"所以古人说"秋士多悲"。当离乡背井，作客金陵的朱敦儒独自一人登上金陵城楼，纵目远眺，看到这一片萧条零落的秋景，悲秋之感自不免油然而生。又值黄昏日暮之时，万里大地都笼罩在恹恹的夕阳中。"垂地"，说明正值日薄西山，余晖黯淡，大地很快就要被淹没在苍茫的暮色中了。这种景物描写带有很浓厚的主观色彩。王国维说："以我观物，故物皆着我之色彩。"朱敦儒就是带着浓厚的国亡家破的伤感情绪来看眼前景色的。他用象征手法使人很自然地联想到北宋的国事亦如词人眼前的暮景，也将无可挽回地走向没落、衰亡。作者的心情是沉重的。

　　下片忽由写景转到直言国事，似太突然。其实不然。上片既已用象征手法暗喻国事，则上下两片暗线关连，意脉不露，不是突然转折，而是自然衔接。"簪缨"，是指贵族官僚们的帽饰。簪用来连结头发和帽子；缨是帽带。此处代指贵族和士大夫。中原沦陷，北宋的世家贵族纷纷逃散。这是又一次的"衣冠南渡"。"几时收？"这是作者提出的一个无法回答的问题。这种"中原乱，簪缨散"的局面何时才能结束呢？表现了作者渴望早日恢复中原，还于旧都的强烈愿望，同时也是对朝廷苟安旦夕，不图恢复的愤慨和抗议。

　　结句"试倩悲风吹泪过扬州"。悲风，当然也是作者的主观感受。风，本身无所谓悲，而是词人主观心情上悲，感到风也是悲的了。风悲、景悲、人悲，不禁潸然泪下。这不只是悲秋之泪，更重要的是忧国之泪。作者要请悲风吹泪到扬州去，扬州是抗金的前线重镇，国防要地，这表现了词人对前线战事的关切。

　　全词由登楼入题，从写景到抒情，表现了词人强烈的亡国之痛和深厚的爱国精神，感人至深。

题金陵渡①

【唐】张祜

金陵津②渡小山楼，
一宿③行人自可④愁。
潮落夜江斜月⑤里，
两三星火⑥是瓜州。

注 释

①金陵渡：渡口名，在今江苏省镇
　江市附近。
②津：渡口。
③宿：过夜。
④可：当。
⑤斜月：下半夜偏西的月亮。
⑥星火：形容远处三三两两像星星
　一样闪烁的火光。

作者名片

张祜（约785—849），字承吉，清河东武城
（今山东武城）人。初寓姑苏，后至长安，辟诸
侯府，为元稹排挤，遂至淮南、江南。爱丹阳曲
阿地，隐居以终。卒于大中（唐宣宗年号，847—
860）年间。因诗扬名，以酒会友，平生结识了不
少名流显官。然而由于性情孤傲，狂妄清高，使
他多次受辟于节度使，沦为下僚。其诗风沉静浑
厚，有隐逸之气，但略显不够清新生动。有《张处士诗集》。《全唐诗》收其
诗二卷。

译 文

夜宿金陵渡口的小山楼，辗转难眠，心中满怀旅愁。
斜月朦胧，江潮正在下落，对岸星火闪闪，那便是瓜洲。

赏 析

这是诗人漫游江南时写的一首小诗。张祜夜宿镇江渡口时，面对长江

夜景，以此诗抒写了在旅途中的愁思，表现了自己心中的寂寞凄凉。全诗语言朴素自然，把美妙如画的江上夜景描写得宁静凄迷，淡雅清新。

"金陵津渡小山楼"，首句点题，轻灵妥帖。"一宿行人自可愁"，用一"可"字，毫不费力。"可"当做"合"解，而比"合"字轻松。这两句是引子，起笔平淡而轻松，接着便极自然地将读者引入佳境。

"潮落夜江斜月里"，诗人伫立在小山楼上眺望夜江，只见天边月已西斜，江上寒潮初落。一团漆黑的夜江之上，本无所见，而诗人却在朦胧的西斜月光中，观赏到潮落之景。用一"斜"字，好极，既有景，又点明了时间——将晓未晓的落潮之际，与上句"一宿"呼应，这清楚地描述了行人那一宿羁愁旅意不曾成寐的情形。所以，此句与第二句自然地沟通。诗人用笔轻灵而细腻，在精工镂刻中，又不显斧凿之痕，显得那么浑成无迹。

落潮的夜江浸在斜月的光照里，在烟笼寒水的背景上，忽见远处有几点星火闪烁，诗人不由脱口而出："两三星火是瓜洲。"将远景一点染，这幅美妙的夜江画也告完成。"两三星火"，用笔潇洒空灵，动人情处不须多，"两三"足矣。"一寸二寸之鱼，三竿两竿之竹"，宜乎以少胜多，点染有致，然而也是实景，那"两三星火"点缀在斜月朦胧的夜江之上，显得格外明亮。那个地方"是瓜洲"。这个地名与首句"金陵渡"相应，达到首尾圆合。此外，这三字还包藏着诗人的惊喜和慨叹，传递出一种悠远的神情。

这首诗的境界，清美之至，宁静之至。那两三星火与斜月、夜江明暗相映衬，融成一体，如一幅淡墨山水画。

江楼①感旧

【唐】赵嘏

独上江楼思渺然②，

注释

①江楼：江边的小楼。感旧：感念旧友旧事。
②思渺然：思绪怅惘。渺（miǎo）然：悠远的样子。

月光如水水如天。

同来望月人何处，

风影依稀③似去年。

③依稀：仿佛，好像。

作者名片

赵嘏（约806—约853），字承佑，楚州山阳（今江苏省淮安市淮安区）人。年轻时四处游历，大和七年预省试进士下第，留寓长安多年，出入豪门以干功名，其间似曾远去岭表当了几年幕府。后回江东，家于润州（今镇江）。会昌四年进士及第，一年后东归。会昌末或大中初复往长安，入仕为渭南尉。约宣宗大中六、七年（852、853）卒于任上。

译文

独自登上江边高楼，心绪茫茫，神思飞越。月光如水映彻江面，水天一色，空阔无边。

去年同来赏月之友，如今你在何方？望尽天涯无处寻觅，风景好像和去年一样。

赏析

这是一首情味隽永、淡雅洗练的好诗。

在一个清凉寂静的夜晚，诗人独自登上江边的小楼。"独上"，透露出诗人寂寞的心境；"思渺然"三字，又形象地表现出他那凝神沉思的情态。而对于诗人在夜阑人静的此刻究竟"思"什么的问题，诗人并不急于回答。第二句，故意将笔移开去从容写景，进一层点染"思渺然"的环境气氛。登上江楼，放眼望去，但见清澈如水的月光，倾泻在波光荡漾的江面上，因为江水是流动的，月光就更显得在熠熠闪动。"月光如水"，波柔色浅，宛若有声，静中见动，动愈衬静。诗人由月而望到水，只见月影倒映，恍惚觉得幽深的苍穹在脚下浮涌，意境显得格外幽美恬静。整个世界连同诗人的心，好像都溶化在无边的迷茫恬静的月色水光之中。这一句，诗人巧妙地运用了叠字回环的技巧，一笔包蕴了天地间的景物，将江楼夜景写得那么清丽绝俗。这样迷人的景色，一定使人尽情陶醉了吧。然而，诗人却道出了一声声低沉的感喟："同来望月人何处？风景依稀似去年。""同来"与第一句"独上"相应，巧妙地暗示了今昔不同的情怀。原来诗人是旧地重游。去年也是这样的良夜，诗人结侣来游，凭栏倚肩，共赏江天明月，那是非常欢快的。曾几何时，人事蹉跎，昔日伴侣不知已经漂泊何方，而诗人却又辗转只身来到江楼。面对依稀可辨的风物，缕缕怀念和怅惘之情，正无声地啃啮着诗人孤独的心。写到这里，诗意豁然开朗，篇首"思渺然"的深远意蕴得到充分展示，诗人江楼感旧的旨意也就十分清楚了。

短小的绝句律诗，一般不宜写得太实，而应"实则虚之"，这才会有余情余味。这首诗，诗人运笔自如，赋予全篇一种空灵神远的艺术美，促使读者产生无穷的联想。诗中没有确指登楼的时间是春天还是秋天，去年的另一"望月人"是男还是女，是家人、情人还是朋友，"同来"是指点江山还是互诉情衷，离散是因为世乱飘荡还是情有所阻，这一切都隐藏在诗的背后。只有充分发挥想象，才能充分领略这首小诗的幽韵和醇美。

台 城①

【唐】韦庄

江雨霏霏②江草齐，
六朝③如梦鸟空啼。
无情最是台城柳，
依旧烟④笼十里堤。

注 释

①台城：也称苑城，在今南京市鸡鸣山南。
②霏霏：细雨纷纷状。
③六朝：指吴、东晋、宋、齐、梁、陈。
④烟：指柳树绿茵茵的，像清淡的烟雾一样。

作者名片

韦庄（约836—910），字端己，长安杜陵（今中国陕西省西安市附近）人，晚唐诗人、词人，五代时前蜀宰相。文昌右相韦待价七世孙、苏州刺史韦应物四世孙。韦庄工诗，与温庭筠同为"花间派"代表作家，并称"温韦"。所著长诗《秦妇吟》反映战乱中妇女的不幸遭遇，在当时颇负盛名，与《孔雀东南飞》《木兰诗》并称"乐府三绝"。

译文

江面烟雨迷蒙，江边绿草如茵，六朝往事如梦只剩春鸟悲啼。

最无情的是那台城的杨柳，依旧像清淡的烟雾一样笼罩着十里长堤。

赏析

这是一首凭吊六朝古迹的诗。台城，旧址在今江苏南京市鸡鸣山南，本是三国时代吴国的后苑城，东晋成帝时改建。中唐时期，昔日繁华的台城已是"万户千门成野草"（刘禹锡《台城》）；到了唐末，这里就更荒废不堪了。吊古诗多触景生情，借景寄慨，写得比较虚。这首诗则比同类作品更空灵蕴藉。它从头到尾采用侧面烘托的手法，着意造成了一种梦幻式的情调气氛，让读者透过这层隐约的感情帷幕去体味作者的感慨。这是一个值得注意的特点。

"江雨霏霏江草齐，六朝如梦鸟空啼。"这首小诗的前两句是说，江面烟雨迷蒙，江边绿草如茵。六朝先后衰亡，宛如南柯一梦。江鸟哀婉啼叫，听来悲悲切切。

起句不正面描写台城，而是着意渲染氛围。金陵濒江，故说"江雨""江草"。江南的春雨，密而且细，在霏霏的雨丝中，四望迷蒙，如烟笼雾罩，给人以如梦似幻之感。暮春三月，江南草长，碧绿如茵，又显出自然界的生机。这景色既具有江南风物特有的轻柔婉丽，又容易勾起人们的迷茫惆怅。这就为下一句抒情做了准备。从首句描绘江南烟雨到次句的六朝如梦，跳跃很大，粗读似不相属。其实不仅"江雨霏霏"的氛围已经暗逗"梦"字，而且在霏霏江雨、如茵碧草之间就隐藏着一座已经荒凉破败的台城。鸟啼草绿，春色常在，而曾经在台城追逐欢乐的六朝统治者却早已成为历史上来去匆匆的过客，豪华壮丽的台城也成了供人凭吊的历史遗迹。"鸟空啼"的"空"，它从人们对鸟啼的特殊感受中进一步烘托出"梦"字，寓有很深的感慨。

"无情最是台城柳，依旧烟笼十里堤。"小诗的后两句是说，只有台城柳树最是无情，依旧烟笼十里长堤。

杨柳是春天的标志。在春风中摇荡的杨柳，总是给人以欣欣向荣之感，让人想起繁荣兴盛的局面。当年，十里长堤，杨柳堆烟，曾经是台城繁华景象的点缀；如今，台城已经是"万户千门成野草"，而台城柳色，却"依旧烟笼十里堤"。这首诗以自然景物的"依旧"暗示人世的沧桑，以物的无情反托人的伤痛，而在历史的感慨之中暗寓伤今之意，采用了虚处传神的艺术手法。

如梦令·常记溪亭日暮

【宋】李清照

常记①溪亭②日暮，沉醉③不知归路。

兴尽④晚回舟⑤，误入⑥藕花⑦深处。

争渡⑧，争渡，惊起⑨一滩⑩鸥鹭⑪。

注 释

①常记：时常记起。
②溪亭：临水的亭台。
③沉醉：大醉。
④兴尽：尽了兴致。
⑤回舟：乘船而回。
⑥误入：不小心进入。
⑦藕花：荷花。
⑧争渡：怎么才能划出去。争（zhēng）：怎样才能。
⑨起：飞起来。
⑩一滩：一群。
⑪鸥鹭：这里泛指水鸟。

作者名片

　　李清照（1084—1155），号易安居士，汉族，山东济南章丘人。宋代（南北宋之交）女词人，婉约词派代表，有"千古第一才女"之称。所作词，前期多写其悠闲生活，后期多悲叹身世，情调伤感。形式上善用白描手法，自辟途径，语言清丽。

译 文

　　时常记起在溪边亭中游玩至日色已暮，沉迷在优美的景色中忘记了回家的路。

　　尽了酒宴兴致才乘舟返回，不小心进入藕花深处。

　　奋力把船划出去呀！奋力把船划出去！划船声惊起了一群鸥鹭。

赏 析

　　此词是记游赏之作，写了酒醉、花美，清新别致。"常记"两句起笔平淡，自然和谐，把读者自然而然地引到了她所创造的词境中。

"常记"明确表示追述，地点在"溪亭"，时间是"日暮"，作者饮宴以后，已经醉得连回去的路径都辨识不出了。"沉醉"二字却暴露了作者心底的欢愉，"不知归路"也曲折传出作者流连忘返的情致，看起来，这是一次给作者留下了深刻印象的十分愉快的游赏。

接写的"兴尽"两句，就把这种意兴递进了一层，兴尽方才回舟，那么，兴未尽呢？恰恰表明兴致之高，不想回舟。而"误入"一句，行文流畅自然，毫无斧凿痕迹，同前面的"不知归路"相呼应，显示了主人公的忘情心态。盛放的荷花丛中正有一叶扁舟摇荡，舟上是游兴未尽的少年才女，这样的美景，一下子跃然纸上，呼之欲出。

一连两个"争渡"，表达了主人公急于从迷途中找寻出路的焦灼心情。正是由于"争渡"，所以又"惊起一滩鸥鹭"，把停栖在洲渚上的水鸟都吓飞了。至此，词戛然而止，言尽而意未尽，耐人寻味。

这首小令用词简练，只选取了几个片断，把移动着的风景和作者怡然的心情融合在一起，写出了作者青春年少时的好心情，让人不由想随她一道荷丛荡舟，沉醉不归。正所谓"少年情怀自是得"，这首诗不事雕琢，富有一种自然之美。

秋登宣城谢朓北楼[①]

【唐】李白

江城[②]如画里，
山晚望晴空。
两水夹明镜[③]，
双桥落彩虹[④]。
人烟[⑤]寒橘柚，

注 释

①谢朓北楼：即谢朓楼，为南朝齐诗人谢朓任宣城太守时所建，故址在陵阳山顶，是宣城的登览胜地。谢朓是李白很佩服的诗人。
②江城：泛指水边的城，这里指宣城。
③明镜：指拱桥桥洞和它在水中的倒影合成的圆形，像明亮的镜子一样。
④彩虹：指水中的桥影。
⑤人烟：人家里的炊烟。

秋色老梧桐。

谁念北楼⑥上，

临风怀谢公⑦。

⑥北楼：即谢朓楼。
⑦谢公：谢朓。

译文

江边的城池好像在画中一样美丽，山色渐晚，我登上谢朓楼远眺晴空。

两条江之间，一潭湖水像一面明亮的镜子；凤凰桥和济川桥好似落入人间的彩虹。

村落间泛起的薄薄寒烟缭绕于橘柚间，深秋时节梧桐已是枯黄衰老之象。

除了我还有谁会想着到谢朓北楼来，迎着萧飒的秋风，怀念谢先生呢？

赏析

谢朓北楼是南齐诗人谢朓任宣城太守时所建，又名谢公楼，唐时改名叠嶂楼，是宣城登览的胜地。

"江城如画里，山晓望晴空。"首联是说，江边的城池好像在画中一样美丽，山色渐晚，我登上谢朓楼远眺晴空。开头两句，诗人把他登览时所见景色概括地写了出来，总摄全篇，一下子就把读者深深吸引住，一同进入诗的意境中去了。这就是李白常用的"开门见山"的表现手法。

"两水夹明镜，双桥落彩虹。"颔联是说，两条江之间，一潭湖水像一面明亮的镜子；江上两座桥仿佛天上落下的彩虹。"两水"指句溪和宛溪。宛溪源出峄山，在宣城的东北与句溪相会，绕城合流，所以说"夹"。因为是秋天，溪水更加澄清，它平静地流着，波面上泛出晶莹的光。用"明镜"来形容，是最恰当不过的。"双桥"指横跨溪水的上、下两桥，好像天上的两道彩虹，而这"彩虹"的影子落入"明镜"之中去了。这里诗人想象的丰富奇妙，笔致活泼空灵，又一次令人惊叹。

"人烟寒橘柚，秋色老梧桐。"颈联是说，橘林柚林掩映在令人感到寒意的炊烟之中；秋色苍茫，梧桐也已经显得衰老。秋天的傍晚，原野是静寂的，山冈一带的丛林里冒出人家一缕缕的炊烟，桔柚的深碧，梧桐的微黄，呈现出一片苍寒景色，使人感到秋光渐老。它不仅写出了秋景，而且写出了秋意。如果我们细心领会一下，就会发现它在高度的概括之中，用笔是丝丝入扣的。

"谁念北楼上，临风怀谢公。"末联是说，除了我还有谁会想着到谢朓北楼来，迎着萧瑟的秋风，怀念谢先生呢？这结尾两句，从表面看很简单，只不过和开头两句一呼一应，点明登览的地点是在北楼上；这北楼是谢朓所建造的，从登临到怀古，似乎是照例的公式，因而李白就不免顺便说了句怀念古人的话罢了。这里值得注意的是"谁念"两个字。"怀谢公"的"怀"是作者自指；"谁念"的"念"是指别人。两句的意思是，慨叹自己"临风怀谢公"的心情没有谁能够理解。这就不是一般的怀古了。

李白在政治上被权贵所排挤，弃官而去之后，政治上一直处于失意之中，过着飘荡四方的流浪生活。客中的抑郁和感伤，特别是当秋风摇落的季节，他那寂寞的心情，是可以想象的。宣城是他的旧游之地，现在他又来到这里。一到宣城，他就会怀念起谢朓，这不仅因为谢朓在宣城遗留下来像叠嶂楼这样的名胜古迹，更重要的是谢朓对宣城有着和自己相同的情感。当李白独自在谢朓楼上眺望的时候，面对着谢朓所吟赏过的山川，缅怀他平素仰慕的这位前代诗人的悲剧一生，虽然古今异代，然而他们的文化基因的精神却是遥遥相接的。这种渺茫的心情，反映了他政治上苦闷彷徨的孤独感；正因为他政治上受到压抑，找不到出路，所以只得寄情山水，尚友古人。他当时复杂的情怀，又有谁能够理解呢？

浪淘沙·帘外雨潺潺①

【五代】李煜

帘外雨潺潺，春意阑珊②。罗衾③不耐④五更寒。梦里不知身是客⑤，一晌⑥贪欢⑦。

独自莫凭栏，无限江山，别时容易见时难。流水落花春去也，天上人间。

注 释

①潺潺：形容雨声。
②阑珊：衰残。一作"将阑"。
③罗衾：绸被子。
④不耐：受不了。一作"不暖"。
⑤身是客：指被拘汴京，形同囚徒。
⑥一晌：一会儿，片刻。
⑦贪欢：指贪恋梦境中的欢乐。

译 文

门帘外传来潺潺雨声，浓郁的春意又要凋残。即使身盖罗织的锦被也受不住五更时的冷寒。只有迷梦中忘掉自身是羁旅之客，才能享受片时的欢愉。

不该独自一人登楼凭栏远望，引起对故国的无尽思念和感慨。离开容易再见故土就难了。过去像流失的江水凋落的红花跟春天一起回去，今昔对比，一是天上，一是人间。

赏析

这首词表达惨痛欲绝的国破家亡的情感，真可谓"语语沉痛，字字泪珠，以歌当哭，千古哀音"。词的格调悲壮，意境深远，突破了花间词派的风格。

上阕两句采用了倒叙的手法，梦里暂时忘却了俘虏的身份，贪恋着片刻的欢愉。但美梦易醒，帘外潺潺春雨、阵阵春寒惊醒了美梦，使词人重又回到了真实人生的凄凉景况中来。梦里梦外的巨大反差其实也是今昔两种生活的对比，是作为一国之君和阶下之囚的对比。写梦中之"欢"，谁知梦中越欢，梦醒越苦；不着悲、愁等字眼，但悲苦之情可以想见。帘外雨，五更寒，是梦后事；忘却身份，一晌贪欢，是梦中事。潺潺春雨和阵阵春寒，惊醒残梦，使主人公回到了真实人生的凄凉境况中来。梦中梦后，实际上是今昔之比。先写梦醒再写梦中。起首说五更梦回，薄薄的罗衾挡不住晨寒的侵袭。帘外，是潺潺不断的春雨，是寂寞零落的残春。这种境地使他倍增凄苦之感。"梦里"两句，回过来追忆梦中情事，睡梦里好像忘记自己身为俘虏，似乎还在故国华美的宫殿里，贪恋着片刻的欢娱，可是梦醒以后，"想得玉楼瑶殿影，空照秦淮"（《浪淘沙》），却加倍地感到痛苦。

下片首句"独自莫凭栏"的"莫"字，有入声与去声（暮）两种读法。作"莫凭栏"，是因凭栏而见故国江山，将引起无限伤感，作"暮凭栏"，是晚眺江山遥远，深感"别时容易见时难"。两说都可通。"流水落花春去也"，与上片"春意阑珊"相呼应，同时也暗喻来日无多，不久于人世。

过片三句自为呼应。为什么要说"独自莫凭栏"呢？这是因为"凭栏"而不见"无限江山"，又将引起"无限伤感"。"别时容易见时难"，是当时常用的语言。《颜氏家训·风操》有"别易会难"之句，曹丕《燕歌行》中也说"别日何易会日难"。然而作者所说的"别"，并不仅仅指亲友之间，而主要是与故国"无限江山"分别；至于"见时难"，即指亡国以后，不可能见到故土的悲哀之感，这也就是他不敢凭栏的原因。在另一首《虞美人》词中，他说："凭栏半日独无言，依旧竹声新月似当年。"眼前绿竹眉月，还一似当年，但故人、故土，不可复见，"凭栏"只能引起内心无限痛楚，这和"独自莫凭栏"意思相仿。

"流水"两句，叹息春归何处。张泌《浣溪沙》有"天上人间何处去，旧欢新梦觉来时"之句，"天上人间"，是说相隔遥远，不知其处。这是指春，也兼指人。词人长叹水流花落，春去人逝，这不仅是本词的结束，亦暗示词人的一生即将结束。"天上人间"句，颇感迷离恍惚，众说纷纭。其实语出白居易《长恨歌》："但教心似金钿坚，天上人间会相见。""天上人间"，本是一个专属名词，并非天上与人间并列。李煜用在这里，似指自己的最后归宿。

应当指出，李煜词的抒情特色，就是善于从生活实感出发，抒写自己人生经历中的真切感受，自然明净，含蓄深沉。这对抒情诗来说，原是不假外求的最为本色的东西。因此他的词无论伤春伤别，还是心怀故国，都写得哀感动人。同时，李煜又善于把自己的生活感受，同高度的艺术概括力结合起来。身为亡国之君的李煜，在词中很少作帝王家语，倒是以近乎普通人的身份，诉说自己的不幸和哀苦。这些词就具有了可与人们感情上相互沟通、唤起共鸣的因素。

点绛唇·感兴

【宋】王禹偁

雨恨云愁，江南依旧称佳丽。水村渔市。一缕孤烟①细。

天际征鸿，遥认行如缀②。平生事。此时凝睇③。谁会④凭栏意。

注释

①孤烟：炊烟。

②行如缀：排成行的大雁，一只接一只，如同缀在一起。
③凝睇：凝视。睇：斜视的样子。
④会：理解。

作者名片

王禹偁（954—1001），北宋白体诗人、散文家。字元之，汉族，济州巨野（今山东省巨野县）人，晚年被贬于黄州，世称王黄州。太平兴国八年进士，历任右拾遗、左司谏、知制诰、翰林学士。敢于直言讽谏，因此屡受贬谪。真宗即位，召还，复知制诰。后贬知黄州，又迁蕲州病死。王禹偁为北宋诗文革新运动的先驱，文学韩愈、柳宗元，诗崇杜甫、白居易，多反映社会现实，风格清新平易。

译文

雨绵绵，恨意难消，云层层，愁绪堆积，江南景色，依旧显得十分美丽。水边村落，湖畔渔市，一缕孤零零的炊烟袅袅升起，那么淡，那么细。

一行长途跋涉的鸿雁，在那水天相连的遥远的天际，远远望去，款款飞行，好似列队首尾连缀。回想平生事业。此时此刻，凝视征鸿，谁理会我凭栏远眺的含意！

赏析

此词是北宋最早的小令之一，也是作者唯一的传世之作。这首词是王禹偁任长州知州时的作品。

起首一句"雨恨云愁"，借景抒情，借情写景。云、雨并无喜怒哀乐，但词人觉得，那江南的雨，绵绵不尽，分明是恨意难消；那灰色的云块，层层堆积，分明是郁积着愁闷。即使是在这弥漫着恨和愁的云雨之中，江南的景色，依旧是美丽的。南齐诗人谢朓《入朝曲》写道："江南佳丽地，金陵帝王州。"王禹偁用"依旧"二字，表明自己是仅承旧说，透露出一种无可奈何的情绪。

上片煞拍写的是：蒙蒙的雨幕中，村落渔市点缀湖边水畔；一缕淡淡的炊烟，从村落上空袅袅升起；水天相连的远处，一行大雁，首尾相连，款款而飞。但如此佳丽的景色，却未能使词人欢快愉悦，因为"天际征鸿，遥认行如缀"。古人心目中，由飞鸿引起的感想有许多。如"举手指飞鸿，此情难具论"（李白《送裴十八图南归嵩山》）。这里，词人遥见冲天远去的大雁，触发的是"平生事"的联想，想到了男儿一生的事业。王禹偁中进士后，只当了长洲知县。这小小的芝麻官，无法实现他胸中的大志，于是他恨无知音，愁无双翼，不能像"征鸿"一样展翅高飞。最后，诗人将"平生事"凝聚在对"天际征鸿"的睇视之中，显得含蓄深沉，言而不尽。

这首词艺术风格上一改宋初小令雍容典雅、柔靡无力的格局，显示出别具一格的面目。词中交替运用比拟手法和衬托手法，层层深入，含吐不露，语言清新自然，不事雕饰，读来令人心旷神怡。从思想内容看，此词对于改变北宋初年词坛上流行的"秉笔多艳冶"的风气起了重要作用，为词境的开拓作了一定的贡献。

玉楼春[①]·城上风光莺语乱

【宋】钱惟演

城上风光莺语[②]乱，城下烟波春拍岸[③]。绿杨芳草几时休，泪眼愁肠先已断。

情怀渐变[④]成衰晚，鸾镜[⑤]朱颜[⑥]惊暗换。昔年多病厌芳尊，今日芳尊[⑦]惟恐浅。

注 释

①玉楼春：词牌名。
②莺语：黄莺婉转鸣叫好似在低语。
③拍岸：拍打堤岸。
④渐变：一作渐觉。
⑤鸾镜：镜子。古有"鸾睹镜中影则悲"的说法，以后常把照人的镜子称为"鸾镜"。
⑥朱颜：这里指年轻的时候。
⑦芳尊：盛满美酒的酒杯，也指美酒。

作者名片

　　钱惟演（977—1034），宋代文学家。字希圣，杭州临安（今属浙江）人。吴越王钱俶之子。随父归宋，为右屯卫将军，累迁翰林学士、枢密使、同中书门下平章事。宋仁宗时，因事落职。终崇信军节度使。与杨亿、刘筠等唱和，编成《西昆酬唱集》，风靡诗坛。所著今存《家王故事》《金坡遗事》等。

译 文

　　城上春光明媚，莺啼燕啭，城下碧波荡漾拍打堤岸。绿杨芳草几时才会衰败？我泪眼迷蒙，愁肠寸断。

　　人到晚年渐觉美好情怀在衰消，面对鸾镜，因红颜已暗换而惊讶。想当年曾因多病害怕举杯，而如今却唯恐酒杯不满。

赏 析

　　此为作者暮年遣怀之作。词中以极其凄婉的笔触，抒写了作者的垂暮之感和政治失意的感伤。作品中的"芳草""泪眼""鸾镜""朱颜"等意象无不充满绝望后的浓重感伤色彩，反映出宋初纤丽词风的艺术特色。

　　上片起首两句，从城上和城下两处着墨，声形兼备、富于动感地描绘春景，勾勒出一幅城头上莺语阵阵、风光无限，城脚下烟波浩淼、春水拍岸的图画，使读者隐然感觉到主人公的伤春愁绪，从而为下文的遣怀抒情作好了铺垫。

上片结末两句转而抒情，言绿杨芳草年年生发，而词人已是眼泪流尽，愁肠先断，愁惨之气溢于言表。从表现手法上讲，用绿杨芳草来渲染泪眼愁肠，也就达到了情景相生的效果，情致极为凄婉。此二句由景入情，词意陡转，波澜突起。

过片两句，从精神与形体两方面感叹年老之已至，抒写了词人无可奈何的伤感情怀。从中可以窥见，一贬汉东，默默无闻，大势已去，这对于曾经"官兼将相，阶勋、品皆第一"的作者来说，打击是多么巨大。结拍两句将借酒浇愁这一司空见惯的题材赋予新意，敏锐而恰切地扣住词人对"芳尊"态度的前后变化这一细节，形成强烈反差，由景入情，画龙点睛，传神地抒发出一个政治失意者的绝望心情。

这首词是作者临死前的一首伤春之作。上阕由景入情，下阕直抒愁怀。"情怀渐觉""衰晚"，一"渐"字，表达出时间的推移催老世人的历程，接着，作者又惊异地发现镜中"朱颜"已"暗换"，进一步表达"衰晚"之感。"今日"虽仍有病，可愁比病更强烈，因而不顾病情而痛饮狂喝，将全词愁绪推向高潮。

甘露寺①多景楼②

【宋】曾巩

欲收嘉③景此楼中，
徙倚④阑干四望通。
云乱水光浮紫翠，
天含山气入青红。
一川钟呗⑤淮南月，
万里帆樯⑥海餐风。

注　释

①甘露寺：在今江苏省镇江市北固山上，三国东吴所建古寺。
②多景楼：在甘露寺。
③嘉：嘉美。
④徙（xǐ）倚：徘徊流连。
⑤钟呗（bài）：寺院诵经声。
⑥帆樯：船帆和桅杆，泛指江船。

190

老去衣衿尘土在，

只将心目羡冥鸿⑦。

⑦冥鸿：飞入远空的鸟。

作者名片

曾巩（1019—1083），字子固，世称"南丰先生"。汉族，建昌南丰（今属江西）人，后居临川（今江西抚州市西）。曾致尧之孙，曾易占之子。嘉祐二年（1057）进士。北宋政治家、散文家，"唐宋八大家"之一，为"南丰七曾"（曾巩、曾肇、曾布、曾纡、曾纮、曾协、曾敦）之一。在学术思想和文学事业上贡献卓越。

译文

想观赏美景，便来到这多景楼中，在栏杆边徘徊，极目长空。

波光摇乱云影，浮着紫色翠色，满含山气的天空染得时青时红。

一川钟声佛唱融入淮南月色，极远处的船只借着海风前行。

年老了衣服上仍旧沾着风尘，心里真羡慕那暮色中的飞鸿。

赏析

首联总写多景楼的形胜，提挈全篇。多景楼屹立北固山上，凭高远眺，水色山光，风月胜景，无不尽收眼底。诗人这两句意谓欲于此楼周览胜景，只消徘徊倚阑，凭高四望，万千景象，便可豁然在目。这正抓住了多景楼居高临下，境界开阔的特点。

中间两联是写多景楼上所见景象：云气和水光氤氲之处，浮现出碧瓦红楼；晚霞同山峦于夕阳下青红相间。镶入远处的天空；月光下淮南原野传来了佛寺的钟声梵歌；江面上强劲的海风送来了远方的航船。这四句，一写水光，一写山色，一写淮南寺钟，一写江面帆船。

"云乱水光浮紫翠"，着一"浮"字，写明波光云影的迷离掩不住巍峨的宫观；"天含山气入青红"，用一"入"字，刻画出霞光山色的浓彩浸染了黄昏的远天。月光下传来"一川钟呗"，不难想象出淮南原野的平阔寂静；海风中驶出"万里帆樯"，使人意识到长江的迢遥汹涌。诗人抓住了富有特色的景物，构成了一幅色彩明丽、山川掩映的壮阔画面，给读者以美的享受。

壮丽宏阔的景象，开阔了诗人的心目，于是他于尾联以唱叹的语调，抒写了个人的感受和襟怀。意谓虽老境渐至，征尘满衣，内心中并未放松对未来目标的企望和追求。嵇康《赠秀才入军》诗有"目送归鸿，手挥五弦。俯仰自得，游心太玄"之语，表现一种心与道俱的高旷自得的情怀。诗人化用其意，说自己尽管身世蹭蹬，却仍在注目艳羡那高振健翮，远翔天宇的飞鸿。这就体现了诗人"蹑景追飞"的远大抱负。

全诗视野宏阔，韵格浏亮，形象鲜明，对仗工稳，确能表现出多景楼的胜景伟观。

过秦楼·水浴清蟾①

【宋】周邦彦

水浴清蟾，叶喧凉吹，巷陌马声初断。闲依露井，笑扑流萤，惹破画罗轻扇。人静夜久凭阑，愁不归眠，立残更箭②。叹年华一瞬，人今千里，梦沉书远。

空见说、鬓怯琼梳，容销金镜，渐懒趁时匀染。梅风③地溽，虹雨④苔滋，一架舞红⑤都变。谁信无聊为伊，才减江淹，情伤荀倩。但明河影下，还看稀星数点。

注 释

①清蟾：明月。
②更箭：计时的漏壶中指示时间的箭头。
③梅风：梅子成熟的季节的风。
④虹雨：初夏时节的雨。
⑤舞红：指落花。

作者名片

　　周邦彦（1056—1121），北宋末期著名的词人，字美成，号清真居士，钱塘（今浙江杭州）人。历官太学正、庐州教授、知溧水县等。徽宗时为徽猷阁待制，提举大晟府。精通音律，曾创作不少新词调。作品多写闺情、羁旅，也有咏物之作。格律谨严。语言典丽精雅。长调尤善铺叙。为后来格律派词人所宗。旧时词论称他为"词家之冠"。

译 文

　　圆圆的明月，倒映在清澈的池塘里，像是在尽情沐浴。树叶在风中簌簌作响，街巷中车马不再喧闹。我和她悠闲地倚着井栏，她嬉笑着扑打飞来飞去的流萤，弄坏了轻罗画扇。夜已深，人已静，我久久地凭栏凝思，往昔的欢聚，如今的孤零，更使我愁思绵绵，不想回房，也难以成眠，直站到更漏将残。可叹青春年华，转眼即逝，如今你我天各一方相距千里，不说音信稀少，连梦也难做！

　　听说她害怕玉梳将鬓发拢得稀散，面容消瘦而不照金镜，渐渐地无心赶时髦，梳妆打扮。眼前正是梅雨季节，阴雨连绵，风潮地湿，青苔滋生，满架迎风摇动的蔷薇已由盛开时的艳红夺目，变得零落凋残。有谁会相信百无聊赖的我，像才尽的江淹，无心写诗赋词，又像是伤情的荀倩，哀伤不已，这一切都是由于对你热切的思念！举目望长空，只见银河茫茫，还有几颗稀疏的星星。

赏析

　　此词通过现实、回忆、推测和憧憬等各种意象的组合，抚今追昔，瞻念未来，浮想联翩，伤离痛别，极其感慨。词中忽景忽情，忽今忽昔，景未隐而情已生，情未逝而景又迁，最后情推出而景深入，给读者以无尽的审美愉悦。

　　上片"人静夜久凭栏，愁不归眠，立残更箭"是全词的关键。这三句勾勒极妙，写现在的词句，经此勾勒，变成了忆旧。一个夏天的晚上，词人独倚阑干，凭高念远，离绪万端，难以归睡。由黄昏而至深夜，由深夜而至天将晓，耳听更鼓将歇，但他依旧倚栏望着，想着离别已久的情人。他慨叹着韶华易逝，人各一方，不要说音信稀少，就是梦也难做啊！他眼前浮现出去年夏天屋前场地上"轻罗小扇扑流萤"的情景。黄昏之中，墙外的车马来往喧闹之声开始平息下来。天上的月儿投入墙内小溪中，仿佛水底沐浴荡漾。而树叶被风吹动，发出了带着凉意的声响。这是一个多么美丽、幽静而富有诗情的夜晚。井栏边，她"笑扑流萤"，把手中的"画罗轻扇"都触破了。这个充满生活情趣的细节写活了当日的欢爱生活。

　　下片写两地相思。"空见说、鬓怯琼梳，容销金镜，渐懒趁时匀染"是词人所闻有关她对自己的思念之情。"渐"字、"趁时"二字写出了时间推移的过程。接着"梅风地溽，虹雨苔滋，一架舞红都变"三句则由人事转向景物，叙眼前所见，既写了季节的变迁，也兼写了他心理的消黯，景中寓情，刻画至深。青苔滋生是风雨造成的损失，也因为人迹罕至。"谁信无聊为伊，才减江淹，情伤荀倩"，这是词人对伊人的思念。先用"无聊"二字概括，而着重处为"为伊"二字，因思念她自己像江淹那样才华减退，像荀粲那样不言神伤。双方的相思之情如此深挚！"谁信"二字则反映词人灵魂深处曲折细微的地方，把两人相思之苦进一步深化了。这些地方表现了周词的沉郁顿挫，笔力劲健。歇拍"但明河影下，还看稀星数点"，以见明河侵晓星稀，表出词人凭栏至晓，通宵未睡作结。通观全篇，是写词人"夜久凭栏"的思想感情的活动过程。前片"人静"三句，至此再得到照应。银河星点，加强了念旧伤今的感情色彩；如此一来，上下片所有情事尽纳其中。

这首词，上片由秋夜景物、人的外部行为而及内，感情郁结，点出"年华一瞬，人今千里"的深沉意绪，下片承此意绪加以铺陈。全词虚实相生，今昔相迭，时空、意象的交错组接跌宕多姿，空灵飞动，愈勾勒愈浑厚，具有极强的艺术震撼力。

鄂州①南楼②书事

【宋】黄庭坚

四顾③山光接水光④，
凭栏十里⑤芰荷香。
清风明月无人管，
并⑥作南楼一味凉⑦。

注 释

①鄂（è）州：在今湖北省武汉、黄石一带。
②南楼：在武昌蛇山顶。
③四顾：向四周望去。
④山光、水光：山色、水色。
⑤十里：形容水面辽阔。
⑥并：合并在一起。
⑦一味凉：一片凉意。

作者名片

黄庭坚（1045—1105），字鲁直，号山谷道人、涪翁，洪州分宁（江西省九江市修水县）人，北宋著名文学家、书法家、江西诗派开山之祖。作品有《山谷词》，与杜甫、陈师道和陈与义素有"一祖三宗"（黄庭坚为其中一宗）之称。生前与苏轼齐名，世称"苏黄"。

译 文

站在南楼上靠着栏杆向四周远望，只见山色和水色连接在一起，辽阔的水面上菱角、荷花盛开，飘来阵阵香气。

清风明月没有人看管，自由自在，清风融入月光从南面吹来，使人感到一片凉意。

赏析

这首诗描写的是夏夜登楼眺望的情景。"明月"在诗中起了重要的作用：因为有朗朗的明月，才能在朦胧中看到难以区别的山水一色的景象，才知道闻见的花香是十里芰荷散发的芬芳。特别妙的是诗的后两句，本来只有清风送爽，可是因为皎洁的月光，它那么柔和、恬静，所以诗人觉得清风带着月光，月光就像清风，它们融合在一起送来了凉爽和舒适。

欣赏这首小诗，读者很容易忘记自身的处境，仿佛自己也登上南楼来乘凉了。这样的感觉是这样来的，先从外界景象来看：四处山水，十里芰荷，楼头清风，空中明月，远方近处，天上地下，以南楼为中心，构成一个高远、清空、富有立体感的艺术境界。再从自身感受来说：山光、水光、月光，是眼睛的视觉所感到的；芰花、荷花的香气，是鼻子的嗅觉所感到的；清风——夜凉，是皮肤的触觉以及耳朵的听觉所感到的；而"南楼一味凉"的"味"字，还隐含着口舌的味觉在起作用，好像在那里细细地美美地品尝一般。总之，读者的眼睛、鼻子、耳朵、口舌、皮肤种种器官的视觉、嗅觉、听觉、味觉、触觉，统统被调动起来，集中起来，共同参与对这南楼夜景的感觉、领略、体验。此景此情，令人生出如临其境的感受，成了自然而然的事。这便是作品的艺术魅力，诗人的艺术追求了。

雨中登岳阳楼①望君山

【宋】黄庭坚

投荒万死鬓毛②斑③，
生出瞿塘滟滪关④。
未到江南⑤先一笑，
岳阳楼上对君山。

注释

①岳阳楼：在湖南岳阳古城西门城墙之上，面临洞庭湖。
②鬓（bìn）毛：鬓发。
③斑：花白。
④滟（yàn）滪（yù）关：即滟滪堆，是矗立在瞿塘峡口的一块大石头，高耸于江心，形势险峻。
⑤江南：这里泛指长江下游南岸。

译 文

投身边荒经历万死，两鬓斑斑，如今活着走出瞿塘峡滟滪关。

还未到江南先笑了，站在岳阳楼上，面对着君山。

赏 析

这首诗写遇赦归来的欣悦之情。

首句写历尽坎坷，九死一生，次句谓不曾想还活着出了瞿塘峡和滟滪关，表示劫后重生的喜悦。

三、四句进一步写放逐归来的欣幸心情：还没有到江南的家乡就已欣然一笑，在这岳阳楼上欣赏壮阔景观，等回到了家乡，还不知该是如何的欣慰。

此诗意兴洒脱，诗人乐观豪爽之情可以想见，映照出诗人不畏磨难、豁达洒脱的情怀。全诗用语精当，感情表述真切。

卖花声①·题岳阳楼

【宋】张舜民

木叶下君山。空水漫漫。十分斟酒敛芳颜②。不是渭城西去客，休唱阳关③。

醉袖抚危④栏。天淡云闲。何人此路得生还。回首夕阳红尽处，应是长安⑤。

注 释

①卖花声：唐教坊曲名，后用为词牌名。
②敛芳颜：收敛容颜，形容肃敬的样子。

③阳关：古关名，在今甘肃敦煌县西南。
④危：高。
⑤长安：这里指汴京。

作者名片

张舜民（生卒年不详），北宋文学家、画家。字芸叟，自号浮休居士，又号矴斋。邠州（今陕西彬县）人。诗人陈师道之姊夫。英宗治平二年（1065）进士，为襄乐令。元祐初做过监察御史。为人刚直敢言。徽宗时升任右谏议大夫，任职七天，言事达60章，不久以龙图阁待制知定州。后又改知同州。曾因元祐党争事，牵连治罪，被贬为楚州团练副使，商州安置。后又出任过集贤殿修撰。

译 文

秋风里万木凋零，君山上落叶纷飞；洞庭湖水与长天相连，浩浩荡荡。歌女斟满一杯酒，敛起笑容，要唱一首送别歌。我不像当年的王维那样，在渭城送别西去的客人，请不要唱这曲令人悲伤的《阳关》。

酒醉后，手扶楼上的栏杆举目远望，天空清远，白云悠然。被贬的南行囚客有几人能从这条路上生还呢？回首远望，夕阳映红了天边，那里应该是我离开的京都长安。

赏 析

此词道出了谪贬失意的心情，是题咏岳阳楼的词中颇具代表性的一篇。全词沉郁悲壮，扣人心弦。

上片起首二句，勾画出一幅洞庭叶落、水空迷蒙的秋月景象，烘托了作者其时的悲凉心境。首句化用了屈原《九歌·湘夫人》"袅袅兮秋风，洞庭波兮木叶下"句意。第三句词笔转向楼内。此时词人正在楼内饮宴，因为他的身份是谪降官，又将离此南行，所以席上的气氛显得沉闷。"十分斟酒敛芳颜"，说明歌妓给他斟上了满满的一杯酒，表示了深深的情意，但她脸上没有笑容。"十分"二字，形容酒斟得很满，也说明满杯敬意。"敛芳颜"，即敛眉、敛容。写女子之动情，可谓极宛极真，深得其妙。

四、五两句，凄怆之情，溢于言外；百端愁绪，纷至杳来。《阳关曲》本是唐代王维所作的《送元二使安西》诗，谱入乐府时名《渭城曲》，又名《阳关曲》，送别时歌唱。所写情景，与此刻岳阳楼上的伐别有某些相似之处。联系作者的身世来看，他因写了一些所谓反战的"谤诗"，被从与西夏作战的前线撤了下来。此时他不但不能西出阳关，反而南迁郴州。这两句熔自我解嘲与讥讽当局于一炉，正话反说，语直意婉，抒发的就是胸中久抑的悲慨。

过片承"酒"而来，将视界再度收回楼前，写词人带着醉意凭栏独立。仰望天空，只见天淡云闲；回首长安，又觉情牵意萦。浓烈的抒情中插入这笔写景，使感情更为顿宕，深得回旋迂回之妙。"醉袖"二字，用得极工。不言醉脸、醉眼、醉手，而言醉袖，以衣饰代人，是一个非常形象的修辞方法。看到衣着的局部，比看到人物的面部表情，更易引起人们的想象，更易产生美感。从结构来讲，"醉袖"也与前面的"十分斟酒"紧相呼应，针线亦甚绵密。"天淡云闲"四字以淡语、闲语间之，使全词做到了有张有弛，疾徐有致。由于感情上如此一松，下面一句突然扬起，便能激动人心。"何人此路得生还"，完全是口语，但却比人工锻炼的语言更富有表现力。它概括了古往今来多少迁客的命运，也倾吐了词人压在胸底的心声，具有悠久的历史感和深刻的现实性，负载着无尽的悲哀与痛楚。

结尾两句笔锋一转，又揭示内心深处的矛盾。这里的结句用的是宋人独创的脱胎换骨法。费衮说此诗用白乐天《题岳阳楼》诗"换骨"。所谓换骨，就是"以妙意取其骨而换之"（释惠洪《天厨禁脔》）。掌故的巧妙化用中，词人对故乡的眷恋，对遭贬的怨愤，对君王的期待，和盘托出，意蕴深厚。

这首词在内容层次上有很大的跳跃，但结构安排自然得体，了无痕迹。全词起伏跌宕，以简洁的语言表达了内心复杂的感情，深沉真切，动人心魄。这是一首格调很高、有较强感染力的好词。

天门谣①·登采石蛾眉亭

【宋】贺铸

牛渚天门②险，限③南北、七雄④豪占。清雾敛，与⑤闲人登览。

待月上潮平波滟滟⑥，塞管⑦轻吹新阿滥⑧。风满槛⑨，历历⑩数、西州⑪更点⑫。

注释

①天门谣：词牌名。

②牛渚（zhǔ）：牛渚矶。天门：牛渚西南方有两山夹江对峙，状若蛾眉，谓之天门。

③限：隔断。

④七雄：六朝及南唐。

⑤与：提供，给。

⑥滟滟（yàn）：水闪闪发光的样子。

⑦塞管：指羌笛、胡笳之类。

⑧阿滥：曲调的一种，即《阿滥堆》。

⑨槛（jiàn）：槛栏，指亭子的栏杆。

⑩历历：分明可数。

⑪西州：此处代指金陵，即今南京。

⑫更点：报更的鼓点。

作者名片

贺铸（1052—1125），字方回，自号庆湖遗老，卫州共城（今河南辉县）人。宋太祖孝惠皇后族孙。曾任泗州通判等职。晚居吴下。博学强记，长于度曲，掇拾前人诗句，少加隐括，皆为新奇。又好以旧谱填新词而改易调名，谓之"寓声"。词多刻画闺情离思，也有嗟叹功名不就而纵酒狂放之作。风格多样，盛丽、妖冶、幽洁、悲壮，皆深于情，工于语。

译 文

牛渚矶、天门山是那样险峻，历来偏安江南的七雄就是凭借这长江南北的天险地势而雄踞一方。薄雾渐渐散开，像有意让人登山游览。

明月渐渐升起，波光闪闪。塞管吹奏着《阿滥》曲调。夜更深了，阵阵江风吹来，我仿佛又清晰地听到了从西州远远传来的打更声。

赏 析

这是词人登采石蛾眉亭时所写的一首怀古之作。上片起首二句首先交代采石镇地理位置的险要及在历史上的重要作用，尽显劲健张扬的气势。下片紧承上片"登览"，却写的是词人想象中的与六朝时相像的游赏，由此而联想到六朝更替、生发出兴亡之慨。

上片以雄劲笔力描绘天门山的险峻和历史上群豪纷争的状况。如此要地如今却只供"闲人登览"，其中可见词人兴亡之慨。"牛渚天门险，限南北、七雄豪占"写的是天门山险要的地理形势和巨大的历史作用。滔滔的长江水，贯通南北。各代的小朝廷往往建都金陵，倚仗长江的天险，从而遏止北方的强敌南下进攻。当涂正处在金陵的上游，位置极为重要；而牛渚、天门正是金陵的西方门户。

"清雾敛，与闲人登览"转而写今天的天门山云雾收敛、天地澄清的景色，已经没有了硝烟和战火，变成了登临观赏的胜地。往昔反差极大的对比，不禁让人陷入对历史的思考。其中"与"字用得精妙，同"予"，是"放"的意思，这拟人化的比喻，使原本没有生命的"雾"在词人的笔下活了起来。词的意境也从侧面反映出了北宋当时的一片盛世景象。

　　下片想象月夜天门山的景色，水波、羌笛以及更点，表现了夜色的清幽宁静，见出词人心胸之旷达。"月上潮平波滟滟"写的是月上潮平水波明亮荡漾的情景，词人不写江声山色，反而写月上潮平、笛吹风起，可见其匠心独具，也反映了词人旷达的心胸。波光粼粼，江风阵阵，此时突然传来"塞管轻吹新阿滥"。这两句收到了两重效果：首先，以虚写实，避实就虚，境界朦胧，非比寻常；其次，如此美丽的景象，自然让人流连忘返。

　　"风满槛，历历数、西州更点"写风来满槛栏，可以清清楚楚地听到西州传来打更的声音。《阿滥堆》的曲声与西州传来的打更声为空寂的天门山增加了袅袅余音，长江水声伴着歌声与更声形成了恬静优美的乐曲，营造了一种美丽神秘的意境。末尾三句也给人一种世事变迁而时空无限之感，意境旷达深远。其中最末两句吊古而留不尽余味，百年后岳飞之孙岳珂在镇江北固亭题《祝英台近·北固亭》，词结尾原封不动地挪用了此句。

　　全词篇幅虽短，而笔势遒劲，意境旷达深远，剑拔弩张与消闲情趣并存。艺术特点上，全词写景可谓虚实相生，手法迂回婉妙。

水调歌头·和马叔度①游月波楼

【宋】辛弃疾

　　客子久不到，好景为君留②。西楼着意吟赏，何必问更筹③？唤起一天明月，照我满怀冰雪，浩荡百川流。鲸饮未吞海，剑气已横秋。

　　野光浮，天宇④迥，物华⑤幽。中州⑥遗恨，不知今夜几人愁？谁念英雄老矣？不道⑦功名蕞尔⑧，决策⑨尚悠悠。此事费分说，来日且扶头⑩！

注释

①和：以诗歌酬答；依照别人诗词的题材作诗。马叔度：稼轩友人，生平不详。
②客子、君：皆指友人马叔度。
③更筹：古时夜间计时工具，即更签。此指时间。
④天宇：天空。
⑤物华：泛指美好景物。
⑥中州：指当时沦陷的中原地区。
⑦不道：不料。
⑧蕞（zuì）尔：微小。
⑨决策：指北伐大计。
⑩扶头：形容醉后的状态，谓头须要人扶。

译文

你这远方的客人已经很久没到这里漫游，可是美丽的风景似乎专门为你保留。我们特意登上西楼吟诗赏月，何必去问已是什么时候！我们呼唤出满天的皎洁的月光，照见我们的心地像冰雪一样明亮。我们的胸襟宽广浩荡，好似百川融汇奔流。我们还没能像巨鲸吞海那般豪饮，腰间的宝剑已光闪闪地照耀着清秋。

原野上银白色的月光到处飘浮，天空高远，风景更显得清幽。丢失中原的遗恨浮上心头，不知今夜有多少人在发愁！那些手握权柄的大人物们，有谁想起有志的英雄已成老朽？不料抗战的功勋还很小，朝廷的决策遥遥无期，叫人没盼头。这件事没法说清楚，让我们明天再喝个大醉方休。

赏析

上片，重在写景，在写景中言情抒怀，情和景很好地做到了统一。起首四句"客子久不到，好景为君留。西楼着意吟赏，何必问更筹"为情造文，但此处的景还属于有我之景，所以作者在感性的陶醉中，还保持着清醒，保持着理性，还没有彻底地把自己忘怀，如此，便自然引出下一句"唤起一天明月，照我满怀冰雪，浩荡百川流"。这皎皎的明月，不正像我这般光明磊落么。那一天的皓月，可能照见我辈冰雪般纯洁的肝胆，和百川奔涌似的浩荡胸怀。至此，自然一转，引出上片的最后一句"鲸饮未吞海，剑气已横秋"。喝酒还未尽兴，宝剑的光芒已冲向秋夜的长空。这句突出地表现了作者渴望建功立业的雄心壮志。"鲸饮吞海"，如巨鲸吞海似的狂饮，极具夸张力度，有豪迈精神和阳刚之气。

下片，词人由眼前景想到了心头事，重在抒怀言志。过片"野光浮，天宇迥，物华幽"，大地上的月光在浮动，天空更加旷远，美丽的景物显得更加清幽。上承前面的写景，下启后面叙事抒情。在这清幽的月夜中，人不可能真的陶醉，即使有酒。陶醉只是暂时的，李白诗云"举杯消愁愁更愁"，所以，如画的美景更能勾起伤心的往事，短暂的陶醉只能引起清醒后更深的愁绪。果然，诗人想起了恨事，引发了愁绪："中州遗恨，不知今夜几人愁？"这一句，是全词的主旨，一想到大好河山还在金人的手中，广大的中原百姓还在水深火热中煎熬，不由得我愁思满怀了。至此，全词的基调也有了变化，由前面的雄壮豪迈而变为后半部分的哀凉悲伤了。作者愁思深重恰是作者忧心国事、雄心壮志不得实现的表现，可是我的心事有谁知，我的苦处有谁怜，自然引出下文"谁念英雄老矣，不道功名蕞尔，决策尚悠悠！"现在，朝廷中有谁还能想起抗战的英雄渐渐老了，还没有实现自己的雄心壮志，而收复中原的决策，仍然遥遥无期！那么，我也只能借酒浇愁了。"此事费分说，来日且扶头。"此事一时难以说清，唯有继续饮酒消愁吧。这一句和前面的"不知今夜几人愁"形成呼应。扶头酒是最厉害的酒，是最伤人的酒，也是最误事的酒。但是酒，却能麻醉自己，让自己暂时忘却现实的残酷和烦恼。作者明知故说，突出地表达了自己的痛苦之重，愁思之深。

词人欲抑先扬，行文一波三折，写景形象生动，议论中肯，抒情真实感人。以一种低诉哀迥的语气结尾，别有一种感人的韵味。

秋晚登城北门

【宋】陆游

幅巾藜^①杖北城头，
卷地^②西风满眼愁。
一点烽传散关^③信，
两行雁带杜陵秋^④。
山河兴废^⑤供^⑥搔首，
身世^⑦安危入倚楼。
横槊赋诗^⑧非复昔，
梦魂犹绕古梁州^⑨。

注 释

①藜：草本植物，用它的茎做成的手杖叫"藜杖"。
②卷地：贴着地面迅猛向前推进。
③散关：即大散关。
④秋：在这里既指季节，也有岁月更替的意思。
⑤山河兴废：指北方沦陷区至今还没有收复。兴废：这里偏用"废"字。
⑥供：令人，使人。
⑦身世：指诗人所处的时代及自身的遭遇。
⑧横槊赋诗：意指行军途中，在马上横戈吟诗。
⑨梁州：古九州之一，这里指关中地区。

作者名片

陆游（1125—1210），字务观，号放翁。汉族，越州山阴（今浙江绍兴）人，南宋著名诗人。少时受家庭爱国思想熏陶。高宗时应礼部试，为秦桧所黜。孝宗时赐进士出身。中年入蜀，投身军旅生活，官至宝章阁待制。晚年退居家乡。其诗今存九千多首，内容极为丰富。著有《剑南诗稿》《渭南文集》《南唐书》《老学庵笔记》等。

译 文

深秋的傍晚，裹上头巾，拄着藜杖，独自登上城北门楼，只见西风卷地，百草凋零，满眼秋色勾起我满腹的烦愁。

一点烽火，报传着大散关口的敌情战况；两行雁阵，带来了长安杜陵的浓厚秋意。

眼望破碎的山河，常令人心中不安，频频搔首；靠着城楼想起身世、安危，百感交集，涌上心头。

如今，已不再是当年横戈马上、军中赋诗的光景，可魂绕梦萦的，仍是那古时的梁州！

赏析

这首诗主要写的是诗人登城所见所想，叙事与抒情的结合是这首诗最大的特色。头两句叙出游地点、时间及感受，点明题旨。第二联抒写自己远望烽火、仰观雁阵所兴起的失地之愁。第三联由失地而想到国家的命运与自身的遭际。最后一联写自己对"横槊赋诗"这一往事的追忆和壮志难酬的悲哀痛苦。全诗以诗人之"愁"贯穿全篇，感情激愤，意想沉痛，爱国热情跃然纸上。

首句"幅巾藜杖北城头"，这句诗描绘了诗人的装束和出游的地点，反映了他当时闲散的生活，无拘无束和日渐衰颓的情况。"卷地西风满眼愁"是写诗人当时的感受。当诗人登上北城门楼时，首先感到的是卷地的西风。"西风"是秋天的象征，"卷地"生动表现出风势猛烈。"满眼愁"，正是写与外物相接而起的悲愁。但诗人在登楼前内心已自不欢，只有心怀悲愁的人，外界景物才会引起愁绪。所以与其说是"满眼愁"，毋宁说是"满怀愁"。

"一点烽传散关信，两行雁带杜陵秋。"这两句是写对边境情况的忧虑和对关中国土的怀念。大散关是南宋西北边境上的重要关塞，诗人过去曾在那里驻守过，今天登楼远望从那里传来的烽烟，说明边境上发生紧急情况。作为一个积极主张抗金的诗人，必会感到深切的关注和无穷的忧虑。这恐怕是诗人所愁之一。深秋来临，北地天寒，鸿雁南飞，带来了"杜陵秋"的信息。古代有鸿燕传书的典故。陆游身在西南地区的成都，常盼望从北方传来好消息。但这次看到鸿雁传来的却是"杜陵秋"。"杜陵秋"三字，寄寓着诗人对关中失地的关怀，对故都的怀念之情。远望烽火，仰视雁阵，想到岁月空逝，兴复无期，不觉愁绪万千，涌上心头。

"山河兴废供搔首，身世安危入倚楼。"这联诗句，抒发了诗人的忧国深情。作者在此发问：国家可兴亦可废，而谁是兴国的英雄？时代可安亦可危，谁又是转危为安、扭转乾坤的豪杰？山河兴废难料，身世安危未卜，瞻望前途，令作者搔首不安，愁肠百结。再看，自己投闲置散，报国无门，只能倚楼而叹了。

"横槊赋诗非复昔，梦魂犹绕古梁州。"这一联既承前意，又总结全诗。"横槊赋诗"，语出元稹《唐故工部员外郎杜君墓志铭》"曹氏父子鞍马间为文，往往横槊赋诗。""横槊赋诗"在这里借指乾道八年（1172）陆游于南郑任四川宣抚使幕府职时在军中作诗事，他经常怀念的，正是"铁马秋风大散关"的戎马生涯，而现在这些已成往事。"非复昔"三字包含着很多感慨。这首诗边记事边抒情，层次清楚，感情激愤，爱国热情跃然纸上。此外，如语言的形象，对仗的工整，也是此篇的艺术特点。

六月二十七日^①望湖楼醉书^②

【宋】苏轼

黑云翻墨未遮山^③，
白雨^④跳珠乱入船。
卷地风来忽^⑤吹散，
望湖楼下水如天^⑥。

注释

①六月二十七日：指宋神宗熙宁五年（1072）六月二十七日。
②醉书：饮酒醉时写下的作品。
③翻墨：打翻的黑墨水，形容云层很黑。遮：遮盖、遮挡。
④白雨：指夏日阵雨的特殊景观，因雨点大而猛，在湖光山色的衬托下，显得白而透明。
⑤忽：突然。
⑥水如天：形容湖面像天空一般开阔而且平静。

译 文

翻滚的乌云像泼洒的墨汁，还没有完全遮住山峦，白花花的雨点似珍珠乱蹦乱跳窜上船。

忽然间卷地而来的狂风吹散了满天的乌云，而那风雨后望湖楼下的西湖波光粼粼水天一片。

赏 析

公元1072年（宋神宗熙宁五年），作者在杭州任通判。这年六月二十七日，他游览西湖，在船上看到奇妙的湖光山色，再到望湖楼上喝酒，写下这五首七言绝句。本诗是其第一首。

此诗描绘了望湖楼的美丽雨景。才思敏捷的诗人用诗句捕捉到西子湖这一番别具风味的"即兴表演"，绘成一幅"西湖骤雨图"。乌云骤聚，大雨突降，顷刻又雨过天晴，水天一色。又是山，又是水，又是船，这就突出了泛舟西湖的特点。其次，作者用"黑云翻墨"与"白雨跳珠"形成强烈的色彩对比，给人以很强的质感。再次，用"翻墨"写云的来势，用"跳珠"描绘雨点飞溅的情态，以动词前移的句式使比喻运用得灵活生动却不露痕迹。而"卷地风来忽吹散，望湖楼下水如天"两句又把天气由骤雨到晴朗前转变之快描绘得令人心清气爽，眼前陡然一亮，境界大开。

诗人将一场变幻的风雨写得十分生动。他那时是坐在船上。船正好划到望湖楼下，忽见远处天上涌起来一片黑云，就像泼翻了一盆墨汁，半边天空霎时昏暗。这片黑云不偏不倚，直向湖上奔来，一眨眼间，便泼下一场倾盆大雨。只见湖面上溅起无数水花，那雨点足有黄豆大小，纷纷打到船上来，就像天老爷把千万颗珍珠一齐撒下，船篷船板，全是一片乒乒乓乓的声响。船上有人吓慌了，嚷着要靠岸。可是诗人朝远处一看，却知道这不过是一场过眼云雨，转眼就收场了。远处的群山依然映着阳光，全无半点雨意。事实上也确实是如此。这片黑云，顺着风势吹来，也顺着风势移去。还不到半盏茶工夫，雨过天晴，依旧是一片平静。水映着天，天照着水，碧波如镜，又是一派温柔明媚的风光。

诗人先在船中，后在楼头，迅速捕捉住湖上急剧变化的自然景物：云翻、雨泻、风卷、天晴，写得有远有近，有动有静，有声有色，有景有情。抓住几个要点，把一场忽然而来又忽然而去的骤雨，写得非常鲜明，富于情趣，颇见功夫。诗用"翻墨"写出云的来势，用"跳珠"描绘雨的特点，说明是骤雨而不是久雨。"未遮山"是骤雨才有的景象。"卷地风"说明雨过得快的原因，都是如实描写，却分插在第一、第三句中，彼此呼应，烘托得好。

最后用"水如天"写一场骤雨的结束，又有悠然不尽的情致。句中又用"白雨"和"黑云"映衬，用"水如天"和"卷地风"对照，用"乱入船"与"未遮山"比较，都显出作者构思时的用心。这二十八个字，随笔挥洒，信手拈来，显示出作者功力的深厚，只是在表面上不着痕迹罢了。

夏日登车盖亭①

【宋】蔡确

纸屏石枕竹方床，
手倦抛书午梦长。
睡起莞然②成独笑，
数声渔笛在沧浪③。

注 释

①车盖亭：在湖北安陆西北。
②莞（wǎn）然：微笑貌。
③沧浪：即汉水，为长江最大支流。

作者名片

蔡确（1037—1093），字持正，泉州郡城人，北宋大臣，哲宗朝宰相，王安石变法的主要支持者之一。举仁宗嘉祐四年（1059）进士，调任邠州司理参军。韩绛宣抚陕西时，见其有文才，荐于其弟开封知府韩维属下为管干右厢公事。

译 文

以纸作屏风，以石作枕头，卧在竹床上多么清凉。久举书卷手已疲累，抛到一旁渐入悠长梦乡。

醒来后不觉独自微笑，把世事细细思量，忽然听到几声清亮的渔笛回旋在沧浪上空。

赏 析

这首诗，着意刻画了作者贬官后的闲散之态和对隐居生活的向往。"纸屏石枕竹方床，手倦抛书午梦长"，这两句说：游亭之后，便躺在纸屏遮挡的石枕、竹方床上，看了一会儿陶渊明的诗（"卧展柴桑处士诗"），感到有些倦怠，便随手抛书，美美地睡了一觉。诗人是"夏日登车盖亭"的，因而，"纸屏、石枕、竹方床"，写得气清意爽；"手倦抛书、午梦长"，表现了诗人闲散之态；并且从"午梦长"中，还透出一点半隐半露的消息，这要联系下文来理解。

"睡觉莞然成独笑"，梦醒之后，诗人"莞然独笑"，是在"午梦长"中有所妙悟，从而领略到人生如梦，富贵如云烟。诗人所读的书，是"柴桑处士诗"；诗人所作的梦，也是耕樵处士之梦；梦中是处士，醒来是谪官，他想想昔为布衣平民"持正年二十许岁时，家苦贫，衣服稍敝。"（《懒真子》），鸿运一来，金榜题名，仕途廿载，官至丞相，后来天翻地覆，谪居此地，如同大梦一场。由此，他想到了归隐；想到归隐，马上便有隐者的呼唤——"数声渔笛在沧浪"。而听到了

"数声渔笛"，他的归隐之情就表现得更加强烈了。

唐代诗人王维写过一首《酬张少府》："晚年唯好静，万事不关心。自顾无长策，空知返旧林。松风吹解带，山月照弹琴。君问穷通理，渔歌入浦深。"这首诗一方面明示作者"万事不关心"，一方面又描摹了他聆听"渔歌入浦深"的情状，所以归隐的题旨比较明显。而蔡确这首诗，却仅以"莞然独笑""数声渔笛"揭示主旨，这就比王维之诗更委婉，更具韵外之致和味外之旨。《楚辞·渔父》："渔父莞尔而笑，鼓枻而去，乃歌曰：'沧浪之水清兮，可以濯吾缨；沧浪之水浊兮，可以濯吾足'，遂去，不复与言。"王逸《楚辞章句》注："水清，喻世昭明，沐浴，升朝廷也；水浊，喻世昏暗，宜隐遁也。"描写闲散生活，委婉抒发归隐之志，便是这首诗的主旨。

微雨登城二首·其一

【宋】刘敞

雨映寒空半有无①，
重楼②闲上倚③城隅④。
浅深山色高低树，
一片江南水墨图⑤。

注释

①半有无：是说空中细雨丝丝，若有若无。
②重楼：层楼。
③倚：依凭，依靠。
④城隅：城角。
⑤水墨图：水墨画，指不施色彩，纯用水墨绘制的画图。

作者名片

刘敞（1019—1068），北宋学者、史学家、经学家、散文家。字原父，一作原甫，临江新喻荻斜（今属江西樟树）人。庆历六年与弟刘攽同科进士，以大理评事通判蔡州，后官至集贤院学士。与梅尧臣、欧阳修交往较多。为人耿直，立朝敢言，为政有绩，出使有功。刘敞学识渊博，欧阳修说他"自六经百氏古今传记，下至天文、地理、卜医、数术、浮屠、老庄之说，无所不通，其为文章尤敏赡"。与弟刘攽合称为北宋二刘，著有《公是集》。

译文

秋天微微的雨丝与寒冷的天空相映显得若有若无，我悠闲地登上重楼倚栏欣赏秋色。

只见山色苍翠，有浅有深，树木高高低低，这真是一幅美丽的江南水墨画呀！

赏析

首句写秋日"微雨"，一个"映"字，十分贴切地抓住了自然景物的特征。如果是春日微雨，它弥漫一片，有如云雾，那是不可能与天空相"映"的；而初夏烟雨，无边无际，将远处的一切都裹了起来，就更谈不上与天空相"映"了。只有在秋天，这"无点亦无声"的仿佛透明的雨丝，才具备这个特点。因此，从"雨映寒空"入手，再用"半有无"加以细致描写，就细致真切地传达了秋日微雨之神。至于在"空"前着一"寒"字，则是为了表现秋雨生寒的清冷之感，其中并不包含诗人的主观情绪。

次句写"登城"。"重楼闲上"即"闲上重楼"。这个"闲"字既表明诗人并非第一次登临此处——那样会心情迫切，不会着一"闲"字；又暗示他亦非劳人迁客——那样会失意无聊，不可能"闲上"。而主要的，还是点出诗人时有余暇，心自安闲，尽可慢慢欣赏这秋雨中的秋山景色。

诗人纵目野望，用一句诗进行了概括："浅深山色高低树。"天高气清，列岫千重，或近或远，或苍或黛，各有"浅深"；而山上树木则颇为混茫，无可分辨，但见层层树丛，"高低"不等而已。"浅深""高低"，写出了秋山的淡远之境。

霜天晓角①·题采石②蛾眉亭

【宋】韩元吉

倚天③绝壁，直下江千尺。天际两蛾凝黛④，愁与恨⑤，几时极⑥！

暮潮风正急，酒阑闻塞笛⑦。试问谪仙⑧何处？青山⑨外，远烟碧。

注 释

①霜天晓角：词牌名。
②采石：采石矶，在安徽当涂县西北牛渚山下突出于江中处。
③倚天：一作"倚空"。
④两蛾凝黛：把长江两岸东西对峙的梁山比作美人的黛眉。
⑤愁与恨：古代文人往往把美人的蛾眉描绘成为含愁凝恨的样子。
⑥极：穷尽，消失。
⑦塞笛：边笛，边防军队里吹奏的笛声。
⑧谪仙：李白，唐人称为谪仙。
⑨青山：在当涂东南，山北麓有李白墓。

作者名片

　　韩元吉（1118—1187），南宋词人。字无咎，号南涧。汉族，开封雍邱（今河南开封市）人，一作许昌（今属河南）人。韩元吉词多抒发山林情趣，如《柳梢青·云淡秋云》《贺新郎·病起情怀恶》等。著有《涧泉集》《涧泉日记》《南涧甲乙稿》《南涧诗余》。存词80余首。

译 文

　　登上蛾眉亭凭栏远望，只见牛渚山峭壁如削、倚天而立，上有千尺飞瀑悬空奔流，泻入滔滔江水中。那眉梢眉尖凝聚不解的愁与恨，到什么时候才能消散？

　　波涛汹涌的江水正卷起连天怒潮、浪高风急。酒意初退，耳畔便仿佛响起如怨如诉、不绝如缕的塞外悲笛。试问到哪里去才能追寻到谪仙李白的踪迹？那万重青山外，千里烟波的尽头、郁郁葱葱的地方。

赏析

词为登蛾眉亭远望，因景生情而作。风格豪放，气魄恢弘。

词的上片，采用以动写静的手法。作者随步换形，边走边看。起句"倚天绝壁，直下江千尺"，气势不凡。先是见采石矶矗立在前方，作者抬头仰视，只觉峭壁插云，好似倚天挺立一般。实际上，采石矶最高处海拔才一百三十一米，只因横空而来和截江而立，方显得格外倚峻。待作者登上峰顶的蛾眉亭后，低头俯瞰，又是另一幅图景。只觉悬崖千尺，直逼江渚。这开头两句，一仰一俯，一下一上，雄伟壮丽，极富立体感。

"天际两蛾凝黛，愁与恨，几时极！"作者骋目四望，由近及远，又见东、西梁山（亦名天门山）似两弯蛾眉，横亘西南天际。《安徽通志》载："蛾眉亭在当涂县北二十里，据牛渚绝壁。前直二梁山，夹江对峙，如蛾眉然。"由此引出作者联想：黛眉不展，宛似凝愁含恨。其实，这都是作者情感的含蓄外露，把人的主观感受加于客观物体之上。

韩元吉一贯主张北伐抗金，恢复中原故土，但反对轻举冒进。他愁的是金兵进逼，南宋当局抵抗不力，东南即将不保；恨的是北宋覆亡，中原故土至今未能收复。"几时极"三字，把这愁恨之情扩大加深，用时间的无穷不尽，状心事的浩茫广漠。

如果上片是由景生情，那么下片则又融情入景。

"暮潮风正急，酒阑闻塞笛。"暮，点明时间，兼渲染心情的暗淡。又正值风起潮涌，风鼓潮势，潮助风波，急骤非常。作者虽未明言这些景象所喻为何，但人们从中完全可以感受到作者强烈的爱憎情感。酒阑，表示人已清醒；塞笛，即羌笛，军中乐器。当此边声四起之时，作者在沉思。

"试问谪仙何处？青山外，远烟碧。"很自然地，作者想起了李白。李白曾为采石矶写下著名诗篇，在人民口头还流传着许多浪漫神奇的故事，如捉月、骑鲸等；更为重要的是李白一生怀着"济苍生"和

"安社稷"的政治抱负，希望能像东晋谢安那样"为君谈笑静胡沙"（《永王东巡歌·其二》）。但他壮志难酬，最后病死在当涂，葬于青山之上，至此已数百年；而今但见青山之外，远空烟岚缥碧而已。韩元吉虽然身任官职，但在当时投降派得势掌权的情况下，也无法实现自己的理想。读者从虚无缥缈的远烟中，已能充分领悟到他此刻的心情了。

下俯长江，悬崖千丈，而不远的东西梁山又像两弯蛾眉、夹江对峙。其山川之奇丽由此可以想见。不仅如此，这里还凝聚着丰厚的人文积淀。号为"谪仙人"的李白在此留下"捉月""骑鲸"的神奇传说，并且还把他的仙骨留给了江畔的青山绿水。而更令人怀念的是，就在词人写作此词之前不久，南宋将士曾在此奏响过"采石大捷"的凯歌。不过当作者登临怀古之际，形势却又发生了变化，南宋统治集团重又推行起苟安媾和的政策。怀着国事日非的忧惧，词人此刻之所见所闻，当然就是一派"两蛾凝愁"和"潮怒风急"的景色了。

谒金门①·春半

【宋】朱淑真

春已半②。触目此情无限③。十二阑干④闲倚遍。愁来天不管。

好是风和日暖。输与⑤莺莺燕燕。满院落花帘不卷。断肠芳草⑥远。

注 释

①金门：原为唐教坊曲，后用作词牌，双调，仄韵，四十五字。
②春已半：化用李煜《清平乐》中："别来春半，触目愁肠断。"
③此情无限：即春愁无限。
④十二阑干：曲曲折折的栏杆。

⑤输与：比不上、还不如。

⑥芳草：在古代诗词中，多象征所思念的人。

作者名片

朱淑真（约1135—1180），号幽栖居士，宋代女诗人，亦为唐宋以来留存作品最丰盛的女作家之一。南宋初年时在世，祖籍歙州（今安徽歙县），《四库全书》中定其为"浙中海宁人"，一说浙江钱塘（今浙江杭州）人。生于仕宦之家。夫为文法小吏，因志趣不合，夫妻不睦，终致其抑郁早逝。又传淑真过世后，父母将其生前文稿付之一炬。其余生平不可考，素无定论。有《断肠诗集》《断肠词》传世，为劫后余篇。

译文

春光已匆匆过去了一半，目光所及，繁花凋落，春天将要逝去。整日斜倚栏杆，徘徊眺望，愁怨之情袭上心头，天也无法帮助摆脱。

风和日暖，独自斜倚栏杆，还不如那双双对对的莺燕。院里落满了残花，垂下幕帘待在屋里，不忍看到春天逝去的景象。芳草漫漫，思恋的人远在天边，令人悲肠欲断。

赏析

这是一首写春愁闺怨的词。

在这首词中作者抒发因所嫁非偶而婚后日日思念意中人却无法相见的痛苦之情。开端两句："春已半，触目此情无限"，通过女主人公的视觉和对暮春景象的感受，道出了她的无限伤感之情。"此情"究竟指的是什么？这里并未明说，从词的下文及作者婚事不遂意来看，是思佳偶不得，精神孤独苦闷；是惜春伤怀，叹年华消逝。"无限"二字，有两层意思：一是说明作者此时忧郁心情的浓重，大好春色处处都触发她的忧思；二是表明作者的隐忧永无消除之日，有如

216

"一江春水向东流"之势。

接着，作者用行为描写形象地表现了她的愁绪："十二阑干闲倚遍，愁来天不管。"古词曾有"倚遍阑干十二楼"之句与此近似。此句写女主人公愁怀难遣、百无聊赖、无所栖息的情态。"遍"字，写出呆留时间之长。"闲"字，看来显得轻松，实则用意深重，这正表现了作者终日无远、时时被愁情困锁不得稍脱的心境。她因无法排遣愁绪，只得发出"愁来天不管"的怨恨。此句写得新颖奇特，天本无知觉、无感情，不管人事。而她却责怪天不管她的忧愁，这是因忧伤至极而发出的怨恨，是自哀自怜的绝望心声。

过片，具体写对自然景物的感喟："好是风和日暖，输与莺莺燕燕。"大好春光，风和日暖，本应为成双佳人享受，可是自己因孤寂忧伤而无心赏玩，全都白白地送给了莺燕，这既表现出对莺燕的羡妒，又反映了现实的残酷无情。说得何等凄苦！"莺莺""燕燕"，双字叠用，并非是为了凑成双数，而是暗示它们成双成对，以反衬自己单身只影，人不如鸟，委婉曲折地表现孤栖之情，含蓄而深邃。

末两句进一步表现作者的情思："满院落花帘不卷，断肠芳草远。"它不但与开头两句相照应，而且隐曲地透露了她愁怨的根源。她在诗中说"故人何处草空碧，撩乱寸心天一涯（《暮春有感》）""断肠芳草连天碧，春不归来梦不通（《晚春有感》）"，相比可知，她所思念的人在漫天芳草的远方，相思而又不得相聚，故为之"断肠"。全词至此结束，言有尽而意无穷，读来情思缠绵，荡气回肠，在读者脑海里留下一个凝眸远方、忧伤不能自已的思妇形象。

八声甘州·寿阳楼[①]八公山作

【宋】叶梦得

故都迷岸草，望长淮[②]、依然绕孤城[③]。想乌衣年少[④]，芝兰秀发[⑤]，戈戟云横[⑥]。坐看骄兵南渡，沸浪骇奔鲸[⑦]。转盼[⑧]东流水，一顾功成。

千载八公山下，尚断崖草木⑨，遥拥峥嵘⑩。漫云涛吞吐，无处问豪英。信劳生⑪、空成今古，笑我来、何事怆⑫遗情⑬。东山老⑭，可堪岁晚，独听桓筝⑮。

注 释

①寿阳楼：指寿春（今安徽寿县）的城楼，东晋改名寿阳。

②长淮：淮河。当时宋、金以淮河为界。

③孤城：指寿阳城。乌衣：巷名，故址在今南京市东南，是晋代王、谢等名门贵族之地。

④年少：指谢安的子侄辈中在淝水之战中表现出色的年轻将领。

⑤芝兰秀发：比喻年轻有为的子弟。

⑥戈戟云横：赞誉谢安等足智多谋，满腹韬略。

⑦奔鲸：奔逃的鲸鱼，这里形容苻坚兵溃如鲸鲵之窜逃。

⑧转盼：转眼之间。

⑨草木：草木皆兵之意。

⑩峥嵘：形容山势险峻。

⑪劳生：碌碌的人生。

⑫怆：伤感。

⑬遗情：指思念往事。

⑭东山老：指谢安，他曾隐居东山。

⑮桓筝：桓伊善弹筝。

作者名片

叶梦得（1077—1148），字少蕴，号石林居士，吴县（今江苏苏州）人。居住乌程（今属浙江）。宋哲宗赵煦绍圣四年（1097）进士。宋徽宗时官翰林学士。南渡后，任江东安抚制置大使，兼知建康府、行营留守，积极参加抗金的斗争。晚年居吴兴卞山，以读书吟咏自乐。其词受苏轼影响，特别是晚年的词作，"能于简淡时出雄杰"，间有感怀国事之作。也能诗。有《建康集》《石林词》《石林诗话》《避暑录话》《石林燕语》等。

译 文

淮河环绕着楚都寿阳城，河岸野草丛生，一片迷蒙。当年南朝谢家子弟，意气风发，统领数万精兵，以逸待劳痛击前秦军，苻坚百万雄师如受惊的巨鲸，在淝水中溃奔。转眼间，建立起大功。

时隔千年，八公山上的草木一如当年，簇拥着险峻的峦峰。而今山头的云涛时聚时散，昔日劳累终生的豪杰杳无踪迹。古今往事俱成空。我吊古伤今，太多情，太可笑。叹惜谢安晚年时被疏远，不受重用。

赏 析

"故都迷岸草，望长淮、依然绕孤城"，写登山所见。词人眼中，有环绕"孤城"的"长淮"逝水，以及岸边的迷离衰草。"故都"与"依然"，表现出一种时空变换的沧桑感。"迷"与"孤"二字，则渲染了一种迷蒙、苍茫的历史厚重感，营造出怀古的感情基调。

"想乌衣年少，芝兰秀发，戈戟云横"，用一个"想"字，引出对历史往事的回忆。当时谢安推荐自己的弟弟谢石和侄儿谢玄率军出战，因谢家居住在建康城中名门聚居的乌衣巷，而称谢家子弟为"乌衣年少"。"芝兰秀发"是作者赞扬他们年少有作为。"戈戟云横"表面写东晋军队武器齐整，兵容肃穆，实则暗指少年将领们带兵的魄力和谋略。

"坐看骄兵南渡，沸浪骇奔鲸"，"坐看"一词，颇有"谈笑间、樯橹灰飞烟灭"的从容气概。当时，前秦皇帝因拥兵百万，曾说过"以吾之众旅，投鞭于江，足断其流"的话，态度骄狂。因此词人此处称之为"骄兵"。"沸浪骇奔鲸"描写苻坚的军队仓皇逃窜的景象，十分形象。

"转盼东流水，一顾功成"，"转盼"和"一顾"承接上句"坐看"，突出谢石、谢玄的才能和他们少年豪杰的风采，同时也表现出胜利者特有的淡定自若。"千载"接续"功成"，"千载八公山下，尚断崖草木，遥拥峥嵘"，这些千年之后依然故在的景物，仿佛在向词人昭示往日的"峥嵘",但是"漫云涛吞吐,无处问豪英",如今空有河山,豪杰却无处可寻了。感慨中隐约可见词人对当朝无人的失望。

叶梦得是南宋朝廷中坚决的主战派,但当时占主导地位的却是主和派。他遭受排挤而离京,心中满是愤慨,面对淝水之战的战场故址,回想那段成功驱逐异族侵犯的战争,自然生出今昔对比之意。

"信劳生、空成今古",谢氏子弟劳碌一生,他们建立的功业随着岁月的流逝而消殒,如今只空余"孤城""长淮""八公山",向人话说当年。一切终将成空,所以词人"笑我来、何事怆遗情",以自嘲的口气笑自己太过执著纠结。

"东山老,可堪岁晚,独听桓筝"一句,暗含谢安晚年的一段历史典故。谢安年老时被晋孝武帝疏远,一次,在陪孝武帝喝酒时,当时的名士桓伊为他们弹筝助兴,歌曹植《怨歌行》曰:"为君既不易,为臣良独难。忠信事不显,乃有见疑患。"声节悲慨,俯仰可观。孝武帝听完后,面有愧色。

同样是忠信见疑,词人拿谢安和自己进行对比,突出了自身处境的悲惨,谢安虽被猜疑,但尚能与孝武帝一同饮酒,且有桓伊为他仗义执言;而自己却只能暮年"独听桓筝"。下阕从"峥嵘""豪英"到"空成今古""笑我",再到"可堪岁晚",词情一再转折,怀古叹今的兴味丰厚浓郁,深合词人当时的复杂心情。

点绛唇①·绍兴乙卯登绝顶小亭②

【宋】叶梦得

缥缈③危亭,笑谈独在千峰上。与谁同赏。万里横烟浪④。

老去情怀,犹作天涯想⑤。空惆怅。少年豪放。莫学衰翁⑥样。

注 释

①点绛唇：词牌名。
②绝顶亭：在吴兴西北弁山峰顶。
③缥缈：指隐隐约约。照应题目中的"小亭"。
④烟浪：烟云如浪，即云海。
⑤天涯想：指恢复中原万里河山的梦想。
⑥衰翁：衰老之人。

译 文

　　小亭隐隐约约地浮现在高耸入云的山峰。在千峰上独自叙述胸意，看那万里云烟如浪花般滚来，我与谁共同欣赏呢？

　　人已经老了，但情怀仍在。虽然思虑着万里山河，但得到的只是无奈的惆怅。少年啊，要胸怀豪情万丈，莫要学我这个老头子。

赏 析

　　起首一句径直点题。"缥缈"，隐隐约约，若有若无，形容亭在绝顶，既高且小，从远处遥望，若隐若现；这是紧扣题中"绝顶小亭"来写的。危，高也。危亭即高亭，因为亭基在弁山绝顶，这是吴兴地区的最高峰。第二句由亭写到人，应题目中的"登"字。由于小亭位于"绝顶"，故登亭之人有"千峰上"之感。独登小亭，无人共赏，只有万里横江而过的波浪，渺渺茫茫无边无际。

　　上片末两句倒装，一则说北方大片失地，山河破碎，不堪赏玩；二则说因主战派不断受到排挤和打击，已找不到同心同德，一起去把失地收回，重建共赏的人。"万里"，喻其广远，指吴兴以北直至沦陷了的中原地区，此时宋室南渡已八个年头了。"烟浪"形容烟云如浪，与"万里"相应。北望中原，烟雾迷茫，不知何日恢复。"赏"字不只为了协韵，还含有预想失土恢复后登临赏览的意思。"与谁同赏"即没有谁与之同赏，回应"独"字。"独"而推及"同赏"，"同赏"又感叹"与谁"；欢快味的"赏"字与压抑感的"独"字连翩而来，表现了作者心中的复杂情绪。

过片两句"老去情怀，犹作天涯想"。说自己人虽老了，情怀不变，还是以天下为己任，把国事放在心上，总在作着恢复中原那万里山河的计虑和打算，表现出"老骥伏枥，志在千里"的气概。这两句可联系词人身世来理解。"天涯想"，指有志恢复中原万里河山。年龄虽老，壮志未衰，"犹作"二字流露出"天涯想"的强烈感情。又想起此身闲居卞山，复出不知何日，独自登临送目，纵有豪情，也只能是"空惆怅"。"空惆怅"三个字收住了"天涯想"。一个"空"字把前面的一切想望都勾销掉了，又回到了无可奈何、孤独寂寞的境界，不免要表现出某些颓丧情绪来。而胸中热情，又不甘心熄灭，便吩咐随侍的儿辈"少年豪放，莫学衰翁样"。说年轻人应该豪放一点，不要学习衰老之人的模样。是示人，也是律己。这里的"衰翁样"指的是"空惆怅"，借"少年豪放"回复到"天涯想"的豪情壮志上去。"少年豪放"一句与第二句的"笑谈"二字相呼应，针线绵密。

这是一首小令词，篇幅不长，可是翻波作浪，曲折回旋地抒写了词人十分矛盾复杂的心绪。

题八咏楼

【宋】李清照

千古风流①八咏楼②，

江山留与后人愁。

水通南国③三千里，

气压江城十四州④。

注 释

①风流：指情高致远。
②八咏楼：在宋婺州（今浙江金华），原名元畅楼。
③南国：泛指中国南方。
④十四州：宋两浙路计辖二府十二州。

译 文

登上八咏楼远望，放下对国事的忧愁，把它留给后人。

这里水道密集可以深入江南三千多里，战略地位足以影响江南十四州的存亡。

赏 析

诗的首句"千古风流八咏楼"，可谓写尽斯楼之风流倜傥，笔调轻灵潇洒，比摹真写实更为生动传神。次句"江山留与后人愁"紧承前句，意谓像八咏楼这样千古风流的东南名胜，留给后人的不但不再是逸兴壮采，甚至也不只是沈约似的个人忧愁，而是为大好河山可能落入敌手生发出来的家国之愁。对于这种"愁"，李清照在其诗文中曾多次抒发过。事实证明，她的这种"江山之愁"不是多余的，因为"金人连年以深秋弓劲马肥入寇，薄暑乃归。远至湖、湘、二浙，兵戎扰攘，所在未尝有乐土也"（《鸡肋编》卷中）。具体说来，继汴京沦陷、北宋灭亡之后，南宋朝廷的驻跸之地建康、杭州也先后一度失守。曾几何时，金兵直逼四明，高宗只得从海路逃遁。眼下作为行在的临安，又一次受到金、齐合兵进犯的严重威胁。即使敌人撤回原地，如果不对其采取断然措施，打过淮河去，收复北方失地，而是一味用土地、玉帛、金钱去奴颜婢膝地讨好敌人，那么性如虎狼的"夷虏"永远不会善罢甘休，南宋的大好河山就没有安全保障。这当是诗人赋予"江山留与后人愁"的深层意蕴，也是一种既宛转又深邃的爱国情怀。

"水通"二句，或对贯休《献钱尚父》诗的"满堂花醉三千客，一剑霜寒十四州"及薛涛《筹边楼》诗的"壮压西川十四州"有所取意。对前者主要是以其"三千里"之遥和"十四州"之广极言婺州（今浙江金华）地位之重要；对后者改"壮压"为"气压"，其势比薛诗更加壮阔。看来这不仅是文字技巧问题。上述二诗之所以能够引起李清照的兴趣，主要是因为薛诗对"边事"的关注和贯休中所表现出的精神气骨。关于贯诗还有一段颇有趣的故事：婺州兰溪人贯休是晚唐时的诗僧。在钱镠称吴越王时，他投诗相谒。钱意欲称帝，要贯休改"十四州"为"四十州"，才能接见他。贯休则以"州亦难添，诗亦难改"作答，旋裹衣钵拂袖而去。后来贯休受到前蜀王建的礼遇，被尊为"禅月大师"。贯休宁可背井离乡远走蜀川，也不肯轻易把"十四州"改为"四十州"。李清照对这类诗句的借取，或是为了讥讽不惜土地的南宋朝廷。

此诗气势恢宏而又宛转空灵，这样写来，既有助于作品风格的多样化，亦可避免雷同和标语口号化的倾向。虽然好的标语口号富有鼓动性，在一定条件下是必要的，但它不是诗，条件一旦有变，它也就失去了作用，从而被人所遗忘。李清照的这首诗历时八九百年，余韵犹在，仍然撼动人心，这当与其使事用典的深妙无痕息息相关。惟其如此，女诗人关于八咏楼的题吟，不仅压倒了在她之前的诸多"须眉"，其诗还将与"明月双溪水，清风八咏楼"一样，万古常青。

池州①翠微亭

【宋】岳飞

经年②尘土满征衣③，
特特④寻芳⑤上翠微⑥。
好水好山看不足⑦，
马蹄催趁月明归。

注释

①池州，今安徽贵池。
②经年：常年。
③征衣：离家远行的人的衣服。这里指从军时穿的衣服。
④特特：特地、专门。
⑤寻芳：游春看花。
⑥翠微：指翠微亭。
⑦看不足：看不够。

作者名片

岳飞（1103—1142），字鹏举，相州汤阴（今河南省汤阴县）人。南宋时期抗金名将、军事家、战略家、民族英雄、书法家、诗人，位列南宋"中兴四将"之首。岳飞的文才同样卓越，其代表词作《满江红·写怀》是千古传诵的爱国名篇，后人辑有文集传世。

译文

年复一年，我驰骋疆场，战袍上洒满了灰尘。今天，在"得得"的马蹄声中，缓缓登上齐山，浏览翠微亭的美景。

好山好水，我怎么也看不够，可已是明月当空的时候，马蹄声又催着我踏上了归程。

赏 析

这是一首记游诗，诗作于池州，一反其词的激昂悲壮，以清新明快的笔法，抒写了他对祖国大好河山的真挚热爱，体现了马背赋诗的特点。

前两句写出游的愉悦。起句"经年尘土满征衣"写长期紧张的军旅生活。诗人从军后，一直过着紧张的军事生活，特别是在抗金斗争中，为了保卫南宋残存的半壁河山，进而恢复中原，他披甲执锐，率领军队，冲锋陷阵，转战南北，长期奔波，把全部精力都投入到保卫国家的伟大事业之中。诗的开头一句正是对这种紧张军旅生活的生动朴实的高度概括。"经年"，指很长时间以来。"征衣"，是指长期在外作战所穿的衣服。既然长年累月地率领部队转战南北，生活十分紧张，那就根本没有时间、没有心思去悠闲地游览和欣赏祖国的大好河山。愈是这样，愈盼望有朝一日能够有这样的一个机会。这样，起笔一句就为下面内容的引出作了充分的渲染和铺垫，看似与记游无关，而作用却在于突出、强调和反衬了这次出游的难得与可贵。

故对句以"特特寻芳上翠微"接住。现在，诗人竟然有了这样的机会，到齐山观览，而且登上了著名诗人杜牧在这里建造的翠微亭，心里一定愉快、兴奋。"特特"，在这里有两层意思，一是当特别、特地讲，起了强调、突出的作用，以承接首句意脉，一是指马蹄声，交待了这次出游是骑马去的，成为诗歌结尾一句的伏笔。"寻芳"，探赏美好的景色。"翠微"，是诗人到达的地方。这样，对句实际上写了出游的方式（骑马）和到达的地点（翠微亭），从而起到了点题、破题的作用。诗的开头两句，首句起笔突兀，如高山坠石，不知其来，似与题目无关，而实为次句铺垫；次句陡转笔锋扣题，承接自然，成为首句的照应；两句相互配合，表现出作者大起大落、大开大阖的高度艺术腕力和高屋建瓴的雄伟气魄。两句形成了波澜和对比，从而突出了这次出游的欣喜。

"好水好山看不足，马蹄催趁月明归。"诗的三四两句并没有像一般的记游诗那样，对看到的景色作具体细致的描述，而是着眼于主观感觉，用"好水好山"概括地写出了这次"寻芳"的感受，将秀丽的山水和优美的景色用最普通、最朴实、最通俗的"好"字来表达，既有主观的感受，又有高度的赞美。同时，又用"看不足"传达自己对"好水好山"的喜爱、依恋和欣赏。

结尾一句则写了诗人为祖国壮丽的山河所陶醉，乐而忘返，直到夜幕降临，才在月光下骑马返回。"马蹄"，照应了上面的"特特"。"催"字则写出了马蹄声响使诗人从陶醉中清醒过来的情态，确切而传神。"月明归"，说明回返时间之晚，它同上句的"看不足"一起，充分写出了诗人对山水景色的无限热爱、无限留恋。岳飞之所以成为民族英雄，之所以为自己的国家英勇战斗，同他如此热恋祖国的大好河山是密不可分的。诗的结尾两句正表现了作者对祖国山河特有的深厚感情。

满江红·登黄鹤楼①有感

【宋】岳飞

遥望中原，荒烟外，许多城郭。想当年、花遮柳护，凤楼龙阁。万岁山②前珠翠绕，蓬壶殿③里笙歌作。到而今，铁骑④满郊畿⑤，风尘⑥恶。

兵安在，膏⑦锋⑧锷⑨。民安在，填沟壑⑩。叹江山如故，千村寥落。何日请缨⑪提锐旅，一鞭直渡清河洛⑫。却归来、再续汉阳⑬游，骑黄鹤。

注 释

①黄鹤楼：旧址在黄鹤山（武昌之西）西北的黄鹤矶上。
②万岁山：即万岁山艮岳，宋徽宗政和年间所造，消耗了大量民力民财。
③蓬壶殿：疑即北宋故宫内的蓬莱殿。

④铁骑：指金国军队。

⑤郊畿：京畿。

⑥风尘：指战乱。风尘恶，是说敌人占领中原，战乱频仍，形势十分险恶。

⑦膏：滋润，这里做被动词。

⑧锋：兵器的尖端。

⑨锷：剑刃。

⑩沟壑：溪谷。

⑪缨：绳子。请缨：请求杀敌立功。

⑫河洛：黄河、洛水交汇的洛阳地区。这里泛指中原。

⑬汉阳：今湖北武汉市（在武昌西北）。

译 文

　　站在黄鹤楼上远望中原，荒草烟波外有许多城池。遥想当年，城中花团锦簇遮住了视线，柳树成荫掩护着城墙，楼阁都雕龙砌凤。万岁山前、蓬壶殿里尽是一派宫女成群，歌舞升平的热闹景象。如今，胡虏铁骑却践踏着京师郊外的土地，那里尘沙弥漫、战事凶险。

　　士兵在哪里？他们血染沙场，鲜血滋润了兵刃。百姓在哪里？他们在战乱中丧生，尸首填满了溪谷。悲叹大好河山一如往昔，但千家万户流离失所，田园荒芜。自己何时才能请缨杀敌，率领精锐部队出兵北伐，挥鞭渡过长江，扫清横行"郊畿"的胡虏，收复中原。然后归来，重游黄鹤楼，以续今日登临之兴。

赏 析

　　这是一首登高抒怀之词。全词由词人登上黄鹤楼所见之景发端，追忆了昔日汴京城的繁华，再回到眼前，讲述战乱频繁、生灵涂炭的情景，最后怀想来日得胜后的欢乐之情，抒发了词人因国破家亡而泛起的悲痛之情和光复中原的强烈愿望。

　　上片起首的"遥望中原，荒烟外、许多城郭"三句，写登上黄鹤楼所望之景：在一片荒烟笼罩之下，仿佛有很多的城郭。接下来的"想当年，花遮柳护，凤楼龙阁"三句，是词人由眼前所见之景联想起了昔日汴京宫苑的繁华：花团锦簇遮住了视线，柳树成荫掩护着城墙，楼阁尽是雕龙砌凤。紧接着"万岁山前珠翠绕，蓬壶殿里笙歌作"二句，续写昔日之景，说万岁山前、蓬壶殿里尽是一派宫女成群、歌舞升平的热闹景象。

上片的前半部分，词人极力表现昔日汴京城的繁华，为接下来的抒情作铺垫。后面的"到而今、铁骑满郊畿，风尘恶"三句，词人笔锋一转，写如今金兵的铁骑包围了汴京的郊外，尘沙弥漫，战势凶险。上片词人抚今追昔，表现了词人对昔日汴京的留恋以及对今日金兵攻占中原的悲愤之情。

下片起首的"兵安在？膏锋锷。民安在？填沟壑"四句，词人自问自答，说如今士兵已经血洒战场，浸染刀锋；如今百姓已经尸横遍野，填满了沟壑。接下来的"叹江山如故，千村寥落。何日请缨提锐旅，一鞭直渡清河洛"四句，词人悲叹江山仍旧存在，但千家万户流离失所，田园荒芜，接着反问自己何时才能请缨杀敌，率领精锐之师踏马挥鞭，横渡长江，收复中原。词人在此处用自问自答的形式，着意表现战乱频仍，民不聊生的情景，与上片词人所追忆的昔日之繁华形成鲜明的对比，抒发了词人内心的悲痛以及渴望解救百姓于水火之中的迫切心愿。结拍"却归来、重续汉阳游，骑黄鹤"三句，词人继续上文的怀想，说自己收复失地之后，还要归来重游故地，再登黄鹤楼，以续今日登临之兴。词人在结尾处虚写光复中原后的情况，以来日得胜之轻快，反衬眼下心怀故土的心绪难平，抒发了词人对挥师北伐的迫切愿望和收复中原的决心。

此词结构严谨，层次分明，语言沉郁悲壮，感情真挚浓烈，极具感染力。

临江仙[①]·夜登小阁忆洛中旧游

【宋】陈与义

忆昔午桥[②]桥上饮，坐中多是豪英[③]。长沟流月去无声④。杏花疏影⑤里，吹笛到天明。

二十余年⑥如一梦，此身虽在堪惊。闲登小阁看新晴⑦。古今多少事，渔唱⑧起三更⑨。

注 释

①临江仙：词牌名，又称《鸳鸯梦》《雁后归》《庭院深深》。双调，上片五句，押三平韵，三十字；下片同，共六十字。
②午桥：在洛阳南面。
③豪英：出色的人物。这两句说：想从前在午桥桥头饮宴，在一起喝酒的都是英雄好汉。
④长沟流月：月光随着流水悄悄地消逝。去无声：表示月亮西沉，夜深了。
⑤疏影：稀疏的影子。这两句说：在杏花稀疏的影子里吹起短笛，一直欢乐到天明。
⑥二十余年：二十多年来的经历（包括北宋亡国的大变乱）。
⑦新晴：新雨初晴。晴：这里指晴夜。
⑧渔唱：打渔人编的歌儿。
⑨三更：古代漏记时，从黄昏至拂晓分为五刻，即五更，三更正是午夜。

作者名片

　　陈与义（1090-1138），字去非，号简斋，汉族，其先祖居京兆，自曾祖陈希亮迁居洛阳，故为宋代河南洛阳人（现在属河南）。他生于宋哲宗元祐五年（1090年），卒于南宋宋高宗绍兴八年（1138年）。北宋末，南宋初年的杰出诗人，同时也工于填词。其词存于今者虽仅十余首，却别具风格，尤近于苏东坡，语意超绝，笔力横空，疏朗明快，自然浑成，著有《简斋集》。

译 文

　　回忆当年在午桥畅饮，在座的都是英雄豪杰。月光映在河面，随水悄悄流逝，在杏花稀疏的花影中，吹起竹笛直到天明。

　　二十多年的经历好似一场梦，我虽身在，回首往昔却胆战心惊。

闲来无事登上小阁楼观看新雨初晴的景致。古往今来多少历史事迹转瞬即逝，只有把它们编成歌的渔夫，还在那半夜三更里低声歌唱。

赏析

　　这首词是作者晚年追忆洛中朋友和旧游而作的。此词直抒胸臆，表情达意真切感人，通过上下两片的今昔对比，萌生对家国和人生的惊叹与感慨，韵味深远绵长。

　　上片忆旧。"忆昔午桥桥上饮，坐中多是豪英。"回想往昔在午桥桥上宴饮，在一起喝酒的人大多是英雄豪杰。用"忆"字开篇，直截了当把往事展开。"长沟流月去无声，杏花疏影里，吹笛到天明。"白天和朋友们在午桥畅饮，晚上围坐在杏树底下尽情地吹着悠扬的笛子，一直玩到天明，竟然不知道碧空的月光随着流水静悄悄地消失了。作者以初春的树林为背景，利用明月的清辉照射在杏花枝上所撒落下来的稀疏花影，与花影下吹奏出来的悠扬笛声，组成一幅富有空间感的恬静、清婉、奇丽的画面。

　　下片感怀。"二十余年如一梦，此身虽在堪惊。"作者在政和三年（1113）做官后，曾遭谪贬；特别是靖康之变，北宋沦亡，他逃到南方，饱尝了颠沛流离、国破家亡的痛苦。残酷的现实和往昔的一切形成鲜明的对照，很自然会有一场恶梦的感触。这两句概括了这段时间里国家和个人的激剧变化的情况。"闲登小阁看新晴。古今多少事，渔唱起三更。""闲登"句是说：我闲散无聊地登上小阁，观看这雨后新晴的月色。这句点题，写明作此词的时间、地点和心境。"新晴"与"长沟流月"照应，巧妙地将忆中之事与目前的处境联系起来，作者今昔不同的精神状况从中得以再现。"古今多少事，渔唱起三更。"把国家兴亡和人生的感慨都托之于渔唱，进一步表达作者内心寂寞悲凉的心情。

　　这首词通过回忆在洛阳的游乐来抒发作者对国家沦陷的悲痛和漂泊四方的寂寞。以对比的手法，明快的笔调，通过对旧游生活的回忆，抒发了北宋亡国后深沉的感慨。寥寥几笔，勾画出来的自我形象相当丰满。